FOLIO POLICIER

Jack Ketchum

Une fille comme les autres

Introduction de Stephen King

Traduit de l'américain par Benoît Domis

Gallimard

Le traducteur remercie Daniel Conrad
pour son aide précieuse.

Titre original :

THE GIRL NEXT DOOR

Jack Ketchum, pseudonyme de Dallas Mayr, est né en 1946 aux États-Unis. Son nom de plume vient du nom traditionnellement porté par les bourreaux anglais : Jack Ketch. Ketchum, qui fut secrétaire d'Henry Miller, est l'auteur d'une dizaine de romans. Il s'est inspiré d'un fait divers qui s'est déroulé dans le Midwest en 1965 pour écrire *Une fille comme les autres*.

Le site de l'auteur : www.thejackketchum.com

Introduction
à *Une fille comme les autres*
par Stephen King

1

Jack Ketchum n'existe pas, enfin, pas réellement. Derrière ce pseudonyme se cache un homme du nom de « Dallas Mayr ». Ce n'est certainement pas le genre d'information que je révélerais s'il s'agissait d'un secret jalousement gardé, mais ce n'est pas le cas. Le nom de « Dallas Mayr » apparaît sur les pages de copyright de tous les romans de Jack Ketchum (sept ou huit ont été publiés aux États-Unis), qui, s'il vous donne un autographe, est susceptible de signer « Dallas ». Jack Ketchum ne m'a jamais fait l'effet d'être un *nom de plume*[1], mais bien plutôt un *nom de guerre*[2] — on ne peut plus approprié d'ailleurs. Après tout, « Jack Ketch » a été le nom donné à des générations de bourreaux britanniques, et, dans les romans de son presque homonyme américain, il n'y a guère de survivants. La trappe finit toujours par s'ouvrir, le nœud coulant par se

1. En français dans le texte (*NdT*).
2. En français dans le texte (*NdT*).

resserrer et même les innocents ne sont pas épargnés.

Selon un vieux dicton, mourir et payer des impôts sont les deux seules choses certaines d'arriver dans la vie. Mais j'en ajouterai une troisième : Disney Pictures ne tirera jamais un film d'un roman de Jack Ketchum. Dans le monde de Ketchum, les nains sont cannibales, les loups ne manquent jamais de souffle et les princesses se retrouvent enfermées dans un abri antiatomique, ligotées à une poutre pendant qu'une folle leur brûle le clitoris avec un fer à repasser.

2

J'ai déjà eu l'occasion d'évoquer, brièvement, comment Ketchum était devenu l'idole des lecteurs du genre et une sorte de héros aux yeux de ceux d'entre nous qui écrivent des récits de terreur et de suspense. Cela reste aussi vrai aujourd'hui qu'au moment où je l'ai écrit. Il est vraiment ce qui se rapproche le plus d'un Clive Barker américain, même si le parallèle relève plus d'une question de sensibilité que de littérature proprement dite. En effet, Ketchum n'utilise pratiquement jamais le surnaturel. Mais cela importe peu. Ce qui compte, c'est qu'aucun auteur ayant lu Ketchum ne peut s'empêcher d'être influencé par lui et qu'aucun lecteur ayant eu un contact avec son œuvre ne peut facilement l'oublier. Cela s'est vérifié dès son premier roman, *Morte Saison*[1] (une sorte de *Nuit des morts-*

1. Éditions Bragelonne, collection L'Ombre, 2008 (*NdT*).

vivants littéraire), et c'est assurément le cas d'*Une fille comme les autres*, probablement l'œuvre insurpassable de Ketchum.

L'écrivain auquel il me fait le plus penser est Jim Thompson, le mythique romancier *hard-boiled* de la fin des années quarante et des années cinquante. Comme Thompson, Ketchum a vu la totalité de son *œuvre*[1] paraître directement en édition de poche (dans son pays d'origine en tout cas), il n'a jamais pu s'approcher à portée de voix de la liste des best-sellers, il n'est jamais critiqué en dehors des revues spécialisées comme *Cemetery Dance* et *Fangoria* (où il n'est que rarement compris) et il reste presque complètement inconnu du grand public. Pourtant, à l'instar de Thompson, c'est un écrivain extrêmement intéressant, féroce et quelquefois brillant. Il possède un grand talent et une vision noire et désespérée. Son œuvre est vivante d'une façon que celle de ses collègues littéraires plus connus semble incapable d'approcher — je pense à des romanciers aussi disparates que William Kennedy, E.L. Doctorow et Norman Mailer. En fait, de tous les romanciers américains actuellement en exercice, Cormac McCarthy est le seul dont je suis absolument sûr qu'il écrit mieux — et des histoires plus importantes — que Jack Ketchum. Un sacré compliment pour l'obscur auteur de bouquins parus directement en édition de poche, mais ce n'est pas du battage publicitaire. Que cela vous plaise ou non (et ça ne plaira pas à beaucoup de ceux qui vont lire le roman qui suit), c'est la vérité. Jack Ketchum n'est

1. En français dans le texte (*NdT*).

pas bidon. Et, souvenez-vous, Cormac McCarthy lui-même était un écrivain obscur, chroniquement fauché, avant la publication de *De si jolis chevaux*, un western romantique qui ne ressemblait pas beaucoup à ses précédents ouvrages.

À l'inverse de McCarthy, Ketchum ne manifeste que peu d'intérêt pour une langue dense et lyrique. Comme Jim Thompson, il privilégie une prose simple, égayée par une occasionnelle pointe d'humour un rien nerveux — je pense à Eddie, le gamin cinglé d'*Une fille comme les autres*, marchant dans la rue, « torse nu, avec, coincé entre les dents, un gros serpent noir vivant ». Mais ce qui imprègne véritablement l'œuvre de Ketchum n'est pas l'humour mais l'horreur — comme Jim Thompson avant lui (voir *Les Arnaqueurs* ou *Le Démon dans ma peau*, deux livres que Jack Ketchum aurait presque pu écrire), il est fasciné par l'horreur existentielle de la vie, d'un monde où une jeune fille peut être torturée avec acharnement non seulement par une femme psychotique, mais aussi par tous les habitants d'un quartier, d'un monde où même le héros, trop faible et incertain pour changer grand-chose, arrive trop tard.

3

Bien que court — à peine plus de 200 pages — *Une fille comme les autres* est une œuvre de portée et d'ambition considérables. Ce qui ne me surprend guère, d'une certaine façon ; hormis la poésie, le roman à suspense a été la forme artistique la plus féconde dans l'Amérique des années de l'après-Vietnam (qui n'ont pas été de bonnes années pour nous du point de vue des arts, la plupart des *baby-boomers* que nous sommes ayant raté leur vie artistique au moins autant que leurs vies politique et sexuelle). Il est probablement plus facile de produire un art valable quand peu de critiques vous prêtent attention, et le roman à suspense américain a été dans ce cas depuis *McTeague* de Frank Norris, un autre roman que Jack Ketchum aurait pu écrire (sa version, bien plus courte — disons, quelque 200 pages — aurait probablement éliminé une bonne partie des discussions assommantes).

Une fille comme les autres (le titre lui-même évoque des images de romance bon enfant un peu bête, de promenades au crépuscule, de bals dans le gymnase de l'école) commence comme une sorte d'archétype des années cinquante. Narré par un jeune garçon, comme le sont presque toujours ces histoires (pensez à L'*Attrape-Cœurs*, à *Une paix séparée* ou à ma propre nouvelle, *Le Corps)*, le roman débute (après un chapitre qui ne sert que de prologue) merveilleusement à la *Huckleberry Finn* : un garçon — David, le narrateur —, pieds nus, les joues hâlées, est allongé sur le ventre en travers d'un rocher au milieu d'une rivière, chauffé par un soleil d'été, et attrape des écrevisses grâce à une boîte en fer-blanc. Il est rejoint par Meg, quatorze ans, les cheveux noués en queue-de-cheval, si jolie et — bien sûr — « nouvelle dans le quartier ». Elle et sa jeune sœur logent chez Ruth Chandler, une mère qui élève seule ses trois garçons. L'un d'eux est (évidemment) le meilleur ami du jeune David, et la petite troupe passe des soirées entières devant la télévision dans le salon de Ruth, à regarder des sitcoms comme *Father Knows Best*[1] et des westerns comme *Cheyenne*[2]. Ketchum évoque les années cinquante — la musique, l'étroitesse d'esprit de la vie de banlieue, les peurs symbolisées par l'abri antiatomique dans la cave des Chandler — avec économie et précision. Puis il empoigne cette tranche de mythologie imaginaire et extraordinairement stupide et lui tord le cou avec une aisance à couper le souffle.

Pour commencer, dans la famille du jeune David, papa n'a certainement pas toujours raison. C'est un coureur de jupons invétéré dont le mariage ne tient qu'à un fil, et David n'est pas dupe. « Pour mon père, les occasions d'avoir des aventures ne manquaient pas », dit-il. « Et il répondait toujours présent. » Discrète, l'ironie claque tout de même comme un coup de fouet, et la pointe n'en est pas moins mordante, mais vous êtes déjà passé à la suite quand vous comprenez que ça pique un peu.

Meg et Susan ont échoué chez les Chandler à la suite d'un accident de voiture (un jour, quelqu'un devrait faire une étude sur « le toujours si populaire accident de voiture et son impact dans la littérature américaine »). Dans un premier temps, elles semblent bien s'entendre avec les enfants de Ruth — Woofer, Donny, Willie Jr — et avec Ruth elle-même, une femme facile à vivre qui raconte beau-

1. « Papa a toujours raison », série télévisée de 203 épisodes, diffusée de 1954 à 1962 (*NdT*).

2. Série télévisée de 107 épisodes, diffusée de 1955 à 1963 (*NdT*).

coup d'histoires, fume trop et n'hésite pas à offrir une bière aux amis de ses fils s'ils promettent de n'en rien dire à leurs parents.

Les dialogues de Ketchum font merveille et la voix de Ruth, que le lecteur entend dans sa tête, est magnifique, dure et un tantinet rauque. « Que cela vous serve de leçon, les garçons », dit-elle à un moment. « Retenez bien ça. C'est important. Soyez toujours gentil avec une femme… et elle fera toutes sortes de choses pour vous… Davey a été gentil avec Meg et, en retour, il a obtenu une peinture… Les filles ne sont pas compliquées… Promettez-leur un petit quelque chose et vous en tirerez tout ce que vous voudrez la plupart du temps. »

L'environnement idéal et l'incarnation parfaite de l'autorité des adultes pour aider à la convalescence de deux jeunes filles traumatisées, n'est-ce pas ? Sauf que nous sommes chez Jack Ketchum, et Jack Ketchum ne fonctionne pas ainsi. Jamais. Ni par le passé, ni — probablement — dans le futur.

Sous ses dehors de serveuse au cœur d'or joyeusement cynique, Ruth est en train de perdre la raison, s'enfonçant dans un enfer de violence et de paranoïa. Elle fait un « méchant » abominable, mais curieusement prosaïque ; un choix idéal pour les années Eisenhower. On ne nous explique jamais ce qui ne va pas chez elle ; ce n'est pas un hasard si l'expression fétiche partagée par Ruth et les enfants qui passent du temps chez elle est : « N'en parlons plus. » Cette expression pourrait résumer à elle seule les années cinquante et, dans ce roman, tout le monde la prend au mot jusqu'à ce qu'il soit bien trop tard pour éviter les convulsions finales.

En définitive, Ketchum s'attache moins à Ruth qu'aux enfants — pas seulement les frères Chandler et David, mais aussi tous les autres qui ne font que passer par le sous-sol des Chandler pendant que Meg est lentement mise à mort. Ketchum s'intéresse à Eddie et Denise, à Tony et à Kenny, Glen et à toute la bande loufoque des *fifties*, les garçons avec leurs brosses gominées et leurs genoux éraflés par la pratique du base-ball. Certains, comme David, ne font guère plus que regarder. D'autres finissent par participer, jusqu'à collaborer à l'écriture des mots « JE BAISE BAISE-MOI » en travers du ventre de Meg à l'aide d'aiguilles chauffées à blanc. Ils vont… ils viennent… ils regardent la télévision, boivent des Coca et mangent des sandwiches au beurre de cacahuètes… et personne ne dit rien. Personne ne met un terme à ce qui se déroule dans l'abri antiatomique. C'est un scénario de cauchemar, un croisement entre *Happy Days* et *Orange mécanique*, un mariage insensé entre *The Many Loves of Dobie Gillis*[1] et *L'Obsédé*[2]. Et, si ça fonctionne, ce n'est pas grâce au ton juste employé par Ketchum pour décrire cette vie de banlieue, mais parce que nous sommes forcés de croire, contre notre volonté, qu'avec la bonne combinaison d'enfants aliénés et de l'adulte qui convient pour superviser l'horreur et, par-dessus tout, un environnement où personne ne se mêle des affaires de son voisin, un tel scénario serait possible. Après tout, nous parlons d'une

1. Série télévisée de 147 épisodes, diffusée de 1959 à 1963 et contant la vie d'un adolescent américain « typique » (*NdT*).

2. 1965. Film de William Wyler avec Terence Stamp (*NdT*).

époque où une femme nommée Kitty Genovese est morte, poignardée de manière répétitive sur une période de plusieurs heures dans une ruelle de New York. Elle a eu beau appeler à l'aide à maintes reprises les nombreux témoins de la scène, aucun d'eux n'intervint, ne serait-ce qu'en prévenant la police[1].

Gageons que « N'en parlons plus » devait être leur devise… et, réellement, qu'est-ce qui différencie un être humain qui choisit de fermer les yeux d'un autre au comportement plus charitable ?

David, le narrateur, est fondamentalement le type bien du roman et, en tant que tel, il a probablement raison de se sentir responsable de l'holocauste final dans le sous-sol de Ruth Chandler. La décence est autant une responsabilité qu'une manière d'être et, en tant que seul être humain présent qui comprend que ce qui se passe est mal, David apparaît finalement plus coupable que les enfants moralement perdus qui brûlent et coupent sa jeune voisine et en abusent sexuellement. David ne participe pas, mais il ne prévient pas non plus ses parents de ce qui se déroule sous le toit des Chandler, ni n'avertit la police. Une partie de lui *désire* même participer. Nous ressentons une sorte de satisfaction quand David finit enfin par intervenir — c'est l'unique et fragile rayon de soleil que nous accorde Ketchum — mais nous le haïssons aussi pour ne pas l'avoir fait plus tôt.

1. 38 personnes différentes ont été les témoins de ce meurtre brutal commis en 1964. Une expression, le « syndrome Kitty Genovese », a même été inventée pour décrire les témoins oculaires d'une tragédie qui choisissent de ne pas offrir leur aide (*NdT*).

Si nous ne ressentions que de la haine pour ce narrateur coupable, *Une fille comme les autres* glisserait de la corde raide morale qu'il emprunte, comme l'a fait *American Psycho*, de Bret Easton Ellis. Mais David est peut-être le personnage le plus triomphalement réussi de Ketchum, à des kilomètres des moins-que-rien obscènes d'Ellis, et sa complexité donne à ce livre une résonance qui n'est pas toujours présente dans les romans antérieurs de Ketchum. Nous éprouvons de la pitié pour David, nous comprenons sa réticence initiale à dénoncer Ruth Chandler qui traite les enfants comme des êtres humains et non comme des casse-pieds ; nous comprenons aussi son incapacité — finalement mortelle — à saisir la réalité des événements.

« Quelquefois on se serait cru dans le genre de films qui arrivèrent plus tard, dans les années soixante, dit David. Des films étrangers pour la plupart, où le spectateur était dominé par le sentiment d'habiter une sorte d'illusion obscure, à la densité hypnotique et fascinante, où, couche après couche, le sens se dévoilait pour, au final, ne révéler qu'une absence totale de signification. Les acteurs aux visages de carton-pâte se déplaçaient passivement à travers des paysages de cauchemar surréalistes, vides d'émotion, à la dérive. »

Selon moi, ce qui fait d'*Une fille comme les autres* une œuvre brillante, c'est qu'à la fin j'ai accepté que David ait sa place dans ma vision du monde, autant — et de façon aussi inopportune — que Lou Ford, le shérif psychotique qui cogne et tue dans de grands éclats de rire à travers les pages du *Démon dans ma peau*, de Jim Thompson.

Bien sûr, Lou Ford n'est pas un type bien. David si. C'est ce qui le rend si horrible.

4

Jack Ketchum est un romancier brillamment viscéral, dont la perception lugubre de la nature humaine n'a peut-être d'égal que chez Frank Norris et Malcolm Lowry. Il a été présenté à ses lecteurs comme l'auteur de passionnants livres à suspense (sur la couverture de l'édition de poche américaine d'*Une fille comme les autres*, publiée chez Warner, apparaissait une *pom-pom girl* squelettique, une image qui n'a rien à voir avec ce qui se trouve à l'intérieur ; le livre ressemblait à un roman gothique de V.C. Andrews ou à un récit d'horreur pour ados signé R.L. Stine). C'est un maître du suspense et ses romans sont passionnants, mais la couverture et la présentation de son livre donnent de lui une image aussi fausse que celle véhiculée par les couvertures des ouvrages de Jim Thompson. *Une fille comme les autres* est plein de vie, comme jamais un roman de V.C. Andrews ne l'a été, et d'une façon que la plupart des œuvres de littérature populaire ne parviennent pas à retranscrire ; *Une fille comme les autres* ne se contente pas de vaines promesses de terreur, il terrifie pour de bon. Mais il vous passionnera, n'en doutez pas. Vous serez effrayés de tourner ces pages, mais ne pourrez pas vous en empêcher. Les ambitions thématiques de Ketchum, si grandes soient-elles, savent se faire discrètes ; elles n'entravent en rien la tâche première de tout romancier, c'est-à-dire envoûter le lecteur — capter sa totale attention, par tous les moyens. Et Ketchum ne recule devant rien, mais, bon sang, quelle efficacité !

Une fille comme les autres est loin de la guimauve de *Valse lente à Cedar Bend*[1] ou de *L'Idéaliste*[2], c'est peut-être la raison pour laquelle Ketchum n'est pas connu des gens qui limitent leurs lectures aux best-sellers du *New York Times*. Néanmoins, il me semble que notre expérience littéraire serait appauvrie sans lui. C'est un authentique iconoclaste, un écrivain réellement bon, l'un des rares à vraiment compter hors du « cercle des élus ». L'œuvre de Jim Thompson est toujours restée disponible et a constamment continué à être lue, bien après que de nombreux membres du « cercle des élus » de son temps ont été oubliés et leurs ouvrages disparus. Un sort identique attend certainement Jack Ketchum... mais j'aimerais que cela lui arrive de son vivant, comme pour Thompson. Une édition comme celle que vous tenez entre vos mains est certaine d'attirer l'attention et de susciter des commentaires. C'est un pas dans cette direction.

Bangor, Maine
Le 24 juin 1995

1. Roman de Robert James Waller, plus connu comme l'auteur de *Sur la route de Madison* (*NdT*).
2. Roman de John Grisham (*NdT*).

« Dis-moi, capitaine courageux
Pourquoi les méchants sont-ils si forts ?
Comment les anges peuvent-ils trouver le sommeil
Quand le diable laisse la lumière du porche allumée ? »

TOM WAITS

« Je ne veux jamais entendre les hurlements
des adolescentes dans les rêves des autres. »

THE SPECIALS

« Le poids du péché retient l'âme prisonnière. »

IRIS MURDOCH,
The Unicorn

PREMIÈRE PARTIE

1

Vous pensez connaître la douleur ?

Parlez-en à ma deuxième femme. Elle sait. Ou elle croit savoir.

Elle m'a raconté qu'une fois, quand elle avait dix-neuf ou vingt ans, elle s'est interposée entre deux chats qui se battaient — le sien et celui d'un voisin — et l'un d'eux s'en est pris à elle. Il lui a grimpé dessus, comme à un arbre, lui a lacéré les cuisses, le ventre et les seins, laissant des entailles encore visibles aujourd'hui. Il lui a flanqué une telle frousse qu'elle est tombée en arrière, contre le vaisselier du début du siècle de sa mère, cassant son plus beau plat à tarte en céramique et s'éraflant la peau des côtes sur quinze bons centimètres pendant que le chat en furie reprenait le même chemin en sens inverse, toutes griffes dehors. Je crois qu'elle m'a dit qu'elle s'en était tirée avec trente-six points de suture. Plus une fièvre qui a duré plusieurs jours.

D'après ma deuxième épouse, c'est ça, la douleur.

Elle sait que dalle, cette bonne femme.

Evelyn, ma première femme, s'en est peut-être plus approchée.

Elle est hantée par une image.

Par une chaude matinée d'été, elle conduit une Volvo de location sur une autoroute rendue glissante par la pluie. Elle roule lentement et prudemment parce qu'elle sait combien la pluie récente peut se révéler traîtresse sur une chaussée brûlante. Soudain, une Volkswagen la dépasse et se rabat en lui faisant une queue-de-poisson. Son pare-chocs arrière avec la plaque « Vivre libre ou mourir » caresse la calandre de la Volvo — presque avec douceur. La pluie fait le reste. La Volvo dérape, fait une embardée et glisse par-dessus un talus. Brusquement, ma femme et son amant font des tonneaux à travers l'espace, ils sont en état d'apesanteur et ils tournent, en haut, en bas, puis à nouveau en haut et en bas. À un moment, elle se casse l'épaule contre le volant. Puis c'est au tour de son poignet contre le rétroviseur.

Quand ils cessent de tourner, son regard se pose sur l'accélérateur au-dessus de sa tête. Elle cherche son amant, mais il n'est plus là. Il a disparu, c'est magique. Elle atteint la portière côté conducteur et réussit à l'ouvrir, puis s'extrait du véhicule en se traînant sur l'herbe humide. Elle se lève et s'efforce de voir à travers la pluie. Et c'est là qu'elle aperçoit cette image qui la hante : un homme, tel un sac de sang, écorché vif, couché devant la voiture dans une pluie d'éclats de verre rougi.

Ce sac est son amant.

Et c'est pour cela qu'elle est plus près de la vérité.

Même si elle choisit d'ignorer ce qu'elle a appris, même si elle dort la nuit…

Elle sait que la douleur ne se limite pas à la souffrance physique, à son propre corps — surpris — qui proteste contre une atteinte à sa chair.

La douleur peut venir de l'extérieur.

Quelquefois, ce que vous voyez peut faire mal. La forme de douleur la plus cruelle et la plus pure. Sans médicament ni sommeil pour l'atténuer, sans état de choc ni coma pour la fuir.

Vous la voyez et vous l'engrangez. Et ensuite elle vous possède.

Vous devenez l'hôte d'un long ver blanc qui vous ronge et se nourrit, et grandit jusqu'à boucher vos intestins. Et un matin, vous toussez, et la tête pâle et aveugle de la chose apparaît et glisse de votre bouche, telle une seconde langue.

Non, mes femmes ne savent pas cela. Pas vraiment. Mais Evelyn n'en est pas loin.

Moi je sais.

Vous devez me croire sur parole. Pour l'instant.

Je le sais depuis si longtemps.

J'essaie de ne pas oublier que nous n'étions que des enfants à l'époque de ces événements, des mômes encore en devenir, à peine sortis de leur panoplie de Davy Crockett, pour l'amour du ciel ! Il m'est bien trop pénible de croire que je suis le même aujourd'hui, mais que je suis parvenu à le cacher. On accorde une seconde chance aux enfants. J'aime à penser que j'utilise la mienne.

Même si, après deux divorces difficiles, le ver est susceptible de ronger un peu.

Mais je n'oublie pas non plus que c'étaient les années cinquante, une époque d'étranges refoulements, de secrets, d'hystérie. Je songe à Jœ McCarthy, même si je me souviens à peine d'avoir pensé à lui en ce temps-là, si ce n'est pour m'étonner de voir mon père revenir du travail en courant pour ne pas manquer la retransmission des auditions du comité à la télévision. Je songe à la guerre froide. Aux exercices d'alerte antiaérienne dans le sous-sol de l'école et aux films sur les effets de la bombe atomique que l'on nous montrait ; où des mannequins implosaient, projetés à travers un décor de salle de séjour, se désintégrant, brûlant. Je me souviens des exemplaires de *Playboy* et de *Man's Action*, cachés dans du papier sulfurisé près du ruisseau, tellement moisis au bout d'un moment que plus personne ne voulait les toucher. Je me souviens d'Elvis, condamné par le pasteur Deitz, de la Grace Lutheran Church[1], quand j'avais dix ans et des émeutes rock'n'roll lors de l'émission d'Alan Freed à la Paramount.

Je me dis que nous vivions une époque bizarre où le grand abcès qu'était devenue l'Amérique menaçait de crever à tout instant. Et c'était ainsi partout, pas seulement chez Ruth. Partout.

Quelquefois, cette idée me rend la vie plus facile.

J'arrive presque à vivre avec ce que nous avons fait.

J'ai quarante et un an. Je suis né en 1946, dix-sept mois, jour pour jour, après que nous avons lâché la Bombe sur Hiroshima.

1. Église évangélique luthérienne (ELCA) (*NdÉ*).

Matisse venait de fêter ses quatre-vingts ans.

Je travaille à Wall Street — sur le parquet — et je gagne cent cinquante mille dollars par an. Deux mariages, pas d'enfant. Une maison à Rye et un appartement de fonction en ville. J'utilise des limousines pour la plupart de mes déplacements, mais à Rye, je conduis une Mercedes bleue.

Je vais peut-être me remarier. La femme que j'aime ne sait rien de ce que je m'apprête à écrire — les deux précédentes non plus, d'ailleurs — et je ne suis pas sûr de vouloir lui en parler un jour. Pourquoi le ferais-je ? J'ai réussi dans la vie ; d'humeur égale, généreux, je suis aussi un amant attentionné et prévenant.

Et pourtant, ma vie n'a plus jamais été la même après cet été 1958, quand Ruth, Donny et Willie et le reste de notre bande ont fait la connaissance de Meg Loughlin et de sa sœur Susan.

2

J'étais seul, au milieu du ruisseau, allongé sur le ventre en travers du Gros Rocher avec une boîte en fer-blanc dans la main. Je ramassais des écrevisses. J'en avais déjà deux dans un récipient plus important à côté de moi. Des petites. J'essayais d'attraper leur maman.

Le ruisseau coulait vite autour de moi. Je sentais de fines gouttelettes sur mes pieds nus pendant au-dessus du courant. L'eau était froide, le soleil chaud.

J'entendis un bruit dans les buissons et levai les yeux. La plus jolie fille que j'avais jamais vue me souriait depuis la berge.

Elle avait de longues jambes bronzées et de longs cheveux roux noués en queue-de-cheval. Elle portait un short et un chemisier de couleur pâle ouvert au cou. J'avais douze ans et demi. Elle paraissait plus vieille.

Je me souviens de lui avoir rendu son sourire, alors que je me montrais rarement agréable avec les inconnus.

— Des écrevisses, dis-je en vidant l'eau de ma boîte en fer-blanc.

— Vraiment ?

Je hochai la tête.

— Des grosses ?

— Pas celles-là. Mais on peut en trouver.

— Je peux regarder ?

Elle se laissa tomber depuis la berge, comme l'aurait fait un garçon, sans s'asseoir d'abord, s'appuyant juste sur sa main gauche et sautant le mètre qui la séparait du premier gros rocher de la ligne qui zigzaguait à travers l'eau. Elle étudia l'itinéraire pendant quelques instants, puis traversa jusqu'au Gros Rocher. J'étais impressionné. Elle n'avait montré aucune hésitation, et son équilibre était parfait. Je lui fis de la place. Soudain, j'avais cette agréable odeur de propre assise à côté de moi.

Elle avait les yeux verts. Elle regarda autour d'elle.

Pour nous tous, à l'époque, le Rocher avait quelque chose de spécial. Il s'élevait en plein milieu de la partie la plus profonde du ruisseau, l'eau claire se précipitant autour de lui. Il y avait assez de place pour quatre enfants assis ou six debout. Il avait tour à tour représenté un bateau pirate, le *Nautilus* du capitaine Nemo et un canoë pour la tribu des Lenni Lenape — entre autres choses. Aujourd'hui, l'eau faisait peut-être un mètre de profondeur. Elle semblait ravie d'être là, pas effrayée du tout.

— C'est le Gros Rocher, dis-je. Enfin, c'est le nom qu'on lui donnait quand on était gamin.

— Ça me plaît. Je peux voir les écrevisses ? Je m'appelle Meg.

— Bien sûr. Moi, c'est David.

Elle scruta le fond de la boîte. Le temps passa

sans qu'aucun de nous ne parle. Elle les observa. Puis elle se redressa.

— C'est chouette.

— Je les attrape juste pour les regarder un peu. Ensuite, je les relâche.

— Elles mordent ?

— Les grosses, oui. Mais elles ne font pas mal. Les plus petites essaient seulement de s'échapper.

— Elles ressemblent à des homards.

— Tu n'avais jamais vu d'écrevisse avant ?

— Je ne crois pas qu'on en trouve à New York. (Elle rit, mais ça ne me dérangeait pas.) Mais nous avons des homards. *Eux* peuvent faire mal.

— Tu peux en avoir un à toi ? Tu ne peux pas en apprivoiser un, je me trompe ?

Elle rit à nouveau.

— Non. Tu les manges.

— C'est pareil pour les écrevisses. Si tu les gardes plus d'un ou deux jours, elles meurent. J'ai entendu dire qu'on pouvait aussi les manger.

— Vraiment ?

— Oui. Certains le font. En Louisiane ou en Floride, je ne suis pas sûr de l'endroit.

Nous baissâmes les yeux vers la boîte en fer-blanc.

— Je ne sais pas, dit-elle en souriant. Il n'y a pas grand-chose à manger.

— Essayons d'en attraper de plus grosses.

Nous nous allongeâmes sur le Rocher, côte à côte. Je saisis la boîte et plongeai les deux bras dans le ruisseau. L'astuce consistait à retourner les pierres, l'une après l'autre, lentement, pour ne pas rendre l'eau boueuse, puis de tenir la boîte à proximité, prête à accueillir ce qui filerait de dessous. L'eau était si profonde que je dus remonter les manches de ma chemisette jusqu'aux épaules. J'avais conscience que mes bras devaient lui paraître longs et maigres. C'était l'image que j'en avais, en tout cas.

En fait, je ressentais une impression bizarre à côté d'elle. Je me sentais à la fois mal à l'aise et excité. Elle était différente des autres filles que je connaissais, de Denise et Cheryl dans ma rue ou même de celles de l'école. Pour commencer, elle était au moins cent fois plus jolie. À mon avis, même plus jolie que Natalie Wood. Elle était probablement plus intelligente que les filles de mon entourage, plus raffinée. Après tout, elle vivait à New York et avait déjà mangé des *homards*. Et elle bougeait comme un garçon. Elle avait ce corps ferme et fort, et possédait une élégance naturelle.

Autant de choses qui me rendaient nerveux et me firent manquer la première écrevisse. Pas un spécimen énorme, mais plus gros que ceux que nous avions déjà. Elle se réfugia précipitamment sous le Rocher.

Meg me demanda si elle pouvait essayer. Je lui tendis la boîte.

— New York alors, hein ?

— Ouais.

Elle retroussa ses manches et se baissa vers l'eau. C'est alors que je remarquai la cicatrice.

— La vache ! C'est quoi ?

Elle naissait à l'intérieur de son coude gauche et courait le long du bras jusqu'au poignet, comme un long ver rose entortillé. Elle vit ce que je regardais.

— Un accident, expliqua-t-elle. Nous étions en voiture.

Puis elle retourna son attention vers l'eau où miroitait son reflet.

— La vache !

Mais elle ne semblait rien vouloir ajouter après cela.

— Tu en as d'autres ?

J'ignore ce que les garçons trouvent de si fascinant aux cicatrices, mais c'est ainsi, c'est la vie, et je ne pouvais pas m'en empêcher. Il fallait que je continue à en parler. Même si je savais qu'elle voulait que j'arrête et que je venais à peine de faire sa connaissance. Je l'observai alors qu'elle retournait une pierre. Il n'y avait rien en dessous. Mais elle s'y prenait bien, elle ne rendait pas l'eau boueuse. Je la trouvais sensass.

Elle haussa les épaules.

— Quelques-unes. Celle-là, c'est la pire.

— Je peux les voir ?

— Non. Je ne crois pas.

Elle rit et me dévisagea d'une certaine manière, et je compris le message. Après cela, je la fermai pour de bon pendant un certain temps.

Elle retourna une autre pierre. Rien.

— Je suppose que ça a dû être terrible, hein ? L'accident…

Elle ne répondit rien et je ne pouvais pas lui en vouloir. En entendant mes paroles, je sus à quel point elles étaient insensibles, stupides et maladroites. Je rougis et me réjouis qu'elle n'en soit pas témoin.

Puis elle en attrapa une.

Le roc laissa échapper une écrevisse qui se réfugia droit dans la boîte et elle n'eut plus qu'à la remonter.

Meg vida un peu d'eau et inclina la boîte vers le soleil. L'écrevisse avait cette belle couleur dorée. Elle dressait la queue et agitait ses pinces en arpentant le fond à la recherche d'un adversaire à combattre.

— Tu l'as eue !

— Du premier coup !

— Super ! Elle est vraiment super.

— Mettons-la avec les autres.

Elle versa lentement l'eau pour ne pas la déranger ou la perdre, exactement de la bonne façon, sans que personne lui ait jamais appris ; ensuite, quand il ne resta plus que quelques centimètres dans la boîte, elle la fit tomber dans le plus gros récipient. Les deux autres déjà présentes firent toute la place nécessaire à la nouvelle venue. C'était bien, parce que, quelquefois, les écrevisses s'entre-tuent — elles n'hésitent pas à tuer des membres de leur propre espèce — et que les premières étaient toutes petites.

La dernière arrivée finit par se calmer et nous nous assîmes pour l'observer. Elle paraissait primitive, efficace, mortelle, magnifique. Avec de très jolies couleurs et des lignes très pures.

Je plongeai mon doigt dans la boîte pour la faire s'agiter à nouveau.

— Arrête !

Elle avait posé sa main sur mon bras. Elle était fraîche et douce.

Je ressortis mon doigt.

Je lui offris une tablette de Wrigley's et en pris

une pour moi. Ensuite, pendant un moment, on n'entendit plus que le vent souffler dans les hautes herbes clairsemées de la berge et faire frémir les broussailles le long du ruisseau, le son du cours d'eau grossi par les pluies de la nuit dernière et nous, en train de mâcher.

— Tu les remettras dans l'eau, n'est-ce pas ? C'est promis ?

— Bien sûr, c'est ce que je fais toujours.

— Bien.

Elle soupira et se leva.

— Je crois que je dois rentrer. Nous devons aller faire des courses. Mais je voulais d'abord explorer les environs. Je veux dire, nous n'avions jamais habité près d'un bois. Merci, David. Je me suis bien amusée.

Elle avait franchi la moitié des rochers quand je pensai à lui poser la question.

— Hé ! Rentrer où ça ? Où vas-tu ?

Elle sourit.

— Nous habitons chez les Chandler. Susan et moi. Susan est ma sœur.

Je me levai, moi aussi, comme brusquement soulevé au bout de fils invisibles.

— Les Chandler ? *Ruth* ? La maman de Donny et Willie ?

Elle acheva sa traversée, se retourna et me fixa. Soudain, son visage avait quelque chose de différent. La prudence y avait fait son apparition.

J'en restai coi.

— C'est ça. Nous sommes cousins. Cousins issus de germains. J'imagine que ça fait de moi la nièce de Ruth.

Sa voix me semblait curieuse à présent — plate, comme s'il y avait quelque chose que je n'étais pas censé savoir. Comme si elle me disait quelque chose tout en me le cachant en même temps.

J'en fus troublé pendant un moment. J'avais le sentiment qu'il en était peut-être de même pour elle. C'était la première fois que je la voyais se troubler. Même en comptant l'épisode de la cicatrice.

Mais je ne m'en inquiétai pas.

Parce que la maison des Chandler se trouvait à côté de la mienne.

Et Ruth était… Ruth était tout simplement formidable. Même si ses enfants pouvaient quelquefois se comporter comme des abrutis, Ruth était super.

— Hé ! m'exclamai-je. Nous sommes voisins ! J'habite dans la maison brune juste à côté !

Je la regardai gravir la berge. Quand elle arriva au sommet, elle se retourna et son sourire était revenu, ainsi que l'allure innocente et ouverte qu'elle avait affichée quand elle s'était assise à côté de moi sur le Rocher.

Elle agita la main.

— À bientôt, David.

— À bientôt, Meg.

Chouette, pensai-je. Incroyable. J'allais la voir tout le temps.

C'était la première fois qu'une telle pensée me traversait l'esprit.

Je m'en rends compte aujourd'hui.

Ce jour-là, sur le Rocher, j'avais rendez-vous avec mon adolescence en la personne de Megan Loughlin, une inconnue de deux ans mon aînée, avec une sœur, un secret et de longs cheveux roux. Que tout se soit passé naturellement, que j'émerge de cette expérience sans en être ébranlé et même ravi en disait long, je crois, sur mes futures chances — et sur les siennes aussi, bien sûr.

Quand j'y repense, je hais Ruth Chandler.

Ruth, tu étais superbe à l'époque.

J'ai beaucoup pensé à toi — rectification, j'ai enquêté *sur toi, je suis allé jusque-là, j'ai fouillé ton passé, garé en face de cet immeuble de bureaux de Howard Avenue dont tu nous parlais si souvent, où tu avais mené la barque pendant que les Hommes étaient partis se battre à la Guerre, la vraie, Celle Qui Devait Mettre Fin À Toutes Les Guerres (Deuxième Épisode), cet endroit où tu étais devenue absolument indispensable jusqu'au jour où, selon tes propres termes, « ces merdeux de GI sont revenus se pavaner ». Et soudain tu t'es retrouvée sans boulot. Je me suis garé là et tout avait l'air si ordinaire, Ruth. Si sordide, triste et ennuyeux.*

J'ai roulé jusqu'à Morristown, la ville où tu es née et il n'y avait rien non plus. Bien sûr, je ne savais pas où se trouvait ta maison, mais je n'ai pas vu dans cette ville ce qui aurait pu donner naissance à tes grands rêves déçus, pas plus que les richesses dont t'avaient prétendument couverte tes parents. Je n'y ai pas vu ta frustration sauvage.

Je me suis rendu dans le bar tenu par ton mari, Willie Sr. Oui ! Je *l'ai retrouvé, Ruth ! À Fort Myers, en Floride, d'où il n'a pas bougé depuis qu'il t'a abandonnée avec trois morveux braillards et une hypothèque, il y a près de trente ans. Je l'ai vu jouer les barmans pour ses clients du troisième âge, un homme doux, aimable, plus vraiment dans la fleur de l'âge depuis longtemps. Je me suis assis et j'ai observé son visage et ses yeux. Nous avons parlé et je n'ai pas reconnu l'homme que tu nous avais toujours décrit, l'étalon, le « bâtard d'Irlandais charmeur », le méchant fils de pute. Il ressemblait à un homme qui s'était ramolli et avait vieilli. Un nez de buveur, un bide de buveur, un gros cul affaissé dans un pantalon bouffant. Il n'avait vraiment pas l'air d'un type qui avait pu être dur, Ruth. Jamais. Ça m'a surpris, vraiment.*

Comme si la dureté venait d'ailleurs.

Alors, Ruth ? Tout n'était que mensonges ? Pures inventions de ta part ?

Je t'en crois tout à fait capable.

Ou alors, peut-être que, pour toi — à travers ton prisme — les mensonges et la vérité se confondaient.

Je vais faire mon possible pour changer ça maintenant — si j'y parviens. Je vais raconter notre petite histoire. D'une traite et sans interruption.

Et j'écris ça pour toi, Ruth. Parce que je n'ai jamais réussi à te rendre la monnaie de ta pièce, pas vraiment.

Voilà mon chèque. En retard et sans provision.

Encaisse-le en enfer !

3

Tôt le lendemain matin, je me rendis chez mes voisins.

Je me souviens d'avoir éprouvé une certaine gêne, de m'être senti mal à l'aise, et c'était plutôt surprenant parce qu'il n'y avait rien de plus naturel pour moi que d'aller voir ce qui se passait là-bas.

C'était le matin. C'était l'été. Et c'était la routine : après le lever, je prenais mon petit déjeuner avant de sortir pour voir qui se trouvait là.

La maison des Chandler constituait le point de départ habituel.

À cette époque, Laurel Avenue était une impasse — elle ne l'est plus maintenant —, une coupe unique et peu profonde dans le demi-cercle des bois qui bordaient le quartier sud de West Maple et s'enfonçaient sur environ un kilomètre et demi. Quand la route fut tracée au début des années 1800, de hauts arbres de première pousse constituaient l'essentiel de la forêt au point qu'on l'appela « Dark Lane ». Ils avaient tous disparu à présent, mais c'était toujours une jolie rue tranquille à l'ombre des arbres, chaque maison différente de celle d'à côté et pas trop proche comme on le voit quelquefois.

Notre rue ne comptait que treize habitations. Celle de Ruth, la nôtre, cinq autres qui montaient la colline de notre côté et six en face.

À part les Zorn, toutes les familles avaient des enfants. Et chaque gosse connaissait les autres comme s'il s'agissait de ses propres frères. Si vous recherchiez de la compagnie, vous pouviez toujours tomber sur quelqu'un au ruisseau ou du côté du bosquet des pommiers sauvages ou encore dans la cour de l'un d'entre nous — généralement celui qui possédait la plus grande piscine en plastique cette année-là ou la cible pour le tir à l'arc.

Si vous vouliez la paix, c'était facile aussi. Les bois étaient profonds.

Nous nous étions surnommés « les Gamins de l'impasse ».

Ç'avait toujours été un cercle fermé.

Nous avions nos règles, nos mystères et nos secrets. Avec une hiérarchie que nous appliquions avec zèle. Nous en avions pris l'habitude.

Mais, à présent, il y avait du neuf. Quelqu'un venait de faire son apparition chez Ruth.

Ça faisait une drôle d'impression.

En particulier parce qu'il s'agissait de *ce* quelqu'un.

En particulier parce qu'il s'agissait de cet endroit.

Vraiment une drôle d'impression.

Ralphie était accroupi près du jardin de rocaille. Il était à peine huit heures et il était déjà sale. Des traînées de sueur et de crasse parcouraient son visage, ses bras et ses jambes, comme s'il avait couru toute la matinée en tombant — souvent — dans d'épais nuages de poussière. Ce qu'il avait probablement fait, connaissant Ralphie. Ralphie avait dix ans et je ne crois pas l'avoir jamais vu propre plus de quinze minutes. Son short et son tee-shirt semblaient aussi couverts d'une croûte.

— Salut, Woofer.

Ruth exceptée, personne ne l'appelait Ralphie — toujours Woofer. Quand il le voulait, sa voix pouvait ressembler à celle de Mitsy, le basset des Robertson — même Mitsy s'y serait trompé.

— Salut, Dave.

Il retournait des pierres, regardant les doryphores et les mille-pattes fuir la lumière. Mais je voyais bien qu'ils ne l'intéressaient pas. Il soulevait une pierre après l'autre, la retournait et la laissait retomber. Il avait une boîte de haricots à côté de lui et n'arrêtait pas de la déplacer, elle aussi, la gardant près de ses genoux croûteux alors qu'il passait d'une caillasse à l'autre.

— Qu'est-ce qu'il y a dans la boîte ?

— Des vers de terre, répondit-il.

Il ne m'avait toujours pas regardé. Il se concentrait en fronçant les sourcils, se déplaçant de manière saccadée avec cette énergie anxieuse qui n'appartenait qu'à lui. On aurait dit un savant, dans son labo, sur le point de faire une découverte fantastique et incroyable, ne souhaitant rien d'autre que de pouvoir poursuivre ses expériences en paix.

Il fit basculer un autre caillou.

— Donny est dans le coin ?

— Ouais, lâcha-t-il en faisant un signe de tête affirmatif.

Ce qui signifiait que Donny devait se trouver à l'intérieur. Et comme je me sentais un peu mal à l'aise à l'idée d'entrer, je restai quelques instants avec Woofer. Il retourna une grosse pierre. Apparemment, il avait trouvé ce qu'il cherchait.

Des fourmis rouges. Toute une colonie se cachait en dessous — elles se comptaient par centaines, par milliers. Toutes rendues folles par la brusque intrusion de la lumière.

Je n'ai jamais beaucoup aimé les fourmis. Chez moi, dès qu'elles faisaient mine de vouloir gravir les marches menant à la véranda, nous faisions bouillir de l'eau pour leur en verser dessus — et pourtant, elles remettaient ça tous les étés. C'était une idée de mon père, mais je l'approuvais totalement. À mon avis, les fourmis n'avaient que ce qu'elles méritaient.

Je sentais leur odeur d'iode, mêlée à celle de la terre humide et de l'herbe coupée mouillée.

Woofer déplaça la pierre et plongea la main dans la boîte de conserve. Il en sortit un ver de terre, puis un second, et les jeta parmi les fourmis.

Il se tenait à un mètre de distance, comme s'il bombardait les fourmis de viande de ver.

Les fourmis réagirent. Les vers commencèrent à se tortiller et à se rebiffer alors que les fourmis goûtaient leur chair rose et tendre.

— C'est dégueu, Woofer, dis-je. C'est vraiment dégueu.

— J'en ai aussi trouvé des noires, par là-bas. (Il désigna une pierre du côté opposé de la véranda.)

Tu sais, des grosses. Je vais les ramasser et les mettre avec celles-là. Déclencher une guerre entre les fourmis. Tu veux parier sur qui va gagner ?

— Les fourmis rouges vont gagner. Les fourmis rouges gagnent toujours.

C'était vrai. Les fourmis rouges étaient féroces. Et ce jeu n'avait rien de nouveau pour moi.

— J'ai une autre idée, proposa-t-il. Pourquoi tu ne mettrais pas ta main au milieu ? Comme si tu étais le fils de King Kong…

Il me regarda. Je savais qu'il y pensait sérieusement. Puis il sourit.

— Nan, dit-il. C'est débile.

Je me relevai. Les vers se tortillaient toujours.

— À plus tard, Woof.

Je gravis les marches menant à la véranda et frappai à la porte pourvue d'une moustiquaire avant d'entrer.

Donny était affalé sur le canapé, uniquement vêtu d'un caleçon blanc froissé dans lequel il avait dormi. Âgé d'à peine trois mois de plus que moi, mais bien plus large de la poitrine et des épaules, depuis peu il développait un sacré ventre, suivant les traces de son frère, Willie Jr. Ce n'était pas beau à voir et je me demandai où se trouvait Meg en ce moment.

Il leva les yeux vers moi par-dessus un exemplaire de *Plastic Man*. Personnellement, j'avais pratiquement laissé tomber la bédé depuis l'adoption du Comics Code de 1954 et la fin de *Web of Mystery*.

— Comment va, Dave ?

Ruth avait fait du repassage. La planche était appuyée dans un coin et je sentais la forte odeur musquée du tissu propre et surchauffé.

Je regardai autour de moi.

— Ça va plutôt bien. Où est tout le monde ?

Il haussa les épaules.

— Parti faire des courses.

— *Willie* est allé faire des courses ? Tu plaisantes !

Il referma son illustré et se leva, souriant, se grattant sous les aisselles.

— Nan. Willie a rendez-vous à neuf heures chez le dentiste. Willie a des *caries*. Si c'est pas à mourir de rire…

Donny et Willie Jr étaient nés à une heure et demie d'intervalle, mais pour une raison ou pour une autre Willie Jr avait les dents fragiles et pas Donny. Il n'arrêtait pas d'aller chez le dentiste.

Nous rîmes.

— Tu l'as rencontrée, on m'a dit.

— Qui ça ?

Donny me dévisagea. J'imagine que je ne trompais personne.

— Oh, ta cousine ? Ouais. Je l'ai croisée hier près du Gros Rocher. Elle a attrapé une écrevisse du premier coup.

Donny approuva d'un signe de tête.

— Elle est douée pour faire des trucs.

Pas vraiment un éloge enthousiaste, mais pour Donny — en particulier Donny parlant d'une *fille* — c'était presque une marque de respect.

— Allez, attends-moi là pendant que je m'habille et nous irons voir ce que fabrique Eddie.

Je grognai.

De tous les gosses de Laurel Avenue, Eddie était le seul que j'essayais d'éviter. Eddie était cinglé.

Je me souviens d'Eddie, lors d'une partie de base-ball de rue, torse nu, avec, coincé entre les dents, un gros serpent noir vivant. L'Homme des Bois. Il le lança sur Woofer, qui se mit à hurler, puis sur Billy Borkman. En fait, il le ramassait chaque fois et le jetait sur les plus petits, les pourchassant en agitant le serpent, jusqu'à ce que cela cesse d'être amusant, l'animal ayant déclaré forfait, sans doute des suites de ses multiples chocs sur la chaussée.

Eddie vous attirait des ennuis.

Pour lui, passer un bon moment signifiait faire quelque chose de dangereux ou d'illégal — de préférence les deux à la fois — comme de marcher sur les traverses d'une maison en construction ou de bombarder les voitures avec des pommes du haut du pont de Canoe Brook, si possible sans se faire prendre. Mais ça ne le dérangeait pas si vous vous faisiez piquer ou si vous vous blessiez, il trouvait ça marrant. Même quand *lui* se faisait prendre ou se blessait, il trouvait ça marrant.

Linda et Betty Martin juraient l'avoir vu un jour arracher la tête d'une grenouille à pleines dents. Personne n'en doutait.

Sa maison se situait sur le trottoir d'en face, tout au bout de la rue, et Tony et Lou Morino, qui vivaient juste à côté, racontaient que son père le battait sans arrêt. Presque toutes les nuits. Sa mère et sa sœur y avaient droit, elles aussi. Je me souviens de sa mère, une femme corpulente et douce avec de grosses mains rêches de paysanne, pleurant autour d'un café en compagnie de ma mère dans la cuisine, son œil droit bouffi par un gros coquard.

Mon père décrivait M. Crocker comme un brave type quand il était sobre, mais disait que l'alcool le rendait méchant. J'ignore s'il avait raison, mais je sais qu'Eddie avait hérité du caractère de son père et qu'il était totalement imprévisible. Quand il se déchaînait, il pouvait aussi bien ramasser un bâton ou une pierre, ou encore utiliser ses poings. Nous en portions tous les cicatrices quelque part. J'en avais fait les frais plus d'une fois. Maintenant, je m'efforçais de rester à l'écart.

Mais Donny et Willie l'aimaient bien. Il faut bien reconnaître qu'Eddie rendait la vie plus excitante. Mais même eux savaient qu'il était cinglé.

En sa compagnie, ils devenaient tout aussi cinglés.

— Écoute, dis-je. Je vais t'accompagner jusque chez lui, mais je ne reste pas.

— Oh, allez…

— J'ai autre chose à faire.

— Comme quoi ?

— Juste des trucs.

— Tu vas faire quoi ? Rentrer chez toi et écouter les disques de Perry Como de ta mère ?

Je lui lançai un regard noir. Il savait qu'il avait dépassé les bornes.

Nous étions tous fans d'Elvis.

Il éclata de rire.

— Comme tu veux, mon pote. Attends-moi, j'en ai pour une minute.

Il suivit le couloir jusqu'à sa chambre, et il me vint à l'esprit de m'interroger sur la façon dont ils s'étaient organisés depuis l'arrivée de Meg et Susan — qui dormait où ? J'avançai vers le canapé et saisis son numéro de *Plastic Man*. Je le feuilletai et le reposai. Puis je passai du salon à la salle à manger où le linge propre de Ruth était posé, plié, sur la table. Enfin, j'arrivai dans la cuisine. J'ouvris le Frigidaire. Comme à l'accoutumée, il y avait assez de nourriture pour une armée.

J'appelai Donny.

— Je peux prendre un Coca ?

— Bien sûr. Ouvres-en un pour moi, tu veux bien ?

Je sortis les Coca et ouvris le tiroir de droite où se trouvait l'ouvre-bouteilles. À l'intérieur, les couverts étaient impeccablement rangés. J'avais toujours trouvé bizarre le fait que Ruth garde une telle quantité de nourriture chez elle, alors que son service ne suffisait que pour cinq — cinq cuillers, cinq fourchettes, cinq couteaux, cinq couteaux à steak et aucune cuiller à soupe. Mais à présent, *six* personnes vivaient sous ce toit. Je me demandais si elle allait enfin acheter des couverts supplémentaires.

Je décapsulai les bouteilles. Donny revint et je lui en tendis une. Il portait un jean, des Keds et un tee-shirt. Ce dernier lui boudinait le ventre. Je lui donnais une petite tape à cet endroit.

— Tu devrais faire gaffe, Donald, dis-je.

— Fais gaffe toi-même, pédé !

— Tiens donc, je suis un pédé maintenant ?

— Plutôt un débile.

— Moi, un débile ? Tu t'es vu, espèce de cageot !

— Cageot ? Les *filles* sont des cageots. Les filles et les pédés. C'est toi le cageot. Moi je suis le Duke[1].

1. Surnom de Gene Chandler, chanteur connu pour son tube de 1962, *Duke of Earl*. Le mot « Duke » est répété environ 125 fois dans la chanson (*NdT*).

Il ponctua sa remarque d'un coup de poing sur mon bras que je lui retournai, puis nous nous bousculâmes un peu.

Donny et moi étions ce qui se rapprochait le plus de meilleurs amis pour des garçons à cette époque.

Nous sortîmes dans le jardin par la porte de derrière, puis remontâmes l'allée vers le devant de la maison, avant de nous diriger du côté de chez Eddie. Ignorer le trottoir était une question d'honneur. Nous marchions au milieu de la route. Nous sirotions nos Coca. De toute façon, il n'y avait jamais de circulation.

— Ton frère mutile des vers de terre dans le jardin de rocaille, l'informai-je.

Il jeta un coup d'œil par-dessus son épaule.

— Qu'il est mignon…

— Alors, comment ça se passe ? lui demandai-je.

— Quoi donc ?

— Avec Meg et sa sœur chez vous ?

Il haussa les épaules.

— Je ne sais pas. Elles viennent juste d'arriver. (Il but une gorgée de Coca, rota et sourit.) Meg est plutôt mignonne, non ? Merde ! C'est ma cousine !

Je m'abstins de tout commentaire, même si j'étais d'accord avec lui. Il reprit :

— Cousine *issue de germain*, en fait, tu sais ? Il y a une différence. Pas le même sang, un truc comme ça. Je ne sais pas. Avant, on ne les voyait jamais.

— Jamais ?

— Une fois, m'a dit ma mère, mais j'étais trop petit pour m'en souvenir.

— Comment est sa sœur ?

— Susan ? C'est rien du tout. Juste une gamine. Elle a quoi ? Onze ans ?

— Woofer n'en a que dix.

— C'est vrai. Et tu vois le résultat ? (C'était imparable.) Mais elle en a vraiment bavé, dans cet accident.

— Susan ?

Il hocha la tête et désigna ma taille.

— Ouais. Elle s'est tout cassé à partir de là, dit ma mère. Chaque os. Les hanches, les jambes, tout.

— La vache ! Elle pourra remarcher un jour ?

— Elle marche.

— Je veux dire normalement.

— Je ne sais pas.

Après avoir fini nos Coca, nous étions presque arrivés au sommet de la côte. Presque l'heure pour moi de le quitter. Ou sinon je devrais supporter Eddie.

— Ils sont morts tous les deux, tu sais, ajouta-t-il. Juste en passant.

Bien sûr, je savais de qui il parlait, mais, pendant un instant, je me retrouvai incapable de me rentrer ça dans le crâne. Pas immédiatement. C'était une idée trop étrange.

Les parents ne mouraient simplement pas ainsi. Pas dans ma rue. Et certainement pas dans des accidents de la route. Ce genre de choses arrivait ailleurs, dans des endroits plus dangereux que Laurel Avenue, au cinéma ou dans les livres. Walter Cronkite en parlait aux infos.

Laurel Avenue était une impasse. Vous pouviez y marcher en plein milieu de la rue.

Mais je savais qu'il ne mentait pas. Je me souvins

de Meg qui ne voulait pas parler de l'accident ou des cicatrices, et de mon insistance.

Je savais qu'il ne mentait pas, mais j'avais quand même du mal à digérer l'information.

Nous continuions à marcher l'un à côté de l'autre. Moi, je ne disais rien, je me contentais de le regarder sans vraiment le voir.

C'était Meg que je voyais.

C'était un moment vraiment spécial.

Celui où Meg a commencé à me fasciner.

Brusquement, elle n'était plus simplement jolie ou intelligente, ou encore capable de se débrouiller pour traverser le ruisseau — elle paraissait presque irréelle. Elle ne ressemblait à personne que j'avais déjà rencontré, ni dont j'étais susceptible de croiser la route hors d'un livre ou d'un film. Elle était comme une héroïne de fiction.

Je me rappelai d'elle sur le Gros Rocher, mais, à présent, je voyais cette personne vraiment courageuse, allongée à côté de moi. Je voyais l'horreur. La souffrance, la survie, la perte.

La tragédie.

Tout ça en un instant.

J'avais probablement la bouche ouverte. Je suppose que Donny pensait que je ne savais pas de qui il parlait.

— Les *parents* de Meg, abruti ! Tous les deux. Ma mère dit qu'ils sont sans doute morts sur le coup. Qu'ils n'ont rien vu venir. (Il pouffa de rire.) C'était une Chrysler en fait…

Et c'est peut-être son humour de mauvais goût qui me ramena à la réalité.

— J'ai vu la cicatrice sur son bras.

— Ouais, moi aussi. Super, hein ? Mais tu devrais voir Susan. Elle en est *couverte*. C'est dégueulasse. Ma mère dit qu'elle a de la chance d'être en vie.

— C'est sans doute vrai.

— Enfin, c'est pour ça qu'elles se retrouvent avec nous. Elles n'ont personne d'autre. C'est nous ou un orphelinat quelque part. (Il sourit.) Elles en ont de la chance, hein ?

Ensuite, il dit quelque chose qui me revint plus tard. Vu les circonstances, ce n'était pas faux, mais, pour une raison ou pour une autre, je m'en souviens. Je m'en souviens très bien.

Il le dit au moment où nous arrivions chez Eddie.

Je me revois, au milieu de la route, prêt à rebrousser chemin et à redescendre la côte, à partir de mon côté, ne voulant pas me farcir Eddie — pas aujourd'hui du moins.

Je vois Donny se retourner afin de me jeter ces mots par-dessus son épaule alors qu'il traverse la pelouse menant à la véranda. Nonchalamment, mais avec une étrange sincérité, comme s'il s'agissait d'une absolue vérité.

— Ma mère dit que Meg a eu de la chance, dit-il. *Ma mère dit qu'elle s'en est tirée à bon compte*.

4

Excepté un aperçu par-ci, par-là — une fois en sortant les poubelles, une autre en arrachant les mauvaises herbes dans le jardin —, je ne la revis qu'une semaine et demie plus tard. Maintenant que je connaissais toute l'histoire, il m'était encore plus difficile de l'approcher. Je n'avais jamais eu à partager la peine de quelqu'un. J'avais répété ce que je pourrais lui dire. Mais rien ne semblait sonner juste. Que dire à quelqu'un qui vient de perdre la moitié de sa famille ? J'avais l'impression de me trouver devant un roc impossible à escalader. Je préférai l'éviter.

Ensuite, avec ma famille, j'entrepris notre visite annuelle de politesse chez la sœur de mon père dans le comté de Sussex. Pendant quatre jours pleins, je n'eus donc pas à y penser. C'était presque un soulagement. Je dis « presque », parce que le divorce de mes parents devait survenir moins de deux ans plus tard et que notre voyage fut tout bonnement horrible — trois jours de silence tendu dans la voiture à l'aller et au retour, et beaucoup de jovialité sonnant faux entre les deux pour le prétendu bénéfice de ma tante et de mon oncle, mais en pure perte. Je vis ma tante et mon oncle échanger des regards de temps à autre, comme pour dire « Nom de Dieu, vivement qu'ils partent ! ».

Ils savaient. Tout le monde savait. Mes parents n'auraient pas pu tromper un aveugle.

Mais, une fois rentré, je recommençai à penser à Meg. J'ignore pourquoi il ne me vint pas à l'esprit d'oublier toute l'histoire. Après tout, elle n'avait peut-être pas plus envie de se voir rappeler la mort de ses parents que moi d'en parler. Mais il n'en fut rien. Je pensais qu'il fallait dire *quelque chose*, mais je m'en sentais incapable. À mes yeux, il était important de ne pas me couvrir de ridicule dans cette affaire. Important de ne pas paraître ridicule aux yeux de Meg, point final.

Je m'interrogeai concernant Susan aussi. En presque deux semaines, je ne l'avais jamais vue. C'était contraire à tout ce dont j'avais l'habitude. Comment pouvait-on vivre à côté d'une personne sans jamais la voir ? Je repensai à ses jambes et à Donny affirmant qu'elle avait des cicatrices vraiment atroces. Peut-être l'idée de sortir l'effrayait-elle ? Ça, je pouvais le comprendre. J'avais moi-même passé beaucoup de temps entre quatre murs ces jours-ci, à éviter sa sœur.

Mais ça ne pouvait pas durer. Nous étions la première semaine de juin, l'époque de la fête foraine des Kiwanis[1].

Un été sans fête foraine, c'était un été raté.

1. Fondée en 1915 et avec pour siège Indianapolis, dans l'État de l'Indiana, Kiwanis International est une organisation « au service de l'enfance mondiale » regroupant plus de 500 000 membres répartis dans près de 90 nations (*NdT*).

Directement en face de chez nous, à moins d'un pâté de maisons de distance, se trouvait une vieille école de six classes appelée « Central School » que nous avions tous fréquentée quand nous étions petits, du CP au CM2. Chaque année, la cour de récréation accueillait la fête foraine des Kiwanis. Depuis que nous étions assez grands pour traverser la route sans être accompagnés, nous avions pris l'habitude d'aller assister au montage des attractions.

Pendant cette semaine, comme nous habitions à côté, nous nous sentions les gosses les plus chanceux de la ville.

Les Kiwanis ne s'occupaient que des concessions : buvettes, stands de jeu, roues de la fortune. Les manèges provenaient d'une troupe ambulante de forains professionnels. À nos yeux, les forains représentaient le comble de l'exotisme. Des hommes d'allure peu commode et des femmes qui travaillaient, une Camel coincée entre les dents, plissant les yeux contre la fumée qui s'élevait, arborant des tatouages, des cals et des cicatrices, sentant la graisse et la sueur. Ils juraient et buvaient de la Schlitz en travaillant. Comme nous, ils ne rechignaient pas à cracher de gros mollards dans la poussière.

Nous adorions la fête foraine et les forains. Comment aurait-il pu en être autrement ? En l'espace d'un après-midi d'été, ils transformaient notre cour de récréation — ses deux terrains de base-ball et celui de foot, ainsi que sa surface goudronnée — en une ville de toile et un tourbillon d'acier. Ils allaient si vite que nous pouvions à peine en croire nos yeux. C'était magique, et ces magiciens affichaient des sourires où brillaient des dents en or et ils arboraient des tatouages « J'aime Velma » sur leurs biceps. Irrésistible.

Il était encore tôt quand je me rendis sur place, et ils n'avaient pas fini de décharger les camions.

À ce moment-là, on ne pouvait pas leur parler. Ils étaient trop occupés. Plus tard, quand ils installeraient ou régleraient les machines, ils nous permettraient de leur tendre des outils, voire partageraient une gorgée de bière avec nous. Après tout, les gamins du coin représentaient leur gagne-pain. Comme ils voulaient nous voir revenir, le soir, avec nos amis et nos familles, ils se montraient généralement amicaux. Pour l'instant, nous devions nous contenter de regarder et de ne pas traîner dans leurs pattes.

Cheryl et Denise, déjà là, derrière le marbre, s'appuyaient contre le filet servant à empêcher les balles de sortir du terrain, regardant entre les mailles.

Je me plaçai à côté d'elles.

L'atmosphère me semblait un peu tendue et j'en compris vite la raison. Nous n'étions encore que le matin, et le ciel paraissait sombre et menaçant. Quelques années auparavant, il avait plu pendant toutes les nuits qu'avait duré la fête, sauf le jeudi. Tout le monde en bavait quand c'était comme ça. Les machinistes et les forains travaillaient d'un air résolu et en silence.

Cheryl et Denise habitaient dans notre rue, l'une en face de l'autre. Elles se disaient amies, mais — à mon avis — c'était uniquement en raison de leur proximité — un mot souvent employé par Zelda Gilroy dans le *Dobie Gillis Show*. Elles n'avaient pas grand-chose en commun. Cheryl, une grande brune maigre, deviendrait probablement jolie dans quelques années, mais, pour l'instant, on ne voyait que ses bras et ses jambes. Plus grande que moi, et avec deux ans de moins, elle avait deux frères : Kenny et Malcolm. Malcolm était juste un gamin qui jouait de temps en temps avec Woofer. Kenny avait presque le même âge que moi, mais il suivait l'école avec un an de retard.

C'étaient tous les trois des enfants calmes et bien élevés. Leurs parents, les Robertson, ne se laissaient pas marcher sur les pieds, mais ne semblaient pas être de nature brutale.

Denise était la sœur d'Eddie. Une tout autre paire de manches.

Denise, nerveuse, agitée, presque aussi téméraire que son frère et avec un fort penchant pour la raillerie, semblait considérer le monde comme une mauvaise blague dont elle seule connaissait la chute.

— Ce *cher* David, dit-elle.

Elle était capable de se moquer de moi rien qu'en prononçant mon nom. Je n'aimais pas ça, mais je préférai l'ignorer. C'était la seule façon de s'en tirer avec Denise. Si elle n'obtenait aucune réaction, elle n'en voyait plus l'intérêt et finissait par se comporter un peu plus normalement.

— Salut, Cheryl. Denise. Comment ça se passe ?

— Je crois que j'aperçois le *Tilt-a-Whirl*, répondit Denise. L'an passé, c'est là qu'ils ont installé l'*Octopus*.

— Ça pourrait très bien être l'*Octopus*, la contra Cheryl.

— Non-non. Tu vois ces plates-formes ? (Elle désigna les larges plaques de métal.) Ce sont celles du *Tilt-a-Whirl*. Attends qu'ils sortent les voitures. Tu verras…

Elle avait raison. Quand les voitures apparurent, il s'agissait bien du *Tilt-a-Whirl*. Comme son père et son frère Eddie, Denise connaissait bien tout ce qui touchait à la mécanique, aux outils.

— Ils ont peur qu'il pleuve, constata-t-elle.

— Ils ne sont pas les seuls ! renchérit Cheryl.

Elle poussa un soupir d'exaspération forcé. Je souris. Cheryl avait toujours ce côté sérieux qui la rendait mignonne. Son livre préféré ne pouvait être qu'*Alice au pays des merveilles*. À vrai dire, je l'aimais bien.

— Il ne pleuvra pas, affirma Denise.

— Qu'est-ce que tu en sais ?

— Je le sais, c'est tout.

Comme si elle l'avait décidé.

— Tu vois ça ? reprit-elle en pointant du doigt un énorme camion gris et blanc qui entamait une marche arrière vers le milieu du stade de foot. Je te parie qu'il s'agit de la grande roue. C'est là qu'ils l'avaient installée l'an passé. Tu viens regarder ?

— Bien sûr.

Nous contournâmes le *Tilt-a-Whirl* et quelques manèges destinés aux plus petits que les forains déchargeaient, longeâmes la palissade anticyclone séparant la cour de récréation du ruisseau, traversâmes une rangée de tentes qui s'élevaient afin d'accueillir le lancer d'anneaux et d'autres jeux, et arrivâmes enfin sur le stade. Les machinistes venaient à peine d'ouvrir les portes du camion, coupant en deux la tête du clown souriant peinte à l'arrière. Ils commencèrent à sortir les poutres métalliques.

Ça ressemblait effectivement à la grande roue.

— Mon père m'a raconté que quelqu'un est tombé l'année dernière à Atlantic City, dit Denise. Une personne qui s'était levée. Vous vous êtes déjà levés ?

Cheryl fronça les sourcils.

— Bien sûr que non.

Denise se tourna vers moi.

— Toi non plus, je parie ?

Je choisis d'ignorer le ton sur lequel elle s'adressait à moi. Il fallait toujours que Denise en rajoute pour jouer les morveuses.

— Non, répondis-je. Pour quoi faire ?

— Parce que c'est *marrant* !

Elle souriait et le sourire aurait dû la rendre jolie. Elle avait de belles dents blanches et une bouche ravissante, délicate. Mais il y avait systématiquement quelque chose qui clochait avec le sourire de Denise, toujours une sorte de folie. Comme si — en fait — elle ne s'amusait pas tant que ça, malgré ce qu'elle aurait voulu vous faire croire.

Il disparaissait aussi trop vite. C'était déconcertant.

Exactement l'effet qu'il me faisait au moment où elle lança, assez bas pour n'être entendue que de moi seul :

— Je pensais au Jeu, tout à l'heure.

Elle plongea son regard dans le mien, les yeux écarquillés et l'air sérieux, comme si quelque chose allait suivre, quelque chose d'important. J'attendis. Je pensai qu'elle attendait peut-être une réponse de ma part. Je n'en fis rien. Au lieu de cela, je regardai en direction du camion.

Le Jeu, me dis-je. *Super*.

Je n'aimais pas penser au Jeu. Mais aussi longtemps que Denise et quelques autres seraient dans les parages, je supposais que je n'aurais pas vraiment le choix.

Nous avions commencé l'été dernier. Quelques-uns parmi nous — moi, Donny, Willie, Woofer, Eddie, Tony et Lou Morino, et enfin, plus tard, Denise — avions pris l'habitude de nous retrouver dans la pommeraie pour jouer à un jeu que nous appelions « Commando ». Nous y jouâmes si souvent qu'il devint bientôt le « Jeu ».

Je ne sais pas qui en eut l'idée en premier. Peut-être Eddie ou les Morino. Ça nous vint simplement comme ça, un jour, pour ne plus nous quitter.

Dans le Jeu, un gars faisait le Commando. La pommeraie constituait le territoire où il se trouvait en sécurité. Le reste de la bande devenait une section de soldats bivouaquant à quelques mètres de là, sur une colline près du ruisseau où nous avions joué au Roi de la montagne quand nous étions plus petits.

Nous faisions de drôles de soldats, parce que nous ne possédions pas d'armes. J'imagine que nous les avions perdues au combat. Mais le Commando n'en manquait pas, lui : toutes les pommes qu'il pouvait porter.

En théorie, il bénéficiait aussi de l'avantage de la

surprise. Une fois prêt, il se glissait hors de la pommeraie, à travers les buissons, et effectuait un raid dans notre camp. Avec de la chance, il parvenait à toucher l'un d'entre nous avec une pomme avant d'être surpris. Les pommes servaient de bombes. Si vous étiez touché, vous étiez mort, vous sortiez du jeu. L'objectif était donc de toucher autant de gars que possible avant d'être capturé.

Le Commando finissait toujours par être pris.

C'était le but.

Le Commando ne gagnait jamais.

Et pour une bonne raison : tout le monde l'attendait, tranquillement assis sur une colline de taille respectable. À moins d'une herbe particulièrement haute et de beaucoup de chance, il se faisait forcément repérer. Bonjour la surprise… Ensuite, à sept contre un, il n'avait que la pommeraie, à plusieurs mètres de là, où se réfugier. Il n'avait pas d'autre choix que de balancer ses pommes comme un malade pardessus son épaule tout en se précipitant vers sa base avec une bande de gosses qui lui courait après comme une meute de chiens. Il pouvait s'estimer heureux s'il en touchait deux ou trois avant de se faire prendre.

Comme je le disais : c'était le but.

Parce que, une fois capturé, le Commando se retrouvait ligoté à un arbre du bosquet, les bras liés derrière le dos, les jambes attachées ensemble.

On le bâillonnait. On lui bandait les yeux.

Et les survivants pouvaient lui faire tout ce qu'ils voulaient pendant que les autres — même les « morts » — regardaient.

Tantôt tout le monde y allait doucement et tantôt pas.

Le raid durait peut-être une demi-heure.

La capture pouvait prendre toute la journée.

Au minimum, le Commando s'en tirait avec une grosse frayeur.

Bien entendu, Eddie pouvait tout se permettre. La plupart du temps, les autres avaient peur de le capturer. Il était capable de se retourner contre vous, de ne pas respecter les règles, et alors le Jeu tournait à la mêlée générale, violente et sanglante. Et s'il avait été capturé, se posait toujours le problème de le relâcher. Pour ceux qui lui avaient fait quelque chose qu'il n'avait pas apprécié, cela revenait à libérer un essaim d'abeilles.

Pourtant, c'est Eddie qui initia sa sœur.

Et une fois que Denise en fit partie, la nature du Jeu changea complètement.

Pas tout de suite. D'abord, tout se passa comme avant. Chacun prenait son tour, moi y compris, sauf que maintenant cette *fille* se trouvait là.

Alors, nous commençâmes à faire comme si nous devions nous montrer gentils avec elle. Au lieu de nous relayer, nous la laissions choisir le rôle qu'elle voulait assumer. Troupes ou Commando. Parce qu'elle était nouvelle dans le Jeu, parce qu'elle était une fille.

Ensuite, elle fit comme si elle avait cette idée fixe de tous nous avoir avant que ce soit son tour. Elle prenait ça pour une sorte de défi. Chaque jour était celui où elle allait enfin gagner à Commando.

Nous savions que c'était impossible. Déjà, elle tirait comme un pied.

Denise ne gagna jamais à Commando.

À douze ans, elle avait des cheveux brun-roux bouclés et de légères taches de rousseur lui couvraient la peau.

Ses seins commençaient à poindre timidement, mais ses mamelons saillaient déjà, pâles et charnus.

Je pensais à tout cela, les yeux fixés sur le camion, les travailleurs et les poutres métalliques.

Mais Denise refusait de laisser tomber.

— C'est l'été, répéta-t-elle. Pourquoi est-ce qu'on ne joue pas ?

Elle savait très bien pourquoi, mais elle avait tout de même raison d'une certaine manière — le Jeu ne s'était arrêté que parce qu'il avait commencé à faire trop froid. Ça et la culpabilité bien sûr.

— Nous sommes un peu trop vieux pour ça, mentis-je.

Elle haussa les épaules.

— Mouais. Peut-être. Et peut-être que vous n'êtes que des poules mouillées.

— Possible. J'ai une idée : tu n'as qu'à demander à ton frère s'il pense être une poule mouillée.

— C'est ça, dit-elle en riant. T'as raison.

Le ciel se couvrait.

— Il va pleuvoir, remarqua Cheryl.

Les hommes en semblaient persuadés. En plus des poutres métalliques, ils sortaient des bâches en toile qu'ils étalaient sur la pelouse, au cas où. Ils travaillaient vite, essayant d'avoir fini de monter la grande roue avant l'averse. Je reconnus l'un d'eux, que j'avais aperçu l'été dernier ; un blond musclé, un type du Sud nommé Billy Bob ou Jimmy Bob quelque chose. Il avait offert une cigarette à Eddie qui la lui avait demandée. Ça avait suffi à le rendre mémorable. À l'aide d'un gros marteau à panne ronde, il assemblait les pièces de la grande roue, riant à une remarque d'un gros type à côté de lui. Un rire aigu et perçant, presque féminin.

On entendait le tintement du marteau et le grognement des vitesses du camion derrière nous, le grondement des groupes électrogènes en activité et le grincement des machines — et puis, soudain, le bruit sec et saccadé de la pluie tombant à verse sur la terre bien tassée du stade.

— Tous aux abris !

Je tirai ma chemise de mon jean et m'en protégeai la tête. Cheryl et Denise couraient déjà vers les arbres.

Ma maison se trouvait plus près que la leur. La pluie ne me gênait pas vraiment, mais c'était une bonne excuse pour m'éloigner. De Denise surtout.

Je n'arrivais pas à croire qu'elle voulait parler du Jeu.

La pluie ne paraissait pas devoir durer. Elle tombait trop fort. Une fois l'averse terminée, d'autres enfants traîneraient peut-être dans le coin. Je pourrais la semer.

Je passai devant les filles blotties sous les arbres en courant.

— Je rentre chez moi ! expliquai-je.

Les cheveux de Denise se plaquaient contre ses joues et sur son front. Elle souriait à nouveau. Sa chemise trempée permettait de voir à travers.

Je vis Cheryl balancer son long bras squelettique et mouillé dans ma direction.

— On peut venir ? hurla-t-elle.

Je feignis de ne pas l'entendre. La pluie faisait beaucoup de bruit en tombant sur les feuilles. Cheryl s'en remettrait. Je continuai à courir.

Denise et Eddie, songeai-je. *Bon sang, ils faisaient vraiment la paire.*

Si quelqu'un devait jamais m'attirer des ennuis, ça ne pouvait être qu'eux. Ensemble ou séparément. Sûr.

Alors que je passais devant sa maison, je vis Ruth, sur sa véranda, rentrant le courrier qu'elle venait d'extraire de la boîte aux lettres. Elle se retourna dans l'embrasure de la porte et sourit en me faisant un signe de la main, alors que l'eau tombait en cascade depuis l'avant-toit.

5

Je n'appris jamais qu'elle avait été la source de l'animosité qui s'était installée entre Ruth et ma mère, mais quelque chose s'était produit quand j'avais huit ou neuf ans.

Avant cela, bien avant la venue de Meg et Susan, je passais la nuit là-bas, avec Donny, Willie et Woofer — leur chambre comportait deux lits superposés. Habitué à sauter dans son lit, Willie en avait détruit quelques-uns au fil des ans — il fallait toujours qu'il se jette sur quelque chose. Quand il avait deux ou trois ans, racontait Ruth, il avait mis en pièces son lit d'enfant. À force de s'affaler sur les chaises de la cuisine, il avait fini par toutes les rendre branlantes. Mais les lits actuellement installés dans la chambre paraissaient robustes. Ils avaient survécu.

Depuis la brouille entre Ruth et ma mère, je n'avais que rarement le droit de coucher là-bas.

Mais je me souviens de ces premières nuits, quand nous étions petits. Nous faisions les pitres dans le noir pendant une heure ou deux, chuchotant, gloussant, crachant par les côtés sur ceux qui avaient hérité des lits du bas. Puis Ruth faisait son apparition en hurlant, le signal pour nous qu'il était vraiment l'heure de dormir.

Les nuits de la fête des Kiwanis étaient mes préférées. Par la fenêtre de la chambre à coucher donnant sur la cour de récréation nous parvenaient la musique des orgues de Barbarie, les cris, le vrombissement et le grincement des machines.

Le ciel rouge orange, où perçaient çà et là les rouges et les bleus plus vifs de l'*Octopus* disparaissant à toute vitesse derrière les arbres, donnait l'impression qu'un feu de forêt faisait rage.

Nous savions ce qui se trouvait là-bas — après tout, nous en revenions à peine, les mains encore collantes de barbe à papa. Cependant, il y avait quelque chose de mystérieux à rester allongé ainsi, bien après l'heure habituelle du coucher, pour simplement écouter — en silence, pour une fois. Nous envions les adultes et les adolescents en imaginant la terreur et l'excitation de ces grands manèges qui nous restaient interdits en raison de notre jeune âge et qui provoquaient tous ces cris. Nous écoutions jusqu'à ce que les sons et les lumières s'éteignent lentement, remplacés par les rires d'inconnus alors qu'ils regagnaient leurs voitures garées tout le long de notre rue.

Et je me jurai que le jour où je serais assez grand, je partirais le dernier.

Et aujourd'hui, je me retrouvais seul à la buvette, entamant mon troisième hot dog de la soirée, à me demander ce que j'allais bien pouvoir faire.

J'avais fait le tour de toutes les attractions qui

m'intéressaient. J'avais perdu de l'argent à tous les jeux et à toutes les roues de la fortune que cet endroit avait à offrir, et n'en avais retiré qu'un minuscule caniche en céramique, perdu au fond d'une de mes poches — un cadeau pour ma mère.

J'avais mangé ma pomme d'amour, mon Sno-Cone et ma part de pizza.

J'avais traîné avec Kenny et Malcolm jusqu'à ce que Malcolm soit malade sur le Dive Bomber, puis avec Tony et Lou Morino, Linda et Betty Martin jusqu'à ce qu'ils rentrent chez eux. Je m'étais bien amusé, mais à présent je me retrouvais tout seul. À dix heures du soir.

Encore deux heures à tirer.

J'avais croisé Woofer plus tôt, mais Donny et Willie Jr n'étaient pas venus, et Meg et Susan non plus. C'était bizarre, parce que Ruth aimait vraiment beaucoup aller à la fête des Kiwanis d'habitude. Je songeai à traverser la rue pour voir de quoi il retournait, mais ç'aurait été comme admettre que je m'ennuyais et je n'étais pas encore prêt à ça.

Je décidai d'attendre un peu.

Dix minutes plus tard, Meg arriva.

Je tentais ma chance sur le sept rouge et envisageais une deuxième pomme d'amour quand je la vis lentement traverser la foule, seule, en jeans et chemisier vert vif ; soudain, je ne me sentis plus si timide. Mon absence de timidité me stupéfia. Peut-être qu'à ce moment-là j'étais prêt à tout. J'attendis d'avoir à nouveau perdu sur le rouge et allai la rejoindre.

J'eus l'impression d'interrompre quelque chose.

La tête levée, elle fixait la grande roue, fascinée,

remettant en place une mèche de cheveux roux avec ses doigts. Je vis quelque chose étinceler sur sa main alors qu'elle retombait sur le côté.

La roue allait plutôt vite. Au sommet, les filles poussaient des cris perçants.

— Salut, Meg.

Elle me regarda, sourit et dit :

— Salut, David.

Puis elle retourna son attention sur la roue.

Elle n'avait jamais rien vu de pareil auparavant, je le devinai rien qu'à son regard. *Quelle vie a bien pu être la sienne jusqu'à présent ?* me demandai-je.

— Super, non ? C'est l'une des plus rapides.

Elle se tourna vers moi à nouveau, tout excitée.

— Vraiment ?

— Oui. En tout cas, elle va plus vite que celle de Playland. Même plus vite que celle de Bertram's Island.

— Elle est superbe.

Secrètement, je l'approuvai. Le glissement fluide et tranquille de la roue m'avait toujours plu. Elle possédait une simplicité de conception et d'usage qui manquait aux manèges plus effrayants. Je n'aurais pas su l'exprimer à l'époque, mais j'ai toujours pensé que la roue était gracieuse, romantique.

— Tu veux essayer ?

J'entendis le désir dans ma voix et souhaitai disparaître sous terre. Qu'est-ce qui me prenait ? Cette fille était plus vieille que moi — peut-être trois ans de plus ! Je devenais cinglé.

J'essayai de faire marche arrière.

Je l'avais peut-être embarrassée.

— Je veux dire… Si tu veux, je viens avec toi. Si tu as peur. Ça ne me gêne pas.

Elle rit. Je sentis la pointe du couteau s'éloigner de ma gorge.

— Allez, viens, me dit-elle.

Elle me prit la main et m'entraîna à sa suite.

Je payai pour nos deux billets et nous nous installâmes dans une nacelle. Je ne me souviens que du contact de sa main, chaude et sèche dans l'air frais de la nuit, de ses doigts délicats et forts. Ça et le rouge de mes joues qui me rappelait que je me trouvais, âgé de douze ans, sur la roue en compagnie d'une — presque — femme.

Puis la roue marqua les arrêts successifs nécessaires au chargement des autres nacelles et je me trouvais confronté au bon vieux problème de savoir quoi dire le temps que nous parvenions au sommet. Je le résolus en ne disant rien et elle ne sembla pas s'en formaliser. Elle ne paraissait pas le moins du monde mal à l'aise, simplement détendue et contente de se trouver là-haut, le regard englobant la foule, l'étendue de la fête ponctuée de lumières et, pardessus les cimes des arbres, nos maisons. La nacelle se balançait doucement d'avant en arrière et elle souriait, fredonnant une chanson que je ne connaissais pas.

Quand la roue commença à tourner, elle éclata de rire et je songeai que je n'avais jamais rien entendu d'aussi joli et d'aussi gai ; je me sentis fier de l'avoir invitée, de l'avoir rendue heureuse et de l'avoir fait rire ainsi.

Comme je l'ai déjà dit, la roue allait vite et au sommet régnait un silence presque complet, puis elle vous replongeait dans le brouhaha de la fête comme dans un cocon, avant d'en ressortir à nouveau, le bruit s'estompant rapidement. En haut, vous vous sentiez si léger dans la brise fraîche que vous vous reteniez à la barre de protection, de peur de vous envoler pour de bon.

Je baissai les yeux sur ses mains agrippées à la barre et vis la bague. Dans le clair de lune, elle paraissait fine et pâle. Elle scintillait.

Je feignis d'apprécier la vue, mais je n'avais d'yeux que pour son sourire et l'excitation que je lisais dans son regard, la façon qu'avait le vent de battre son chemisier en le pressant contre ses seins.

Puis notre nacelle atteignit le sommet et la roue tourna plus vite, glissant dans l'air avec majesté, plus gracieuse, élégante et électrisante que jamais. Moi, j'observais le visage ravissant de Meg se découper successivement sur un fond d'étoiles, puis sur le bâtiment de l'école plongée dans l'obscurité et enfin sur les tentes brun pâle des Kiwanis, les cheveux projetés en arrière avant de revenir frôler ses joues alors que nous remontions. Et, soudain, je ressentis ces deux ou trois années qu'elle avait vécues, et moi pas, comme une terrible et pesante ironie, une sorte de malédiction. L'espace d'un instant, je pensai : *Ce n'est pas juste. Je peux lui offrir ça, mais pas plus et ce n'est pas juste.*

Ce sentiment passa. Alors que notre tour touchait à sa fin et que nous attendions près du sommet, il ne restait plus que le plaisir de la joie que j'avais lue sur son visage, celui de l'avoir vue si *vivante*.

Je pouvais parler à présent.

— Ça t'a plu ?

— Bon Dieu, j'ai *adoré* ! Tu me gâtes vraiment, David.

— Je n'arrive pas à croire que tu n'étais jamais montée sur la grande roue auparavant.

— Mes parents… Je sais qu'ils avaient l'intention de nous emmener quelque part. Palisades Park, je crois. Nous n'en avons simplement jamais eu le temps.

— J'ai entendu pour… tout ça. Je suis désolé.

Ça y était. Je l'avais dit.

Elle fit un signe de la tête affirmatif.

— Ils me manquent, c'est ça le pire, tu sais ? Et aussi de savoir qu'ils ne reviendront jamais. Ce simple fait. Quelquefois, j'oublie et c'est comme s'ils étaient partis en vacances. Alors je me dis, mince, j'aimerais qu'ils téléphonent. Ils me manquent et j'oublie qu'ils sont vraiment partis. J'oublie les six derniers mois écoulés. C'est pas bizarre ? C'est dingue, non ? Ensuite, je me reprends… et tout redevient réel.

» Je rêve beaucoup d'eux. Et, dans mes rêves, ils sont toujours en vie. Nous sommes heureux.

Je voyais les larmes lui monter aux yeux. Elle sourit et secoua la tête.

— Ne me lance pas sur ce sujet, murmura-t-elle.

Nous entamions la descente à présent. Il ne restait que cinq ou six nacelles devant nous. Je vis le prochain groupe attendre son tour. Je baissai les yeux sur la barre et remarquai à nouveau la bague de Meg. Elle surprit mon regard.

— C'est l'alliance de ma mère, expliqua-t-elle. Ruth n'aime pas beaucoup que je la porte, mais c'est ce que maman aurait voulu. Je ne vais pas la perdre. Je ne pourrais jamais la perdre.

— Elle est jolie. Vraiment belle.

Elle sourit.

— Plus que mes cicatrices ?

Je rougis, mais ce n'était pas grave, elle ne faisait que me taquiner.

— Beaucoup plus.

La roue reprit sa descente. Plus que deux nacelles avant la nôtre. Le temps me paraissait filer comme dans un rêve, mais, même ainsi, il allait trop vite. Je détestais l'idée que la fin fut proche.

— Tu te plais chez les Chandler ? demandai-je.

Elle haussa les épaules.

— Ça peut aller. Ce n'est pas comme à la maison. Pas comme avant. Ruth se comporte parfois… de manière étrange. Mais je pense qu'elle a de bonnes intentions. (Elle s'interrompit, puis ajouta :) Woofer est un peu bizarre.

— Je ne te le fais pas dire !

Nous éclatâmes de rire. Mais son commentaire à propos de Ruth me troubla. Je me souvins du ton réservé de sa voix, de sa froideur, ce premier jour au bord du ruisseau.

— Nous verrons bien, reprit-elle. Je suppose qu'il faut du temps pour s'habituer, tu ne crois pas ?

Nous étions arrivés en bas. L'un des forains leva la barre de protection et stabilisa la nacelle avec son pied. Je le remarquai à peine. Nous descendîmes.

— Par contre, il y a une chose que je n'aime vraiment pas…

Elle avait pratiquement chuchoté, comme si elle craignait que quelqu'un l'entende et rapporte ses paroles à quelqu'un d'autre — et aussi comme si nous étions des confidents, des égaux, des conspirateurs.

J'aimais beaucoup cela. Je me penchai plus près.

— Quoi ? demandai-je.

— Au sous-sol, répondit-elle. Cet abri antiatomique. Je n'aime pas ça du tout.

6

Je savais de quoi elle parlait.

En son temps, Willie Chandler Sr avait été un sacré bricoleur.

Bricoleur et un peu paranoïaque.

Ainsi, j'imagine que, quand Khrouchtchev annonça aux Nations unies qu'il nous enterrerait tous, Willie Sr dut réagir en répondant quelque chose comme « dans tes rêves » et se construisit un abri antiatomique au sous-sol.

C'était une pièce à l'intérieur d'une autre pièce, d'une superficie de deux mètres cinquante sur trois et d'un peu moins de deux mètres de haut, respectant à la lettre les directives gouvernementales. Vous descendiez l'escalier depuis leur cuisine, passiez devant les pots de peinture entassés sous les marches, puis devant l'évier, la machine à laver et le sèche-linge, avant de tourner et de franchir une lourde porte en métal, verrouillée — à l'origine, la porte d'un garde-manger. Une fois à l'intérieur, vous vous trouviez dans une enceinte de béton où régnait une température inférieure d'au moins dix degrés au reste de la maison, un endroit sombre qui sentait le renfermé.

Il n'y avait ni prise de courant ni lampe d'installées.

Willie avait cloué des poutrelles métalliques aux poutres du plancher de la cuisine, avec d'épais piliers en bois pour les soutenir. À l'extérieur de la maison, il avait bouché avec des sacs de sable l'unique fenêtre et recouvert l'intérieur d'un solide treillis métallique. Il avait garni l'abri de tout le matériel nécessaire : un extincteur, une radio à piles, une hache, une barre à mine, une lanterne à piles, une trousse de premier secours et des bouteilles d'eau. Des cartons de conserves s'empilaient sur une petite table en bois dur — une fabrication maison — en compagnie d'un réchaud Sterno, d'un réveil de voyage et d'une pompe à air pour gonfler les matelas roulés dans un coin.

Il avait acheté et bâti tout cela avec le salaire d'un laitier.

Il avait même pensé à la pelle et au pic, pour creuser vers la sortie après l'explosion.

Willie n'avait ignoré qu'une seule des recommandations gouvernementales : l'installation de toilettes chimiques.

Trop chères. Et il avait quitté sa famille avant d'en arriver là.

À présent, Ruth ne descendait dans cet endroit miteux que lors d'incursions dans les provisions, lorsqu'elle faisait la cuisine. L'extincteur était tombé de son support mural, les piles de la radio et de la lanterne étaient mortes depuis longtemps ; une épaisse couche de crasse sur tous les objets témoignait de trois ans d'absence d'entretien et d'abandon. Ruth n'allait certainement pas nettoyer l'abri. Il lui rappelait trop Willie.

Il nous arrivait d'y jouer, mais pas souvent.

C'était un endroit effrayant.

Comme s'il avait construit une cellule — pas un abri pour maintenir quelque chose à l'extérieur, mais un profond trou noir pour garder quelque chose *à l'intérieur*.

Et, d'une certaine façon, sa position centrale imprégnait toute la cave. Même en train de boire un Coca en bavardant avec Ruth pendant qu'elle faisait sa lessive, vous ne pouviez vous empêcher de regarder par-dessus votre épaule en direction de cette espèce de bunker à l'allure malveillante, ce mur de béton massif, à la surface craquelée, constamment suintante. On aurait dit que le mur lui-même était vieux et malade, mourant.

Il nous arrivait d'y entrer pour nous faire peur.

Il ne servait qu'à ça. Nous effrayer les uns les autres. Et pas à grand-chose d'autre.

Nous l'utilisions avec modération.

7

— Je vais vous dire, moi, ce qui manque à cette fichue fête foraine : un bon vieux *hootchie-koo* !

Nous étions mardi soir, la seconde nuit de fête, et Ruth regardait Cheyenne Bodie[1] endosser son rôle de justicier pour la énième fois, alors que le maire froussard de la petite ville lui épinglait un insigne sur sa chemise à franges en peau de vache. Cheyenne avait fière allure et paraissait déterminé.

Ruth tenait une bière dans une main et une cigarette dans l'autre. Affalée dans le fauteuil en cuir près de la cheminée, pieds nus, elle étalait ses longues jambes sur le repose-pieds.

Allongé sur le sol, Woofer leva les yeux vers elle.

— C'est quoi, un « *hootchie-koo* » ?

— *Hootchie-koo. Hootchie-koochie*. Des danseuses, Ralphie. Ça et une exhibition de monstres. À ton âge, nous avions les deux. Une fois, j'ai vu un homme avec trois bras.

Willie Jr la regarda.

— Même pas vrai, dit-il.

1. Dans la série TV *Cheyenne* (*NdT*).

Mais elle avait réussi à attirer son attention.

— Ne contredis pas ta mère. C'est vrai. J'ai vu un homme avec trois bras — l'un d'eux était juste une toute petite chose qui lui sortait par là.

Elle leva le bras et pointa un endroit sous son aisselle, impeccablement rasée et lisse sous sa robe.

— Les deux autres étaient normaux, comme les tiens. J'ai aussi vu une vache à deux têtes, pendant la même exhibition. Mais celle-là était morte, bien sûr.

Nous formions un cercle irrégulier devant le poste de télévision Zenith, Woofer sur le tapis à côté de Ruth, moi et Willie et Donny sur le canapé, Eddie accroupi directement devant la télévision, obligeant Woofer à changer de position pour voir l'image.

Dans ces moments-là, vous n'aviez pas à vous soucier d'Eddie. Chez lui, sa famille n'avait pas la télé. Il restait rivé au poste. Et Ruth faisait sans doute partie des rares personnes à exercer une quelconque autorité sur lui.

— Quoi d'autre ? demanda Willie Jr. Qu'est-ce que tu as vu d'autre ?

Il passa sa main dans ses cheveux blonds coupés en brosse. Il faisait ça sans arrêt. Il devait aimer cette sensation, mais je voyais mal comment il pouvait apprécier le contact graisseux de la mèche gominée à l'avant.

— Surtout des trucs dans des bouteilles. Des mort-nés, tu sais ? Conservés dans du formol. Des petits corps tout rabougris — des chèvres, des chats. Toutes sortes de choses. Ça remonte à vraiment loin. Je ne me rappelle pas tout. Mais je me souviens d'un homme qui devait peser pas loin de trois cents kilos. Il fallait trois autres types pour le soulever. Jamais rien vu d'aussi gros — et je n'ai pas envie de revoir ça.

L'image des trois aides pour le soulever nous fit bien rire.

Nous savions tous que Ruth surveillait sa ligne.

— Je vous le dis, les fêtes foraines, c'était autre chose de mon temps.

Elle soupira.

Une expression apaisée et rêveuse envahit son visage, celle qu'elle prenait parfois quand elle pensait à son passé — son lointain passé. Pas à Willie, à l'enfance. J'aimais bien la regarder quand elle rêvassait ainsi, je crois que nous aimions tous ça. Les angles de ses traits semblaient s'adoucir, et elle devenait aussi belle que la mère de quelqu'un pouvait l'être.

— Tu es prête ? demanda Woofer.

Il se montrait impatient parce que la nuit où il avait la permission d'aller à la fête foraine si tard n'était pas une nuit ordinaire pour lui.

— Pas encore. Finissez vos sodas. Laissez-moi faire de même avec ma bière.

Elle tira longuement sur sa cigarette, retenant la fumée dans sa bouche, puis la rejetant en soufflant d'un seul coup.

Je ne connaissais que le père d'Eddie pour fumer une cigarette avec une détermination comparable à celle de Ruth. Elle inclina la canette de bière et but.

— Je veux en savoir plus à propos de ce *hootchie-koo*, demanda Willie.

Il se pencha en avant sur le canapé à côté de moi, les épaules rentrées, voûté.

À mesure que Willie devenait plus vieux et grandissait, son allure se faisait plus avachie. Ruth disait que, s'il continuait à ce rythme et sur cette voie, il deviendrait bossu avant d'avoir atteint les un mètre quatre-vingts.

— Oui, appuya Woofer. Qu'est-ce que c'est ? Je n'ai pas compris.

Ruth rit.

— Je vous l'ai dit : des danseuses. On ne vous a donc rien appris ? Certaines d'entre elles sont à moitié nues.

Elle leva sa robe en tissu imprimé défraîchi à mi-chemin sur ses cuisses, la tint ainsi un moment, l'agita dans notre direction, puis la laissa retomber.

— Des jupes jusque-là, expliqua-t-elle. De minuscules soutiens-gorge et rien d'autre. Peut-être un rubis ou autre chose dans le nombril. Des cercles rouge foncé peints là et là. (Elle désigna ses mamelons, décrivant de lents cercles avec ses doigts. Puis elle nous regarda.) Qu'est-ce que vous dites de *ça ?*

Je me sentis rougir.

Woofer rit.

Willie et Donny l'observaient attentivement.

Eddie garda les yeux rivés sur Cheyenne Bodie.

— Bien, dit-elle en riant. Je suppose que rien de tel ne sera parrainé par ces bons vieux Kiwanis, n'est-ce pas ? Pas par *eux*, non. Ce n'est pourtant pas l'envie qui leur manque. Ils adoreraient ça ! Mais ils doivent penser à leurs *femmes*. Fichus hypocrites !

Ruth en avait toujours après les Kiwanis, le Rotary ou quelque autre association.

Les bonnes causes ne l'intéressaient pas.

Nous étions habitués.

Elle vida sa bière et écrasa sa cigarette.

Elle se leva.

— Finissez de boire, les garçons. Allons-y. Sortons. Meg ? Meg Loughlin !

Elle se rendit dans la cuisine et laissa tomber sa canette de bière vide dans le seau à ordures.

Plus haut dans le couloir, la porte de sa chambre s'ouvrit et Meg en sortit, une expression prudente sur le visage — sans doute parce que Ruth avait crié. Puis elle me vit et elle sourit.

C'était donc ainsi qu'ils s'étaient arrangés, pensai-je. Meg et Susan dans l'ancienne chambre de Ruth. Un choix logique, puisque la pièce était la plus petite des deux. Mais cela signifiait aussi que Ruth couchait sur le canapé convertible ou avec Donny, Woofer et Willie Jr. Je me demandai ce que mes parents auraient trouvé à redire à *ça*.

— J'emmène les garçons manger une glace à la foire, Meggie. Surveille ta sœur et ne t'approche pas du frigo. Ça t'évitera de grossir.

— D'accord.

Ruth se tourna vers moi.

— David, dit-elle. Tu sais ce que tu devrais faire ? Aller dire bonjour à Susan. Tu ne l'as pas encore rencontrée et ce n'est pas poli.

— Bien sûr. J'y vais.

Meg ouvrit la marche et m'entraîna dans le couloir.

Leur porte se trouvait à gauche, face à celle de la salle de bains, la chambre des garçons juste après. J'entendais de la musique douce à la radio, provenant de derrière la porte. Tommy Edward chantait *It's All in the Game*[1]. Meg ouvrit la porte et nous entrâmes.

Quand vous avez douze ans, les plus petits ne sont que cela : des petits, un point c'est tout. Vous n'êtes même pas censé remarquer leur présence. Ils font partie du paysage, comme les insectes, les oiseaux ou les écureuils, ou encore le chat des voisins. Qui s'en soucie ? Excepté bien sûr s'il s'agit de quelqu'un comme Woofer ; dans ce cas, vous ne pouvez pas faire autrement que de le remarquer.

Mais j'aurais remarqué Susan.

Je savais que la fillette étendue sur le lit et qui levait les yeux vers moi au-dessus de son exemplaire de *Screen Stories* n'avait que neuf ans — Meg me l'avait dit — mais elle paraissait bien plus jeune. J'étais content qu'elle ait remonté les couvertures, m'évitant ainsi de voir les plâtres de ses jambes et de ses hanches. Elle semblait suffisamment fragile sans que j'aie besoin de penser à tous ces os cassés. Mais j'avais tout de même noté ses poignets et les longs doigts fins qui tenaient le magazine.

Je m'interrogeai : *devient-on ainsi après un accident ?*

Hormis les yeux vert vif, j'avais l'impression de rencontrer le négatif de Meg. Là où Meg n'était que santé, force et vitalité, sa sœur ressemblait à une ombre. Elle avait la peau si pâle sous la lampe de lecture qu'elle paraissait translucide.

Donny avait dit qu'elle prenait des pilules tous

1. « Ça fait partie du jeu » (*NdÉ*).

les jours pour la fièvre, des antibiotiques, et que sa guérison ne se déroulait pas comme prévu — marcher lui faisait toujours très mal.

Je songeai au conte de Hans Christian Andersen avec la petite sirène dont les jambes l'avaient fait souffrir, elle aussi. Dans mon livre, l'illustration faisait penser à Susan : les mêmes longs cheveux blonds soyeux et les mêmes traits délicats, mais aussi cette expression de tristesse et de vulnérabilité résignée. Comme si elle avait été abandonnée sur le rivage.

— C'est toi, David, affirma-t-elle.

J'acquiesçai et lui dis bonjour.

Les yeux verts m'étudièrent. Il y avait de l'intelligence dans ce regard, de la chaleur aussi. En cet instant, elle paraissait à la fois plus jeune et plus vieille que ses neuf ans.

— Meg dit que tu es gentil, poursuivit-elle.

Je souris.

Elle m'observa encore un peu et me rendit mon sourire, puis elle se replongea dans son magazine. À la radio, Alan Freed jouait *Little Star*, le morceau des Elegants.

Meg nous regardait, encadrée dans l'embrasure de la porte. Je ne savais pas quoi dire.

Je sortis et remontai le couloir. Les autres m'attendaient.

Je sentais les yeux de Ruth sur moi. Je baissai la tête et fixai le tapis.

— Très bien, conclut-elle. Maintenant, vous avez fait connaissance.

DEUXIÈME PARTIE

1

Deux nuits après la fête, une poignée d'entre nous passa la nuit à la belle étoile.

Les gars les plus âgés de notre rue — Lou Morino, Glen Knott et Harry Gray — avaient pris pour habitude, depuis des années, de camper dans les bois pendant les chaudes nuits d'été, près de l'ancien château d'eau, derrière le terrain de base-ball de la Little League. Ils emportaient deux packs de six bières et les cigarettes volées chez Murphy.

Nous étions encore trop jeunes pour ça — le château d'eau était situé à l'autre bout de la ville. Mais cela ne nous avait pas empêchés de les envier — fréquemment et à voix haute — jusqu'à ce que nos parents nous donnent la permission de camper, nous aussi, tant que nous le faisions sous la supervision d'un adulte — autrement dit, dans le jardin de l'un d'entre nous. Et c'est ce que nous fîmes.

Je possédais une tente et Tony Morino avait celle de son frère Lou quand ce dernier ne l'utilisait pas. Nous finissions donc toujours dans mon jardin ou dans le sien.

Personnellement, je préférais le mien. Celui de

Tony n'était pas mal, mais pour vraiment avoir l'illusion de camper loin de tout, il fallait pouvoir dresser la tente le plus loin possible et le jardin de Tony ne s'y prêtait pas. Il s'accrochait au flanc d'une colline, avec juste quelques broussailles et un champ derrière. Le champ et les broussailles étaient inintéressants et vous passiez la nuit sur une pente. À l'inverse, mon jardin plongeait tout droit dans les bois profonds, sombres et effrayants la nuit, avec les ombres des ormes, des bouleaux et des érables, et le déchaînement des grillons et des grenouilles du ruisseau. Il était plat et bien plus confortable.

Même si nous ne dormions pas beaucoup.

Pas cette nuit-là, en tout cas.

Depuis la nuit tombante, nous avions passé le temps, allongés, à raconter des blagues de mauvais goût (« Maman, maman ! Billie a vomi dans la casserole sur le feu ! Tais-toi et mange ton ragoût. »), tous les six pliés de rire et entassés dans une tente prévue pour quatre — moi, Donny, Willie, Tony Morino, Kenny Robertson et Eddie.

Woofer était puni pour avoir joué — encore une fois — avec ses soldats en plastique sur la grille de l'incinérateur du jardin — sinon, il aurait pleurniché assez longtemps et assez fort pour nous obliger à le prendre avec nous. Mais Woofer avait cette manie. Il laissait pendre ses chevaliers et ses soldats à la grille de l'incinérateur et regardait leurs bras et leurs jambes brûler lentement en même temps que les ordures, imaginant Dieu sait quoi, pendant que le plastique gouttait, que les soldats se racornissaient et que s'élevait une volute de fumée noire.

Ruth détestait qu'il fasse cela. Les jouets coûtaient cher et le plastique fondu endommageait l'incinérateur.

Nous n'emportions pas de bière, mais nous avions des gourdes et des thermos remplies de Kool-Aid pour nous rattraper. Eddie avait fauché la moitié d'un paquet de Kool sans filtre à son père et nous fermions les rabats de la tente quand nous en partagions une de temps à autre. Nous chassions la fumée en agitant les bras. Puis nous rouvrions les rabats, au cas où ma mère serait venue nous surveiller — mais elle ne le fit jamais.

Donny se tourna vers moi et j'entendis l'emballage d'un Tasy Cake s'écraser sous son poids.

Ce soir-là, quand le camion était passé, nous étions tous allés dans la rue refaire nos réserves.

Maintenant, dès que quelqu'un bougeait, quelque chose craquait.

Donny raconta une blague.

— C'est l'histoire d'un gamin qui va à l'école, d'accord ? C'est un petit, il est assis à son pupitre, et sa maîtresse, une gentille vieille dame, le regarde et remarque qu'il a l'air vraiment triste. Elle lui demande ce qui ne va pas. Il répond qu'il n'a pas pris de petit déjeuner. « Mon pauvre petit, dit la maîtresse. Mais ne t'en fais pas, c'est bientôt l'heure du déjeuner. Tu mangeras à ce moment-là, d'accord ? Maintenant revenons-en à notre leçon de géographie. Où se trouve la frontière italienne ?

» — Au lit, en train de baiser ma mère, répond le petit. C'est pour ça que j'ai dû sauter le petit déjeuner. »

Nous éclatâmes de rire.

— Je l'avais déjà entendue, commenta Eddie. Ou alors je l'ai lue dans *Playboy*.

— C'est ça, ironisa Willie. (Willie se trouvait de l'autre côté par rapport à moi, contre la tente. Je sentais la cire dans ses cheveux et, à l'occasion, son haleine déplaisante.) C'est ça, tu l'as lue dans *Playboy*. Et moi, j'ai baisé Debra Paget. T'as raison.

Eddie haussa les épaules. Le contredire pouvait se révéler dangereux, mais Donny était étendu entre eux et faisait une dizaine de kilos en plus.

— C'est mon vieux qui l'achète, expliqua-t-il. Tous les mois. Je n'ai qu'à le faucher dans son tiroir ; je lis les blagues, je mate les gonzesses et je le remets en place. Il ne s'en est jamais rendu compte. Pas de problème.

— Ça vaudrait mieux pour toi qu'il ne l'apprenne jamais, dit Tony.

Eddie le regarda. Tony vivait en face de chez lui et nous savions tous que Tony savait que le père d'Eddie le battait.

— Sans blague, fit Eddie.

Il y avait comme un avertissement dans sa voix.

On pouvait presque sentir Tony se retirer doucement. C'était juste un petit Italien tout mince, mais il bénéficiait d'un certain statut parmi nous parce qu'il portait déjà le sombre duvet d'un début de moustache.

— Tu les as *tous* vus ? demanda Kenny Robertson. Mince ! J'ai entendu dire qu'il y avait eu un numéro avec Jayne Mansfield.

— Non, pas tous, répondit Eddie.

Il alluma une cigarette, je refermai donc les rabats de la tente.

— Mais j'ai vu ce numéro-là, poursuivit-il.

— Vrai ?

— Absolument.

Il tira une bouffée de sa cigarette, la jouant très « Mister Cool ». Willie s'assit près de moi et je sentis son gros ventre mou pressé dans mon dos. Il voulait la cigarette, mais Eddie n'était pas encore disposé à la faire circuler.

— Les plus gros nichons que j'aie jamais vus.

— Plus gros que ceux de Julie London ? Plus gros que ceux de June Wilkinson ?

— Merde ! Même plus gros que ceux de *Willie*, dit-il.

Puis lui, Tony et Donny éclatèrent de rire — même si Donny n'aurait pas dû trouver ça aussi drôle, parce qu'il commençait à avoir les mêmes. Des petites poches de graisse là où aurait dû se trouver du muscle. Je crois que Kenny Robertson avait peur de rire. Et comme Willie se trouvait juste à côté de moi, je ne disais rien non plus.

— Ha-ha-ha, coassa Willie. Très drôle. Tellement marrant que j'ai oublié de rire.

— Super, comme réponse, renchérit Eddie. T'es au CE2 ou quoi ?

— Va te faire mettre, répliqua Willie.

— Pour ça, il faudrait que ta mère se pousse.

— Hé ! reprit Kenny. Parle-nous de Jayne Mansfield. Tu as vu ses mamelons ?

— Et comment. Elle a un corps de rêve et des mamelons pointus et juteux, et ces gros nichons et ce cul incroyable. Mais ses jambes sont maigres.

— On s'en fout de ses jambes ! intervint Donny.

— Je te les laisse, offrit Eddie. Je baiserai le reste.

— Tu as tout vu ! s'exclama Kenny. Bon Dieu. Ses mamelons et tout le reste ! Incroyable.

Eddie lui passa la cigarette. Il prit une rapide bouffée et la tendit à Donny.

— Quand même, poursuivit Kenny, c'est une vedette de cinéma. C'est à se demander pourquoi elle fait ce genre de choses.

— Quel genre de choses ? demanda Donny.

— Montrer ses nichons dans un magazine.

Cela nous donna à réfléchir.

— En fait, elle n'est pas vraiment une actrice, proposa Donny. Je veux dire, Natalie Wood est une actrice. Jayne Mansfield est juste présente dans quelques films.

— Une starlette, précisa Kenny.

— Pas du tout, répliqua Donny. Elle est bien trop vieille pour ça. Dolores Hart est une starlette. Tu as vu *Loving You* ? J'adore la scène dans le cimetière.

— Moi aussi.

— C'est celle où joue Lizabeth Scott, précisa Willie.

— Et alors ?

— Moi, j'aime la scène de la buvette, dit Kenny. Où il chante et démolit l'autre type.

— Super, approuva Eddie.

— Vraiment super, renchérit Willie.

— Vraiment.

— De toute façon, *Playboy* n'est pas non plus un simple magazine, dit Donny. C'est *Playboy*. Même Marilyn Monrœ a posé pour eux. C'est *le* magazine.

— C'est ce que tu penses ? Meilleur que *Mad* ?

Kenny parut sceptique.

— Je veux, merde ! *Mad* est cool, mais c'est pour les mômes, tu comprends ?

— Et *Famous Monsters* alors ? demanda Tony.

Pas facile comme question. *Famous Monsters* venait de commencer à paraître et nous en étions tous dingues.

— Ouais, bien sûr, admit Donny. (Il tira sur sa cigarette et sourit. Un sourire entendu.) Mais est-ce qu'il y a des nichons dans *Famous Monsters of Filmland* ?

Sa logique irréfutable nous fit tous éclater de rire.

Il passa la clope à Eddie, qui prit la dernière bouffée et l'éteignit en l'écrasant sur l'herbe, puis il envoya le mégot dans les bois.

Un de ces silences s'installa, où personne n'avait rien à dire — nous avions tous l'esprit ailleurs.

Puis Kenny regarda Donny et lui demanda :

— Tu en as vraiment déjà vu ?

— Vu quoi ?

— Un nichon.

— Pour de vrai ?

— Ouais. (Donny rit.) Ceux de la sœur d'Eddie.

Il provoqua un nouvel éclat de rire collectif, parce que tout le monde les avait vus.

— Non, je veux dire sur une femme.

— Nan.

— Et vous autres ?

Il regarda autour de lui.

— Ma mère, dit Tony, visiblement mal à l'aise. Une fois. Je l'ai surprise dans la salle de bains pendant qu'elle enfilait son soutien-gorge. J'ai tout vu, l'espace d'une minute.

— Toute une *minute* ?

Kenny prenait vraiment ça très à cœur.

— Non, une seconde.

— Mince ! C'était comment ?

— Qu'est-ce que c'est que cette question ? « C'était comment ? » Je te parle de ma mère, bon sang ! Sainte Vierge ! Espèce de pervers !

— Hé ! Je n'avais pas l'intention de te vexer.

— C'est bon, il n'y a pas de mal.

Mais, à présent, nous pensions tous à Mme Morino, une Sicilienne courte sur pattes, à la taille épaisse et avec bien plus de moustache que Tony — mais elle avait de gros seins. Essayer de se la représenter ainsi constituait un exercice à la fois difficile et intéressant — et un rien répugnant.

— Je parie que ceux de Meg sont chouettes, fit Willie.

Pendant quelques instants, sa remarque ne suscita aucun commentaire, mais je doute que quiconque parmi nous pensât encore à Mme Morino.

Donny dévisagea son frère.

— Ceux de Meg ?

— Ouais.

Bien qu'il fût évident que les rouages tournaient dans le cerveau de Donny, Willie fit comme si ce dernier n'avait pas compris, essayant de marquer des points contre lui.

— Je te parle de notre cousine, crétin. *Meg*.

Donny se contenta de le regarder. Puis il s'écria :

— Hé ! Quelle heure est-il ?

Kenny possédait une montre.

— Onze heures moins le quart.

— Super !

Et, brusquement, il rampa hors de la tente, puis se tint à l'entrée, scrutant l'intérieur, un sourire sur le visage.

— Suivez-moi ! J'ai une idée !

Pour aller de ma maison à la sienne, il suffisait de traverser le jardin et une haie, avant de se retrouver derrière leur garage.

Par les fenêtres, on apercevait la lumière dans la salle de bains des Chandler, dans la cuisine et dans la chambre de Meg et Susan. À présent, nous savions ce qu'il avait en tête. Je n'étais pas sûr d'aimer ça, mais je n'étais pas sûr du contraire non plus.

En tout cas, c'était excitant. Nous n'étions pas censés quitter la tente. Si l'on nous surprenait, cela marquerait la fin des nuits à la belle étoile et de plein d'autres choses.

D'un autre côté, si nous ne nous faisions pas prendre, ce serait mieux que de camper au château d'eau. Même mieux que de boire de la bière.

Une fois imprégné de l'esprit du moment, il devint difficile de se retenir de glousser.

— Pas d'échelle, chuchota Eddie. Comment allons-nous faire ?

Donny regarda autour de lui.

— Le bouleau, dit-il.

Il avait raison. Du côté gauche du jardin, à environ cinq mètres de la maison, se dressait un bouleau blanc, méchamment courbé par les tempêtes hivernales. Il ployait à mi-chemin au-dessus de l'herbe négligée, à peu près jusqu'au milieu du gazon.

— Nous ne pouvons pas tous grimper dessus, protesta Tony. Il va casser.

— Nous prendrons notre tour, deux à la fois. Dix minutes chacun et que le meilleur gagne.

— D'accord, qui passe en premier ?

— Hé, c'est notre arbre. (Donny nous adressa un grand sourire.) Moi et Willie d'abord.

Je lui en voulus un peu pour ça. Nous étions supposés être meilleurs amis. Puis je me dis : *Peu importe, Willie est son frère, après tout*.

Il s'élança à travers la pelouse et Willie le suivit.

L'arbre fourchait en deux branches solides. Ils pouvaient s'étendre là, côte à côte et bénéficier d'une vue plongeante sur la chambre à coucher et d'une autre, pas si mauvaise, sur la salle de bains.

Mais Willie n'arrêtait pas de bouger, essayant de trouver une position confortable. Son manque de condition physique crevait les yeux. Il semblait gêné par son propre poids, alors que Donny, malgré sa corpulence, paraissait né dans les arbres.

Nous les regardâmes jouer les voyeurs. Nous observions aussi la maison, la fenêtre de la cuisine, à l'affût de Ruth, espérant ne pas la voir.

— Moi et Tony ensuite, dit Eddie. Quelle heure est-il ?

Kenny jeta un coup d'œil à sa montre.

— Encore cinq minutes.

— Merde, jura Eddie.

Il sortit son paquet de Kool et en alluma une.

— Hé ! chuchota Kenny. On pourrait te voir.

— Et toi, tu *pourrais* dire des conneries, rétorqua Eddie. Si tu mets ta main autour, comme ça, personne ne voit rien.

J'essayais de distinguer les visages de Donny et Willie, me demandant s'il se passait quelque chose dans la maison. C'était difficile à dire, mais je n'en avais pas l'impression. Ils se contentaient de rester là, telle une paire de grosses tumeurs sombres.

Je me demandai si l'arbre s'en remettrait jamais.

Je venais seulement de prendre conscience de la présence des grenouilles et des grillons, de leur bourdonnement qui perçait le silence. On n'entendait rien d'autre, à part Eddie tirant sur sa cigarette et expirant, et l'occasionnel craquement du bouleau. Des lucioles flottaient dans l'air en clignotant.

— C'est l'heure, nous informa Kenny.

Eddie laissa tomber la Kool et l'écrasa, puis lui et Tony coururent vers l'arbre. Quelques instants plus tard, ils avaient remplacé Willie et Donny, et ces derniers nous avaient rejoints en bas.

L'arbre avait regagné un peu de hauteur à présent.

— Vous avez vu quelque chose ? demandai-je.

— Rien, répondit Willie.

La colère dans sa voix me surprit. Comme si Meg pouvait être tenue pour responsable de n'être pas venue. Comme si elle l'avait lésé. Mais bon, c'est vrai que Willie avait toujours été un connard.

J'observai Donny. La lumière n'était pas bonne, mais il me sembla qu'il arborait la même expression déterminée et absorbée que quand Ruth avait parlé des danseuses du *hootchie-koo* et du peu de vêtements qu'elles portaient. On aurait dit qu'il s'efforçait de comprendre quelque chose et se sentait déprimé parce que la réponse ne venait pas.

Nous restâmes ainsi, en silence, puis, après un certain temps, Kenny me tapota l'épaule.

— C'est l'heure.

Nous courûmes jusqu'à l'arbre et je donnai une claque sur la cheville de Tony. Il se glissa en bas.

Nous attendîmes qu'Eddie en fasse autant. Je

regardai Tony. Il haussa les épaules et secoua la tête, fixant le sol. Rien. Quelques minutes plus tard, Eddie abandonna, lui aussi, et descendit à côté de moi.

— Des conneries, tout ça ! dit-il. Et merde ! Qu'elle aille se faire foutre !

Et ils s'éloignèrent.

Je ne comprenais pas. Eddie était en colère, lui aussi.

Je ne laissai pas cela me tracasser.

Nous grimpâmes. L'ascension fut facile.

Arrivé au sommet, je ressentis une montée d'excitation en moi. J'avais envie de rire à tue-tête tellement je me sentais bien. Il allait se passer quelque chose. Je le savais. Dommage pour Eddie, Donny et Willie — c'était pour nous. Elle n'allait pas tarder à se présenter à la fenêtre et alors nous verrions.

Je trahissais Meg en l'espionnant ainsi, mais cela m'était bien égal. Je pensais à peine à elle en ces termes. C'était comme si ce n'était pas elle que nous cherchions à surprendre, mais quelque chose de plus abstrait. Une fille en chair et en os et pas une photo en noir et blanc dans un magazine. Un corps de femme.

J'allais enfin apprendre quelque chose.

Tout était une question de priorités dans la vie.

Nous nous installâmes.

Je jetai un coup d'œil à Kenny. Il souriait.

J'en arrivai à me demander pourquoi les autres gars s'étaient montrés aussi ronchons.

C'était marrant pourtant ! Même la peur que nous ressentions était amusante. La peur à l'idée de

Ruth, apparaissant soudainement sur la véranda et nous ordonnant de ramener nos fesses. La peur que Meg finisse par nous regarder droit dans les yeux, par la fenêtre de la salle de bains.

J'attendis, confiant.

La lumière de la salle de bains s'éteignit, mais ça n'avait pas d'importance. Je concentrai mon attention sur la chambre à coucher. C'est là que je la verrais.

Droit devant. Nue. La chair et le sang, et en plus de quelqu'un que je connaissais un peu.

Je m'interdis même de cligner des yeux.

Je sentais un picotement, vers le bas, à l'endroit où je me pressais contre l'arbre.

Une chanson tournait sans cesse sous mon crâne — « *Get out in that kitchen and rattle those pots and pans… I believe to m'soul you're the devil in nylon hose…*[1] » Et ainsi de suite.

Incroyable, pensai-je. *Je suis allongé sur cette branche. Elle est à l'intérieur.*

Je patientai.

La lumière dans la chambre s'éteignit.

Brusquement, la maison fut plongée dans le noir.

J'aurais pu casser quelque chose.

J'aurais pu mettre cette maison en pièces.

1. « Va dans la cuisine et agite-moi ces casseroles et ces poêles… Ma parole, tu es le diable en bas nylon… » Paroles de la chanson *Shake, Rattle and Roll*, interprétée par Big Jœ Turner en 1954, avant d'être reprise (dans une version expurgée) par Bill Haley, puis Elvis Presley (*NdT*).

À présent, je savais exactement ce qu'avaient ressenti les autres et la raison de leur colère à son égard — Meg — parce que j'avais l'impression que c'était réellement sa faute, comme si elle nous avait fait monter là-haut, nous avait tant promis, pour finalement ne rien donner. Et bien que je susse que tout cela était irrationnel et stupide, je ressentais exactement la même chose.

Salope, pensai-je.

Puis je me sentis coupable. Parce que ça redevenait personnel.

C'était de Meg que je parlais.

Et ensuite, je me sentis déprimé.

C'était comme si une part de moi-même *savait* — ne voulait pas y croire, ni même y penser, mais avait toujours su.

Je n'aurais jamais une chance pareille. Tout ça, c'étaient des conneries, depuis le début.

Eddie avait raison.

Et, quelque part, l'explication avait à voir avec Meg, mais aussi les filles et les femmes en général, même avec Ruth et ma mère, d'une certaine façon.

Mais c'était une idée trop vaste pour que je la saisisse entièrement, et je suppose que mon esprit finit par laisser tomber.

Ne subsistèrent que la dépression et une douleur sourde.

— Allez, viens, dis-je à Kenny.

Il avait les yeux fixés sur la maison, toujours incapable d'y croire, comme s'il s'attendait toujours à voir les lumières se rallumer. Mais lui aussi savait. Son regard me le confirma.

Nous savions tous.

Nous repartîmes en bande et en silence vers la tente.

Une fois à l'intérieur, Willie Jr reposa la gourde et parla enfin. Il dit :

— Peut-être que nous pourrions la faire participer au Jeu.

Sa proposition nous fit réfléchir.

La nuit se termina lentement à partir de là.

2

Je me trouvais dans mon jardin où je m'efforçais de faire avancer la grosse tondeuse rouge à moteur, et mon tee-shirt était déjà trempé de sueur parce que ce fichu bazar se révélait plus difficile à démarrer qu'un canot à moteur, quand j'entendis Ruth hurler d'une voix que je ne pensais jamais lui avoir connue auparavant — réellement furieuse.

— *Nom de Dieu !*

Je laissai tomber le câble et levai la tête.

Ma mère employait le même ton quand elle sortait vraiment de ses gonds, ce qui se produisait peu souvent, malgré la guerre ouverte avec mon père. C'était comme un signal : tous aux abris ! Mais quand Ruth se mettait en colère, elle en avait généralement après Ralphie et il lui suffisait de le regarder, les lèvres serrées, les yeux réduits à deux pierres brillantes, afin de le faire cesser quoi qu'il fût en train de faire. Ce regard se révélait totalement intimidant. Nous avions pris l'habitude de l'imiter et d'en rire, Donny, Willie et moi — mais quand Ruth l'arborait, il n'avait rien de drôle.

Content d'avoir une excuse pour arrêter de lutter

avec la tondeuse, je contournai le côté de notre garage, jusqu'à parvenir à l'endroit où je pouvais observer leur jardin.

Le linge de Ruth séchait sur la corde. Elle se tenait dans la véranda, les mains sur les hanches, et même sans avoir entendu sa voix ou les paroles qu'elle prononça, son attitude ne laissait aucun doute sur sa fureur. « Pauvre conne ! » fut ce qu'elle dit.

J'étais choqué, vous pouvez me croire.

Bien sûr, Ruth jurait comme un marin. C'était même l'une des raisons pour laquelle nous l'aimions. Son mari, Willie Sr, « ce magnifique bâtard d'Irlandais » ou « ce crétin de fils de pute d'Irlandais », et John Lentz, le maire de la ville — et, nous le suspections, un ancien soupirant —, en prenaient régulièrement pour leur grade.

Tout le monde y avait droit de temps à autre.

Mais il s'agissait d'injures prononcées avec désinvolture, sans réelle colère, avec pour seul objectif de rire aux dépens du pauvre type — objectif généralement atteint.

C'était la façon qu'avait Ruth de décrire les gens.

Un peu comme nous le faisions entre nous. Nos amis étaient tous des débiles, des salauds, des gros tas ou des têtes de nœud. Et leurs mères des charognards.

Mais là, c'était totalement différent. Elle avait dit « conne » et elle le pensait.

Je me demandai ce que Meg avait bien pu faire pour mériter ça.

Je levai les yeux en direction de notre véranda, où la porte de derrière était restée ouverte, espérant que ma mère ne se trouvait pas dans la cuisine et qu'elle ne l'avait pas entendue. Ma mère n'avait pas une très haute opinion de Ruth et elle me reprochait déjà bien assez de passer trop de temps chez elle.

J'avais la chance de mon côté. Elle ne se trouvait pas dans les environs.

Je regardai Ruth. Elle n'avait rien ajouté — ce n'était pas nécessaire, son expression s'avérait suffisamment éloquente.

J'eus l'étrange impression de jouer à nouveau les espions, deux fois en deux jours. Mais c'était pourtant bien ce que je faisais. Je ne pouvais pas me permettre de la laisser me surprendre à l'espionner, pas dans la position qui était la sienne. Une situation bien trop embarrassante. Je me serrai contre le mur du garage et la guettai de ce point d'observation, espérant qu'elle ne regarderait pas dans ma direction pour une raison ou une autre. Elle ne le fit pas.

Leur propre garage me bouchant la vue, je ne pouvais pas comprendre la nature du problème. J'attendais que Meg apparaisse, pour voir comment elle supportait d'être traitée de pauvre conne.

Mais une autre surprise m'attendait.

Parce qu'il ne s'agissait pas de Meg.

Mais de Susan.

Je supposai qu'elle avait voulu aider à étendre la lessive. Mais il avait plu toute la nuit et elle semblait avoir laissé tomber quelques blancs de Ruth sur le terrain boueux et négligé qu'elle appelait une pelouse. En effet, des taches de terre maculaient ce qu'elle tenait entre les mains — un drap ou quelques taies d'oreillers.

Elle pleurait, vraiment fort, son corps tout entier secoué de sanglots alors qu'elle marchait vers Ruth, qui l'attendait avec raideur.

C'était un crève-cœur de voir cette toute petite fille avancer lentement avec ses attaches orthopédiques aux bras et aux jambes, s'efforçant de porter un petit ballot de linge coincé sous un bras, alors qu'on n'aurait probablement jamais dû le lui confier. J'avais de la peine pour elle.

Ruth dut finir par ressentir la même chose.

Parce qu'elle descendit de la véranda, soulagea Susan de son fardeau et hésita, la contemplant un moment pendant qu'elle sanglotait, tremblante et les yeux fixés sur le sol. Puis, visiblement, la tension la quitta lentement et elle leva la main pour la poser légèrement, timidement d'abord, sur l'épaule de Susan. Puis elle se retourna et rentra dans la maison.

Au tout dernier moment, alors qu'elles atteignaient la dernière marche, Ruth regarda dans ma direction, m'obligeant à me plaquer en arrière rapidement et brusquement contre le garage.

Mais je n'en serais pas moins prêt à jurer sur ce que je vis avant cela.

Avec le recul, en fait, ça a fini par prendre un peu d'importance pour moi. J'essaie toujours de comprendre ce que j'ai vu.

Le visage de Ruth semblait extrêmement fatigué. Comme si son éclat de colère l'avait vidée. Ou peut-être que je ne voyais qu'un détail de quelque chose — quelque chose de plus vaste qui ne datait pas d'aujourd'hui, mais que je n'avais pas remarqué avant. Que je venais d'assister au crescendo d'un disque qui tournait depuis longtemps.

Mais ce que je vis d'autre ce jour-là me marque encore aujourd'hui, m'étonne toujours autant.

Même à l'époque, je m'interrogeai.

Juste avant de me jeter en arrière, alors que Ruth se tournait, l'air maigre et fatigué avec sa main sur l'épaule de Susan. À cet instant précis.

Je jurerais qu'elle pleurait aussi.

Et ma question est : pour qui ?

3

Puis il y eut l'épisode des livrées des forêts.

Tout sembla se passer en une seule nuit. La veille, les arbres étaient propres et normaux, et le lendemain ils étaient couverts de ces sacs blancs. Au fond des cocons, on apercevait une masse sombre et confuse, d'aspect malsain et, en regardant d'assez près, on pouvait les voir bouger.

— Nous allons les brûler, déclara Ruth.

Nous nous trouvions dans son jardin, près du bouleau, Woofer, Donny et Willie, Meg et moi, et Ruth qui portait son vieux tablier bleu avec les poches profondes. Il était dix heures du matin, et Meg venait de terminer ses travaux ménagers. Elle avait une petite tache de saleté sous l'œil gauche.

— Les garçons, allez me ramasser des bâtons, dit-elle. Longs et épais. Coupez-les verts, pour qu'ils ne brûlent pas. Meg, va me chercher le sac de chiffons à la cave.

Elle plissait les yeux dans le soleil du matin, évaluant les dégâts. Près de la moitié des arbres du jardin, y compris le bouleau, était lestée de sacs, certains de la taille d'une balle de base-ball, mais d'autres aussi larges et profonds qu'un filet à provisions. Les bois en étaient infestés.

— Quelle vacherie ! Ils ravageront ces arbres en un rien de temps.

Meg rentra dans la maison pendant que nous autres nous dirigions vers la forêt afin de trouver des bâtons. Donny avait sa hachette, ce qui nous permit d'abattre quelques jeunes arbres, de les écorcer et de les couper à mi-hauteur. Il ne nous fallut pas longtemps.

À notre retour, Ruth et Meg nous attendaient dans le garage et faisaient tremper les chiffons dans le pétrole. Nous les enveloppâmes autour des bâtons et Ruth les lia avec de la corde à linge avant de les tremper une deuxième fois dans le combustible.

Elle en tendit un à chacun de nous.

— Je vais vous montrer comment procéder. Ensuite, vous pourrez le faire par vous-mêmes. Je vous demande juste de ne pas mettre le feu à la forêt.

Je me sentis incroyablement adulte.

Ruth nous faisait confiance avec le feu. Elle nous confiait des torches !

Ma mère ne l'aurait jamais permis.

Nous la suivîmes dans le jardin, brandissant nos torches non allumées et ressemblant — j'imagine — à une meute de paysans à la poursuite du monstre de Frankenstein. Mais nous ne nous conduisions pas tellement en adultes — nous nous comportions comme si nous nous rendions à une fête, tous ridicules et excités, excepté Meg qui prenait toute l'affaire très au sérieux. Willie fit une cravate à Woofer et frotta ses phalanges sur sa brosse, une prise que nous avions repérée chez Haystacks Calhoun — cent cinquante kilos — catcheur rendu célèbre par son « Big Splash ». Derrière eux, Donny et moi avancions d'un pas résolu, agitant nos torches à la manière de deux tambours-majors avec leurs baguettes, gloussant comme des imbéciles. Ruth ne sembla pas s'en formaliser.

Une fois parvenue au bouleau, Ruth plongea la main dans sa poche et en sortit un étui d'allumettes de sûreté.

Le nid que les larves avaient tissé dans le bouleau semblait énorme.

— Je vais m'occuper de celui-là, expliqua Ruth. Observez bien.

Elle alluma la torche et la brandit un moment, jusqu'à ce que le feu diminue et qu'elle puisse être utilisée en toute sécurité. Mais les flammes restaient tout de même impressionnantes.

— Faites bien attention, nous recommanda-t-elle. Vous devez éviter de brûler l'arbre.

Elle la tint environ à quinze centimètres sous le sac.

Il commença à fondre.

Il ne brûlait pas. Il fondait comme un gobelet en plastique, s'effaçant progressivement, se recroquevillant sur lui-même. Malgré l'épaisseur de ses nombreuses couches, il disparut rapidement.

Et brusquement, tous ces gros vers noirs et velus dégringolèrent et se tortillèrent — fumant et crépitant.

On aurait presque cru les entendre hurler.

À lui tout seul, ce nid devait en contenir des centaines. À peine une couche du nid avait-elle fini de se consumer qu'elle en révélait une autre, remplie elle aussi. Ils tombaient à nos pieds, sans interruption, telle une pluie noire.

Puis Ruth atteignit la masse d'œufs originelle.

On aurait dit qu'un caillot de goudron vivant, de la taille d'une balle de softball, se répandait directement sur la torche, avant de se diviser en tombant.

La torche crépita sous le nombre et sembla même devoir s'éteindre l'espace d'un instant. Puis elle flamboya à nouveau et les spécimens qui s'y étaient accrochés flambèrent avant de lâcher prise.

— Merde alors ! s'exclama Woofer.

Ruth lui lança un regard noir.

— Pardon, dit-il.

Mais il écarquillait les yeux.

C'était fantastique, il fallait bien le reconnaître. Je n'avais jamais assisté à un tel massacre. Les fourmis de la véranda n'étaient rien, comparées à cela. Les fourmis étaient minuscules, insignifiantes. Quand vous versiez de l'eau bouillante sur elles, elles se contentaient de se recroqueviller et de mourir. Tandis que certains de ces vers mesuraient plus de deux centimètres ! Ils serpentaient et se tordaient — ils donnaient l'impression de s'accrocher à la vie. Il y en avait partout, la plupart morts, mais bon nombre ne l'étaient pas et tentaient de prendre la fuite en rampant.

— Et ceux-là ? demandai-je en les désignant à Ruth.

— Oublie-les, répondit-elle. Ils vont mourir ou les oiseaux les mangeront. (Elle rit.) Nous avons ouvert le four trop tôt : ils n'étaient pas encore cuits.

— Ils m'ont tout l'air de l'être, maintenant, dit Willie.

— Et si je cherchais une pierre ? proposa Woofer. Pour les écraser !

— Écoute ce que je te dis : oublie-les ! répéta Ruth. (Elle plongea à nouveau la main dans sa poche.) Tenez. (Elle commença à distribuer une pochette d'allumettes à chacun d'entre nous.) Rappelez-vous : quand vous aurez terminé, je veux toujours avoir un jardin. Et ne vous aventurez pas dans les bois. La nature sait prendre soin d'elle-même.

Nous prîmes les étuis qu'elle nous offrait. Excepté Meg.

— Je n'en veux pas.

— Quoi ?

Elle lui tendit les allumettes.

— Je… Je n'en veux pas. Je préfère finir la lessive, d'accord ? Ça, c'est… c'est un peu…

Elle baissa les yeux en direction du sol, des vers noirs racornis et de ceux — vivants — qui rampaient. Son visage était pâle.

— Quoi ? demanda Ruth. *Écœurant ?* Je te choque, ma chérie ?

— Non, c'est juste que je ne veux pas…

Ruth rit.

— Incroyable ! Les garçons, je vous prends à témoins. Je n'en crois pas mes oreilles.

Elle souriait toujours, mais une expression de dureté avait brusquement envahi son visage. Cela me surprit et me fit penser à l'épisode de l'autre jour avec Susan. Comme si elle avait été sur la corde raide avec Meg toute la matinée et que nous n'avions tout bonnement rien vu. Nous avions été trop occupés, trop excités, pour remarquer quoi que ce soit.

— Les garçons, reprit-elle. Vous avez la chance d'assister à une leçon de féminité. (Elle se rapprocha.) Meg est trop *émotive*. Vous savez comment sont les jeunes filles, n'est-ce pas, les garçons ? Les *dames* font preuve de délicatesse. Et notre Meg, ici présente, est une dame. N'en doutez pas ! (Elle abandonna son ton lourdement sarcastique pour faire place à de la colère pure.) Alors, je te le demande au nom de notre Seigneur, qu'est-ce que cela fait de moi, Meggy ? Tu penses que je ne suis pas une dame ? Tu crois que les dames ne sont pas capables d'agir quand cela s'avère nécessaire ? Qu'elles ne sont pas fichues d'exterminer les foutus nuisibles dans leur foutu jardin ?

Meg parut troublée, une confusion bien compréhensible considérant la soudaineté de l'assaut.

— Non, je…

— Je te déconseille fortement de me dire non, ma chérie ! Parce que je n'accepte pas ce genre d'allusion de la part d'une gamine en tee-shirt, incapable de garder un visage propre. Tu me comprends ?

— Oui, tante Ruth.

Elle recula d'un pas.

Ce qui sembla calmer un peu Ruth. Elle respira un grand coup.

— D'accord, dit-elle. Retourne en bas continuer la lessive. Vas-y et appelle-moi quand tu auras terminé.

— Oui, tante Ruth.

Elle repartit vers la maison et Ruth sourit.

— Mes garçons peuvent s'en charger. N'est-ce pas les garçons ?

Je fis un signe de tête affirmatif. En cet instant, je me trouvais dans l'incapacité de parler. Personne ne pipa mot. Elle avait renvoyé Meg avec une telle démonstration d'autorité et en donnant une si étrange impression de *justice*, qu'en fait je la contemplais avec une sorte d'admiration mêlée de respect.

Elle tapota Woofer sur la tête.

Je jetai un coup d'œil à Meg. Je la vis marcher vers la maison, la tête basse, s'essuyant le visage, cherchant à éliminer la tache de saleté que Ruth avait vue.

Ruth étendit son bras vers mon épaule et se tourna vers les ormes au fond du jardin. J'inhalai son odeur — un mélange de savon, de pétrole, de cigarette et de cheveux fraîchement lavés.

— Mes garçons peuvent s'en charger, répéta-t-elle.

Et sa voix avait recouvré toute sa douceur.

4

À une heure de l'après-midi, nous avions fait flamber tous les nids dans le jardin des Chandler, et Ruth avait vu juste : les oiseaux s'en donnaient à cœur joie à présent.

Je puais le pétrole.

J'étais affamé et, à cet instant, j'aurais tué pour quelques White Castles[1]. Je décidai de me contenter d'un sandwich à la mortadelle.

Je rentrai chez moi.

Je me nettoyai à la cuisine et m'en préparai un.

J'entendais ma mère repasser le linge dans la salle de séjour, fredonnant sur la musique originale de *The Music Man*. L'an passé, elle et mon père avaient pris le bus pour New York, afin d'assister à cette comédie musicale, juste avant que la dernière — pour ce que j'en savais — aventure en date de mon père ne mette le feu aux poudres. Pour mon père, copropriétaire d'un bar-restaurant nommé l'Eagle's Nest, les occasions d'avoir des aventures

1. La plus ancienne chaîne de fast-foods américaine, fondée en 1921 et célèbre pour ses petits burgers de forme carrée (*NdT*).

ne manquaient pas. Et il répondait toujours présent.

Mais ma mère avait sans doute oublié tout cela pour l'instant et elle ne se souvenait que des instants agréables passés en compagnie du professeur Harold Hill et du reste de la troupe.

Je détestais *The Music Man*.

Je m'enfermai dans ma chambre pendant un moment et feuilletai mes exemplaires écornés de *Macabre* et *Stranger than Science*, mais je n'y trouvai rien d'intéressant et décidai donc de ressortir.

Je passai par-derrière et aperçus Meg sur la véranda des Chandler, secouant les tapis de la salle de séjour. Elle me vit et me fit signe d'approcher.

La situation m'embarrassa un moment ; je ressentais un conflit de loyauté.

Si Ruth en voulait autant à Meg, elle avait probablement de bonnes raisons pour cela.

D'un autre côté, je n'avais pas oublié notre tour de grande roue et la rencontre près du Gros Rocher.

Elle étendit les tapis soigneusement par-dessus la balustrade en fer, descendit les quelques marches et traversa l'allée pour venir à ma rencontre. La tache sur son visage avait disparu, mais elle portait toujours le même tee-shirt jaune sale et le vieux bermuda de Donny. Elle avait de la poussière dans les cheveux.

Elle me prit par le bras et me guida silencieusement vers le côté de la maison, hors de vue de la fenêtre de la salle à manger.

— Je ne comprends pas, dit-elle.

Visiblement, quelque chose la troublait et elle y avait beaucoup réfléchi.

— Pourquoi est-ce qu'ils ne m'aiment pas, David ?

Je ne m'attendais pas à ça.

— Qui ça, les Chandler ?

— Oui.

Elle me regarda sans rien ajouter. Elle parlait sérieusement.

— Mais si, ils t'aiment bien.

— Non, pas du tout. Je fais tout ce qui est en mon pouvoir afin de les forcer à m'aimer. J'abats plus que ma part de travail. J'essaie de leur parler, de mieux les connaître, de leur apprendre qui je suis, mais ils ne semblent pas intéressés. J'ai l'impression qu'ils veulent éviter de m'aimer. Que c'est mieux ainsi.

C'était embarrassant. Elle parlait de mes amis.

— Écoute, répondis-je. Ruth s'est mise en colère contre toi, c'est vrai. Je ne sais pas pourquoi. Peut-être qu'elle est juste dans un mauvais jour. Mais personne d'autre ne t'en a voulu. Willie, Woofer et Donny ne se sont pas fâchés.

Elle secoua la tête.

— Tu ne comprends pas. Willie, Woofer et Donny ne se mettent jamais en colère. Ce n'est pas ça. Mais ils ne semblent jamais conscients de ma présence, non plus. C'est comme si je n'existais pas. Comme si je ne comptais pas. Je leur parle et eux grognent quelque chose et s'éloignent. Et quand ils font attention à moi, il y a quelque chose de… de malsain. La façon dont ils me regardent. Et Ruth… (Maintenant qu'elle avait commencé, il n'y avait plus moyen de l'arrêter.) Ruth me *déteste* ! Moi et Susan, toutes les deux. Tu ne t'en rends pas compte.

Tu penses que ce qui s'est passé aujourd'hui était un incident isolé, mais c'est faux. Elle agit tout le temps ainsi avec moi. Certains jours, je travaille toute la journée pour elle sans réussir à la satisfaire. Rien n'est jamais assez bon, rien n'est fait comme elle le ferait à ma place. Je sais qu'elle pense que je suis stupide, paresseuse et laide…

— *Laide ?*

De toute évidence, cette dernière remarque au moins me semblait ridicule. Elle hocha la tête.

— Je n'avais jamais cru l'être auparavant, mais maintenant je ne sais plus. David, tu as connu ces gens presque toute ta vie, n'est-ce pas ?

— Oui, c'est vrai.

— Alors explique-moi *pourquoi* ! Qu'est-ce que je leur ai fait ? En m'endormant le soir, je suis incapable de penser à autre chose. Avant, nous étions toutes les deux très heureuses. Tu sais, j'avais même l'habitude de peindre. Rien de bien formidable, une aquarelle de temps en temps. Je ne crois même pas que j'étais douée, mais ma mère les aimait. Et Susan aussi et même mes professeurs. J'ai gardé les couleurs et les pinceaux, mais je n'arrive même plus à entamer une nouvelle peinture. Tu sais pourquoi ? Parce que je sais ce que Ruth ferait, ce qu'elle penserait. Je sais ce qu'elle dirait. D'un simple regard, elle me ferait comprendre que je suis stupide et que je perds mon temps.

Je secouai la tête. Ce n'était pas la Ruth que je connaissais. Je voyais bien que Willie, Woofer et Donny se comportaient de manière étrange en sa présence — après tout, Meg était une fille. Mais Ruth avait toujours fait preuve de bonté à notre égard. À l'inverse des autres mères de notre rue, elle trouvait toujours du temps à nous consacrer. Sa porte restait toujours ouverte. Elle nous offrait des Coca, des sandwiches, des gâteaux et même une bière à l'occasion. Ce que me racontait Meg n'avait aucun sens et je le lui dis :

— Allons donc ! Ruth ne ferait jamais une chose pareille. Tente ta chance. Peins une aquarelle. Pour *elle*. Je te parie qu'elle l'adorera. Elle n'a peut-être simplement pas l'habitude de s'occuper de filles ? Peut-être qu'il lui faut du temps. Fais-le. Peins-lui quelque chose.

Elle réfléchit à mon idée.

— Je ne pourrais pas, dit-elle. Honnêtement.

Pendant un moment, nous restâmes plantés là. Elle tremblait. Je compris que, quel que soit son problème, elle ne plaisantait pas.

J'eus une idée.

— Et pour moi, alors ? Tu pourrais me peindre quelque chose.

Sans cette idée en tête, sans mon plan, je n'aurais jamais eu le cran de le lui demander. Mais les circonstances étaient différentes.

Elle s'anima un peu.

— Ça te ferait vraiment plaisir ?

— Bien sûr. Beaucoup, même.

Elle me regarda fixement jusqu'à ce que je sois obligé de détourner les yeux. Puis elle sourit.

— D'accord, David. C'est entendu.

Elle semblait presque avoir recouvré sa bonne humeur habituelle. Bon Dieu ! Qu'est-ce que j'aimais la voir sourire !

Puis j'entendis la porte de derrière s'ouvrir.

— *Meg ?*

C'était Ruth.

— Je dois y aller, dit-elle.

Elle prit ma main et la serra. Je sentis les pierres de l'alliance de sa mère. Mon visage s'empourpra.

— Je vais le faire, conclut-elle.

Et elle disparut en courant à l'angle de la maison.

5

Elle se mit sans doute au travail immédiatement. Le lendemain, il plut du matin au soir et je passai la journée dans ma chambre à lire *À la recherche de Bridey Murphy* en écoutant la radio — j'en étais arrivé à un point où je pensais que je tuerais probablement quelqu'un si j'entendais encore une seule fois ce foutu Domenico Modugno chanter *Volare*. Après le dîner, ma mère et moi regardions la télévision dans la salle de séjour quand Meg vint frapper à la porte de derrière.

Ma mère se leva. Je la suivis et en profitai pour prendre un Pepsi dans le réfrigérateur.

Meg souriait. Elle portait un ciré jaune et avait les cheveux trempés.

— Je ne peux pas entrer, dit-elle.

— Ne dis pas de bêtises, répondit ma mère.

— Non, vraiment, insista-t-elle. Je suis simplement venue vous donner ceci de la part de Mme Chandler.

Elle tendit à ma mère un sac brun mouillé avec un récipient de lait à l'intérieur. Ruth et ma mère ne se fréquentaient pas, mais elles n'en étaient pas moins voisines et, en tant que telles, s'empruntaient des choses.

Ma mère accepta le sac et hocha la tête.

— Remercie Mme Chandler de ma part.

— Je n'y manquerai pas.

Puis elle plongea la main sous son ciré et me regarda — avec un vrai sourire cette fois.

— Et ça, c'est pour toi.

Et elle m'offrit la peinture.

Elle l'avait enveloppée entre deux feuilles d'épais papier-calque opaque, scotchées des deux côtés. Certaines des lignes et des couleurs étaient visibles à travers, mais pas les formes précises des choses.

— Au revoir, lança-t-elle, sans me laisser le temps de la remercier ou de dire un mot.

Puis elle salua d'un signe et repartit sous la pluie en fermant la porte derrière elle.

— Bien, dit ma mère, à présent tout sourires elle aussi. Qu'avons-nous là ?

— Un dessin, je crois.

Je restai planté là, un Pepsi dans une main et le tableau de Meg dans l'autre. Je savais ce que pensait ma mère.

Ce que pensait ma mère comportait le mot « mignon ».

— Tu ne l'ouvres pas ?

— Si, bien sûr. Si tu veux.

Je posai le Pepsi et lui tournai le dos avant de m'attaquer au ruban adhésif. Puis je retirai le papier-calque.

Je sentais le regard de ma mère par-dessus mon épaule, mais soudain, cela n'avait plus d'importance.

— C'est *vraiment* bien, commenta ma mère, surprise. C'est même très bien. Elle possède un réel talent, n'est-ce pas ?

Et elle avait raison. Pas besoin d'être critique d'art pour s'en rendre compte. Meg avait fait le dessin à l'encre, et certaines lignes étaient grasses et larges et d'autres délicates. Elle avait utilisé des pâles teintes pour les couleurs — de subtiles suggestions de couleur, mais néanmoins vivantes et réalistes, laissant apparaître de grandes surfaces du papier et donnant ainsi l'impression d'une journée ensoleillée et radieuse.

Le tableau représentait un garçon au bord d'un ruisseau, allongé sur le ventre en travers d'un gros rocher plat, les yeux plongés sur le courant, avec des arbres et le ciel tout autour.

6

Je l'apportai à La Maison du chien pour le faire encadrer.

Simple animalerie à l'origine, La Maison du chien s'était petit à petit reconvertie en boutique pour les loisirs. La vitrine proposait aussi bien des chiots que des arcs et des flèches, des hula-hoops ou des maquettes. Un atelier d'encadrement avait ouvert au fond du magasin et, entre les deux, vous trouviez aussi bien des poissons que des tortues, des serpents et des canaris.

— Pas mal, estima le gars derrière le comptoir.

— Vous pouvez l'avoir terminé pour demain ?

— Tu as l'impression que nous sommes surmenés ? (L'endroit était désert. La succursale de 2-Guys from Harrison installée sur la route 10 tuait son commerce.) Tu peux venir le chercher ce soir. Passe vers seize heures trente.

J'arrivai à seize heures quinze, avec un quart d'heure d'avance, mais il était déjà prêt, un joli cadre en pin, teint en acajou. Il me l'emballa dans du papier brun.

Il rentrait juste dans l'une des sacoches de mon vélo.

Je rentrai à la maison presque à l'heure du dîner et dus donc patienter pendant le rôti à la cocotte, les haricots verts et la purée en sauce. Ensuite, il me fallut sortir la poubelle.

Puis je me rendis chez mes voisins.

La télévision beuglait le générique de *Father Knows Best*, la série télévisée que j'aimais le moins ; Kathy, Bud et Betty — rayonnants — descendaient l'escalier pour la énième fois. Je sentais l'odeur des saucisses de Francfort, des haricots et de la choucroute. Ruth était dans son fauteuil, les jambes sur le repose-pieds. Donny et Willie étaient tous les deux vautrés sur le canapé. Woofer, étendu sur le ventre, se trouvait si près du poste de télévision qu'on aurait pu le soupçonner d'avoir une ouïe défaillante. Susan regardait depuis la salle à manger, assise sur une chaise à dossier droit, pendant que Meg lavait la vaisselle.

Susan me sourit. Donny me fit un signe de la main avant de se retourner vers la télévision.

— Mince ! fis-je. Surtout ne vous dérangez pas pour moi.

— Qu'est-ce que tu trimbales avec toi, mon pote ? demanda Donny.

Je soulevai la peinture dans son emballage de papier brun.

— Ces disques de Mario Lanza que tu voulais tant.

Il rit.

— Espèce de taré.

À présent, Ruth me dévisageait.

Je décidai de me jeter à l'eau.

J'entendis l'eau s'arrêter de couler à la cuisine. Je me retournai et Meg me regardait, s'essuyant les mains sur son tablier. Je lui souris et je crois qu'elle devina immédiatement ce que j'avais l'intention de faire.

— Ruth ?

— Oui ? Ralphie, baisse le son de la télé. C'est mieux. Quoi de neuf, Davy ?

J'avançai vers elle. Je jetai un coup d'œil à Meg par-dessus mon épaule. Elle traversait la salle à manger dans ma direction en secouant la tête. Sa bouche formait un « non » silencieux.

Normal. Rien qu'un peu de timidité. Une fois que Ruth aurait vu la toile, ce serait oublié.

— Ruth, annonçai-je. Un cadeau de la part de Meg.

Je le lui tendis.

Elle sourit, d'abord à moi, puis à Meg et elle me soulagea de mon paquet. Woofer avait baissé le volume sonore de *Father Knows Best* au point que nous entendîmes le froissement du papier brun pendant qu'elle défaisait l'emballage. Le papier tomba de côté. Elle contempla la peinture.

— Meg ! s'exclama-t-elle. Où as-tu trouvé l'argent pour acheter ça ?

Elle admirait la toile, cela ne faisait aucun doute. J'éclatai de rire.

— Ça n'a coûté que le prix de l'encadrement, précisai-je. Elle l'a peint, elle-même, pour vous.

— Vraiment ? Meg a fait ça ?

J'approuvai d'un signe de tête.

Donny, Woofer et Willie s'attroupèrent pour mieux voir.

Susan glissa au bas de sa chaise.

— C'est magnifique ! dit-elle.

Je lançai à nouveau un regard à Meg, qui se tenait toujours debout, dans l'expectative, l'air inquiète, dans la salle à manger.

Ruth fixa le tableau. Elle sembla l'observer longuement.

Puis elle reprit :

— Non, elle ne l'a pas peint pour moi. Ça ne prend pas. Elle l'a peint pour *toi*, Davy.

Elle sourit — un sourire un peu bizarre. Maintenant, je commençais à m'inquiéter, moi aussi.

— Regarde, là. Un garçon sur un rocher. Bien sûr qu'il est pour toi. (Elle me le rendit.) Je n'en veux pas.

Je me sentis confus. Je n'avais jamais envisagé que Ruth pourrait refuser. Pendant un moment, je ne sus comment réagir. Je restai là, les yeux baissés sur le tableau que je tenais entre les mains. Il était magnifique.

Je tentai de m'expliquer.

— Mais il a réellement été conçu pour vous, Ruth. Je vous le jure. Nous en avons discuté et Meg voulait en peindre un pour vous, mais elle était si…

— *David.*

C'était Meg, interrompant mes explications. Et ma confusion ne fit qu'augmenter, parce que sa voix avait pris un ton d'avertissement solennel.

Cela me mit presque en colère. Je me trouvais emberlificoté au milieu de toute cette histoire, et Meg refusait de me laisser m'en sortir.

Ruth se contenta de sourire à nouveau. Puis elle regarda Willie, Woofer et Donny.

— Que cela vous serve de leçon, les garçons. Souvenez-vous bien de ça. C'est important. Dans la vie, il vous suffira d'être gentil avec une femme pour qu'elle accepte de faire toutes sortes de choses pour vous. Davy a été gentil et il a reçu un tableau. Un joli tableau. C'est bien ça, Davy ? Tu n'as rien obtenu *d'autre* ? Je sais que tu es un peu jeune, mais on ne sait jamais.

Je ris en rougissant.

— Ruth, allons donc !

— Eh bien, je vous l'affirme : on n'est jamais sûr de rien. Les filles sont tout bonnement faciles. C'est leur gros problème. Promettez-leur un petit quelque chose et, la moitié du temps, vous pouvez leur demander ce que vous voulez. Je sais de quoi je parle. Prenez votre père, par exemple. Prenez Willie Sr. À l'écouter, lors de notre mariage, il allait devenir son propre patron. Toute une flotte de camions pour livrer le lait. Il commencerait par un premier véhicule et monterait son affaire à partir de là. Et je l'aiderais pour la comptabilité, comme je l'avais fait sur Howard Avenue pendant la guerre — rectificatif : j'ai fait tourner toute seule cette boîte pendant la guerre. Nous deviendrions plus riches que mes parents l'avaient été pendant mon enfance à Morristown, ce qui n'est pas peu dire. Et, au final, qu'est-ce que j'ai eu ? Rien. Pas un fifrelin. Juste vous trois, l'un après l'autre, un, deux, trois, et cet enfoiré de joli cœur d'Irlandais est parti Dieu sait où. Trois bouches affamées à nourrir. Et maintenant, me voilà avec deux de plus.

» Je vous assure, les filles sont stupides. Elles sont *faciles*. Des gogos sur toute la ligne.

Elle passa devant moi et marcha jusqu'à Meg. Elle lui enroula un bras autour des épaules et se tourna vers le reste d'entre nous.

— Parlons de ce tableau à présent. Je sais que tu l'as peint pour David, ici présent, et n'essaie même pas de prétendre le contraire. Mais ce qui m'intéresse, c'est de savoir ce que tu comptes en tirer. Que crois-tu que ce garçon va te donner ? Davy est un brave petit. Mieux que la plupart de ceux que je connais. Sans aucun doute. Mais, ma chérie — il n'a rien à t'offrir ! Si tu penses que si, tu vas au-devant d'une grande désillusion.

» En conclusion : j'espère que ce tableau est tout ce que tu lui as donné et que tu lui donneras jamais. Je te dis ça pour ton bien. Parce que tu as déjà tout ce qu'il faut là où il faut pour intéresser les hommes. Et crois-moi, ils n'en ont pas après ton *art*.

Le visage de Meg commençait à trembler et je savais qu'elle essayait de ne pas pleurer. Mais, si inattendu que cela puisse paraître, je luttai pour ne pas rire. Donny aussi. Toute la scène semblait étrange et, peut-être en partie à cause de la tension qui régnait, ce que Ruth avait dit à propos du tableau paraissait drôle.

Elle resserra son bras autour de l'épaule de Meg.

— Et si tu leur donnes ce qu'ils désirent, alors tu n'es qu'une traînée, ma chérie. Tu sais ce qu'est une traînée ? Et toi, Susan ? Non, bien sûr que non. Tu es trop jeune. Une traînée est quelqu'un qui écarte ses cuisses pour un homme, c'est aussi simple que ça. Pour le laisser entrer. Woofer, fais-moi disparaître ce sourire idiot.

» Toute traînée mérite une correction. Personne dans cette ville ne me contredira. Alors je te préviens, ma chérie, si tu te comportes comme une traînée dans cette maison, gare à tes fesses.

Elle relâcha Meg et pénétra dans la cuisine. Elle ouvrit la porte du réfrigérateur.

— Bien, dit-elle, qui a envie d'une bière ? (Elle désigna le tableau d'un geste.) Je le trouve un peu pâlot, de toute façon, pas vous ?

Et elle tendit la main vers le pack de six.

7

Deux bières me suffisaient en ce temps-là, et je rentrai chez moi, ivre et détendu, avec la promesse habituelle de ne pas en souffler mot à mes parents — un serment inutile. Je me serais plutôt coupé un doigt.

Après que Ruth avait achevé son sermon, le reste de la soirée se déroula sans anicroche. Meg passa du temps à la salle de bains et, quand elle en ressortit, ce fut comme si rien ne s'était passé. Ses yeux étaient secs et son visage impassible. Nous regardâmes *Danny Thomas* et bûmes nos bières puis, pendant la coupure publicitaire, je convins avec Willie et Donny d'aller jouer au bowling samedi prochain. Je tentai de capter le regard de Meg, mais elle me fuyait. Quand j'eus terminé ma bière, je rentrai à la maison.

J'accrochai le tableau à côté du miroir dans ma chambre.

Mais un sentiment d'étrangeté refusait de me quitter. Je n'avais jamais entendu quelqu'un prononcer le mot « traînée », mais je connaissais sa signification. Je le savais depuis que j'avais fauché *Peyton*

Place à ma mère. Je me demandai si Denise, la sœur d'Eddie, était trop jeune pour y avoir droit. Je me souvins d'elle, nue, attachée à un arbre, de ses mamelons charnus, lisses et délicats. Elle pleurait, elle riait — parfois les deux en même temps. Je me souvins du pli de chair entre ses jambes.

Je pensai à Meg.

Allongé dans mon lit, je songeai à combien il était facile de blesser quelqu'un. Ça n'avait pas besoin d'être physique. Il suffisait de s'attaquer brutalement à quelque chose qui avait de l'importance pour cette personne.

Moi aussi, j'aurais pu le faire si j'avais voulu.

Les gens sont vulnérables.

Je songeai à mes parents qui se rendaient coup pour coup, au mal qu'ils se faisaient. Avec une telle régularité maintenant, que, me trouvant au milieu de tout ça, j'avais fini par m'en détacher et ne plus rien éprouver ni pour l'un, ni pour l'autre.

Des bricoles, pour la plupart. Mais elles s'accumulaient.

Je ne parvenais pas à dormir. Mes parents couchaient dans la pièce d'à côté, mon père ronflait. Je me levai et allai chercher un Coca dans la cuisine. Puis je gagnai le séjour et m'assis sur le canapé. Je n'allumai pas la lumière.

Il était minuit passé.

Pas un souffle de vent dans la nuit chaude. Comme d'habitude, mes parents avaient laissé les fenêtres ouvertes.

À travers la moustiquaire, je voyais directement à l'intérieur de la salle de séjour des Chandler. Il y avait toujours de la lumière. Leurs fenêtres étaient restées ouvertes, elles aussi, et j'entendais des voix. Je ne comprenais pas grand-chose à ce qui se disait, mais je parvins à identifier ceux qui parlaient. Willie, Ruth. Puis Meg. Puis Donny. Même Woofer n'était pas encore couché — il riait, de sa voix aiguë et stridente qui rappelait celle d'une fille.

Les autres hurlaient à propos de quelque chose.

— … pour un *garçon* ! entendis-je Ruth dire.

Puis elle s'effaça à nouveau pour laisser la place à un chaos de sons et de voix.

J'aperçus la silhouette de Meg se découper dans l'encadrement de la fenêtre du séjour. Elle montrait quelque chose du doigt en hurlant, tout son corps tendu et frémissant de colère.

— *Je vous l'interdis !* l'entendis-je s'écrier.

Puis Ruth lui répondit, à voix basse et hors de portée pour moi, mais même ainsi cela me fit l'impression d'un grondement, et je crus voir Meg s'effondrer brusquement, se plier en deux et se mettre à pleurer.

Une main jaillit et la gifla.

Elle la frappa avec une telle force qu'elle tomba hors de l'encadrement de la fenêtre et qu'elle disparut de ma vue.

Willie s'avança.

Il commença à la suivre. Lentement.

Comme s'il la traquait.

— Ça suffit ! intervint Ruth.

J'imagine qu'elle ordonnait ainsi à Willie de la laisser tranquille.

Pendant un moment, je crois que personne ne bougea.

Puis les silhouettes se succédèrent devant la fenêtre,

tout le monde semblant maussade et irrité. Willie, Woofer, Donny, Ruth et Meg ramassèrent des objets tombés sur le sol ou remirent les chaises ou autre chose en place, puis sortirent lentement de la pièce. La seule que je ne vis pas était Susan.

Je continuai à regarder.

Les lumières s'éteignirent. Seule une pâle lueur s'échappait de la chambre à coucher. Puis elle disparut à son tour et la maison fut plongée dans l'obscurité, comme la nôtre.

8

Au bowling, ce samedi-là, Kenny Robertson manqua sa quille numéro 7 dans un *spare* pourtant facile lors de la dixième *frame*, finissant sur un score de 107. Kenny était maigre et avait tendance à mettre tout son poids dans le lancer de sa boule, au mépris de la précision. Il revint, s'essuyant le front avec le mouchoir porte-bonheur de son père, qui ne lui avait pourtant pas beaucoup servi aujourd'hui.

Il s'assit entre moi et Willie, derrière la feuille de scores. Nous regardâmes Donny se mettre en place à son endroit habituel, à gauche de la deuxième flèche.

— Vous y avez réfléchi depuis la dernière fois ? demanda-t-il à Willie. À faire entrer Meg dans le Jeu ?

Willie sourit. Je suppose qu'il se sentait bien. Il allait probablement dépasser les 150 points, ce qui n'arrivait pas si souvent. Il secoua la tête.

— Nous avons notre propre Jeu maintenant, dit-il.

TROISIÈME PARTIE

TROISIÈME PARTIE

1

Les nuits où je dormais chez les Chandler, quand nous avions fini de faire les pitres et que Woofer dormait, nous parlions.

Donny et moi, surtout. Willie n'avait jamais eu beaucoup de conversation et le peu qu'il disait n'était pas bien malin. Mais Donny, mon meilleur ami — ou ce qui s'en rapprochait le plus pour moi —, était plutôt futé. Alors nous discutions : de l'école et des filles, des ados qui participaient à *American Bandstand*[1], des innombrables mystères du sexe, de ce que les paroles des airs de rock'n'roll que nous entendions à la radio signifiaient *vraiment* et ainsi de suite, jusque tard dans la nuit.

Nous parlions de nos rêves et de nos espoirs, même de nos cauchemars parfois.

C'était toujours Donny qui engageait ces discussions et moi qui les concluais. Gagné par l'épuisement, je me penchais par-dessus le rebord de mon lit et disais quelque chose du genre « Tu vois ce que je veux dire ? », le surprenant déjà endormi, me lais-

1. Émission musicale et « dance-show » (*NdÉ*).

sant seul avec mes pensées, mal à l'aise et frustré, quelquefois jusqu'à l'aube. J'ai toujours éprouvé des difficultés à analyser mes sentiments, mais, une fois que j'avais réussi à creuser aussi profond, je ne supportais pas de renoncer à cette saveur.

Sur ce point, je n'ai pas changé.

Je dialogue en solitaire à présent. Je ne parle pas. Jamais. Peu importe qui se trouve dans mon lit avec moi. Mes pensées se transforment parfois en cauchemars, mais je ne les partage pas. À présent, je me comporte de façon totalement autoprotectrice, une attitude que j'avais commencé à adopter à l'époque.

Je suppose que son origine date de mes sept ans, quand ma mère est entrée dans ma chambre. Je dormais.

— Je quitte ton père, m'annonça-t-elle en me réveillant. Mais ne t'inquiète pas. Tu viens avec moi. Je ne t'abandonnerai pas. Jamais.

Et je sais que, de sept à quatorze ans, j'ai attendu, je me suis préparé, je suis devenu cet individu indépendant de chacun de mes parents.

C'est là que tout a commencé, je crois.

Mais, entre sept et treize ans, j'ai connu Ruth, et Meg et Susan. Sans elles, cette conversation avec ma mère aurait même pu me faire du bien. Elle aurait pu m'épargner le choc et la confusion une fois le temps venu. Parce que les enfants se remettent vite et réapprennent la confiance et la compassion.

Pas moi. Je n'ai pas pu. À cause de ce qui s'est passé après, de ce que j'ai fait et de ce que je n'ai pas fait.

Evelyn, ma première femme, m'appelle parfois, me réveille en pleine nuit.

— Est-ce que les enfants vont bien ? demande-t-elle, de la terreur dans la voix.

Evelyn et moi n'avons jamais eu d'enfants.

Elle a fait de fréquents séjours en établissement psychiatrique, souffrant de graves crises de dépression et d'angoisse, mais cette fixation de sa part n'en est pas moins étrange.

Parce que je ne lui ai jamais raconté. Rien de tout cela, jamais.

Alors comment pourrait-elle savoir ?

Est-ce que je parle dans mon sommeil ? Lui ai-je tout avoué une nuit ? Ou bien ne fait-elle que sentir quelque chose de caché en moi — à propos de la seule véritable raison pour laquelle nous n'avons jamais eu d'enfants ? Pourquoi je ne l'ai jamais permis.

Ses coups de téléphone sont comme des oiseaux de nuit qui hululent en tournoyant autour de ma tête. J'ai beau m'attendre à leur retour, ils me prennent toujours par surprise.

C'est effrayant.

« Est-ce que les enfants vont bien ? »

J'ai appris depuis longtemps à ne pas la troubler inutilement. « Oui, Evelyn, lui dis-je. Bien sûr qu'ils vont bien. Retourne te coucher. »

Mais les enfants ne vont pas bien.

Ils n'iront plus jamais bien.

2

Je frappai à la porte de derrière.

Personne ne répondit.

J'ouvris la porte et entrai.

Immédiatement, j'entendis leurs rires provenant de l'une des chambres à coucher. Celui de Meg ressemblait à un cri aigu, alors que celui de Woofer évoquait plus un gloussement hystérique. Plus bas, les rires de Willie Jr et de Donny résonnaient de manière plus masculine.

Je n'aurais pas dû me trouver là — j'étais puni. J'avais travaillé sur la maquette d'un B-52, un cadeau de Noël de mon père, et je ne parvenais pas à fixer correctement l'une des roues. Après trois ou quatre tentatives, j'avais soulevé l'engin avant de le jeter par terre et de le réduire en charpie en le piétinant. Le bruit avait attiré ma mère qui en avait fait toute une histoire. Résultat : interdiction de sortir.

Ma mère étant partie faire des courses, au moins pour l'instant, j'étais libre.

Je me dirigeai vers les chambres.

Ils avaient coincé Meg contre le mur, dans un angle près de la fenêtre.

Donny se retourna.

— Hé, David ! Elle est *chatouilleuse* ! Meg est chatouilleuse !

Puis, comme s'ils n'avaient attendu qu'un signal fixé à l'avance, ils se jetèrent sur elle tous en même temps, visant les côtes pendant qu'elle se tortillait et essayait de les repousser. Puis elle se plia en deux, se protégeant les côtes avec les coudes, riant, agitant sa longue queue-de-cheval rousse.

— Attrape-la !

— Je l'ai eue !

— À toi, Willie !

J'examinai la pièce et aperçus Susan, assise sur le lit, riant, elle aussi.

— Aaaïe !

J'avais entendu le bruit d'une gifle. Je levai les yeux.

Meg couvrait sa poitrine de la main et Woofer avait porté sa propre main à son visage où la rougeur se répandait — il était au bord des larmes, ça ne faisait aucun doute. Willie et Donny s'écartèrent.

— Qu'est-ce que tu fous ?

Donny était furieux. Lui seul avait le droit de frapper Woofer.

— Salope ! dit Willie.

Il tenta de lui assener un coup maladroit du plat de la main au sommet du crâne. Elle l'évita aisément. Il n'essaya pas une deuxième fois.

— Pourquoi t'as fait ça ?

— Tu as vu ce qu'il a fait !

— Il a rien fait du tout !

— Il m'a pincée.

— Et alors ?

Woofer pleurait à présent.

— Je vais le dire à *maman* ! hurla-t-il.

— Ne te gêne pas, répondit Meg.

— Tu vas le regretter.

— Je me fiche de ce que tu vas faire. Je me fiche de vous tous.

Elle écarta Willie et passa entre eux, puis devant moi, avant d'emprunter le couloir menant au séjour. J'entendis la porte d'entrée claquer.

— La garce, cracha Willie. (Il se tourna vers Susan.) Ta sœur n'est qu'une sale garce.

Susan ne dit rien. Mais il s'approcha d'elle et je la vis tressaillir.

— Tu as vu ça ? me demanda-t-il.

— Je ne regardais pas, répondis-je.

Woofer reniflait. De la morve lui coulait sur le menton.

— Elle m'a *frappé* ! brailla-t-il.

Puis il me dépassa en courant, lui aussi.

— Je vais tout raconter à m'man, dit Willie.

— Ouais, moi aussi, renchérit Donny. On ne peut pas la laisser s'en tirer comme ça.

— On faisait juste les fous, bon sang !

Danny opina.

— Elle lui a vraiment flanqué une baffe.

— Woofer lui a touché le nichon.

— Et alors ? Il ne l'a pas fait exprès.

— C'est un coup à se choper un œil au beurre noir.

— Ça peut encore lui arriver.

— La salope.

Une énergie nerveuse régnait dans la pièce que

Willie et Donny arpentaient tels des taureaux réprimant leur colère. Susan glissa au bas du lit. Ses attaches provoquèrent un cliquetis métallique aigu.

— Où vas-tu ? demanda Donny.

— Je veux voir Meg, répondit-elle calmement.

— Que Meg aille se faire foutre ! Tu ne bouges pas. Tu as vu ce qu'elle a fait, pas vrai ?

Susan hocha la tête.

— Très bien. Tu sais qu'elle va être punie, n'est-ce pas ?

Il employait un ton très raisonnable, comme un frère aîné expliquant très patiemment quelque chose à une sœur pas très futée. À nouveau, elle fit « oui » de la tête.

— Si tu prends son parti, tu seras punie, toi aussi. C'est ce que tu veux ? Perdre tous tes privilèges ?

— Non.

— Alors reste là, d'accord ?

— D'accord.

— Dans cette chambre.

— D'accord.

— Allons trouver m'man, lança-t-il à Willie.

Je les suivis hors de la pièce, à travers la salle à manger et par la porte de derrière.

Ruth sc trouvait derrière le garage, sarclant son carré de tomates. Elle portait une vieille robe décolorée et bien trop grande pour elle, serrée à la taille. Le col pendait grand ouvert.

Elle ne portait jamais de soutien-gorge. Je me tenais au-dessus d'elle et je voyais ses seins presque jusqu'aux mamelons. Petits et pâles, ils tremblaient sous l'effort. Je n'arrêtais pas de détourner les yeux, de peur qu'elle ne s'aperçût de quelque chose, mais mes yeux étaient comme l'aiguille d'une boussole et sa poitrine pointait vers le nord.

— Meg a tapé Woofer, annonça Willie.

— Vraiment ?

Elle ne sembla pas intéressée et continua de désherber.

— Elle l'a giflé, renchérit Donny.

— Pourquoi ?

— On faisait les fous, c'est tout.

— Tout le monde la chatouillait, dit Willie. Et d'un seul coup, sans prévenir, elle l'a frappé au visage. Pour rien.

Elle tira sur quelques mauvaises herbes. Ses seins s'agitèrent. Ils avaient la chair de poule. J'étais fasciné. Elle me regarda et mes yeux rencontrèrent les siens juste à temps.

— Toi aussi, David ?

— Hein ?

— Toi aussi, tu chatouillais Meg ?

— Non, je venais d'arriver.

Elle sourit.

— Je ne t'accuse pas. (Elle s'agenouilla, puis se releva et retira ses gants de jardinage sales.) Où est-elle à présent ?

— Je ne sais pas, dit Donny. Elle s'est sauvée.

— Et Susan ?

— Elle attend dans la chambre.

— Elle a assisté à toute la scène ?

— Oui.

— Très bien.

Elle traversa la pelouse en direction de la maison d'un pas résolu, avec nous sur les talons. Arrivée sur la véranda, elle essuya ses mains fines et décharnées sur ses hanches. Détachant le foulard qui les retenait, elle libéra ses cheveux bruns courts.

Je pensai que ma mère ne serait pas rentrée des courses avant une vingtaine de minutes et décidai donc d'entrer.

Nous la suivîmes dans la chambre où Susan attendait, assise sur le lit, à l'endroit où nous l'avions laissée, parcourant un magazine ouvert sur une double page avec, d'un côté, une photo de Liz et Eddie Fisher, et de l'autre, Debbie Reynolds. Eddie et Liz paraissaient heureux, souriaient. Debbie semblait revêche.

— Susan ? Où est Meg ?

— Je ne sais pas, madame. Elle est partie.

Ruth s'assit à côté d'elle sur le lit. Elle lui tapota la main.

— D'après ce qu'on m'a dit, tu as vu ce qui s'est passé ici. C'est vrai ?

— Oui, madame. Woofer a touché Meg et Meg l'a frappé. (Susan fit un signe de tête affirmatif et posa sa main sur sa poitrine petite et menue, comme si elle prêtait allégeance au drapeau.) Là, précisa-t-elle.

Ruth se contenta de la fixer pendant un instant. Puis elle dit :

— Et as-tu essayé de l'en empêcher ?

— Qui ça, Meg ?

— Oui. De frapper Ralphie.

Susan sembla perplexe.

— Je ne pouvais pas. Tout s'est passé trop vite, madame Chandler. Woofer l'a touchée et Meg l'a immédiatement giflé.

— Tu aurais dû essayer, ma chérie. (Elle lui tapota à nouveau la main.) Meg est ta sœur.

— Oui, madame.

— Un coup au visage peut entraîner toutes sortes de conséquences. Un accident est vite arrivé : un tympan percé, un œil crevé. C'est un comportement dangereux.

— Oui, madame Chandler.

— Ruth, je t'ai déjà dit de m'appeler Ruth.

— Oui, Ruth.

— Et tu sais ce que signifie être de connivence avec quelqu'un se conduisant de la sorte ?

Susan secoua la tête.

— Cela veut dire que tu es tout aussi coupable, même si tu n'as pas réellement participé. Un peu comme un compagnon de route. Tu comprends ?

— Je ne sais pas.

Ruth soupira.

— Laisse-moi t'expliquer. Tu aimes ta sœur, n'est-ce pas ?

Susan approuva d'un signe de la tête.

— Et *parce que* tu l'aimes, tu es prête à lui pardonner une action de ce genre, comme de frapper Ralphie, pas vrai ?

— Elle ne voulait pas lui faire mal. Elle s'est juste mise en colère.

— Bien sûr. Alors, tu lui pardonnerais, n'est-ce pas ?

— Oui oui !

Ruth sourit.

— Et tu ferais une *grave* erreur, ma chérie ! Ainsi, tu serais de *connivence* avec elle. Ce qu'elle a fait n'était pas bien, elle s'est mal conduite, et en lui pardonnant simplement parce que tu l'aimes, tu fais, toi aussi, quelque chose de mal. Ce genre de compassion doit cesser, Suzie. Peu importe que Meg soit ta sœur. Ce qui est juste est juste. Tu dois t'en souvenir, si tu veux t'en sortir dans la vie. Maintenant, viens par ici, penche-toi sur le côté du lit, remonte ta robe et baisse ta culotte.

Susan la regarda fixement. Les yeux écarquillés, figée.

Ruth se leva. Elle défit sa ceinture.

— Allez, ma chérie. C'est pour ton bien. Tu dois apprendre les conséquences de la complicité. Tu vois, Meg n'est pas là pour endurer sa part de la punition. Alors c'est toi qui vas payer pour vous deux. Ta part, parce que tu n'as pas su dire à Meg d'arrêter — sœur ou pas. Ce qui est juste est juste. La sienne, pour avoir tout déclenché. Allez, viens par là. Ne m'oblige pas à te traîner.

Susan se contenta de la fixer, comme si elle se trouvait dans l'*incapacité* de bouger.

— Parfait, commenta Ruth. La désobéissance est un autre problème.

Elle tendit le bras et agrippa fermement — mais pas brutalement — Susan par le bras et la fit glisser au bas du lit. Susan commença à pleurer. Les attaches orthopédiques de ses jambes s'entrechoquèrent. Ruth la fit se tourner, face au lit, puis la força à se pencher. Puis elle souleva le dos de sa robe rouge froncée et le rentra dans la ceinture à la taille.

Willie renifla en riant. Ruth lui lança un regard noir.

Elle baissa la petite culotte blanche en coton, la fit glisser le long des attaches, jusqu'aux chevilles.

— Tu recevras cinq coups pour ta complicité, dix pour Meg. Et cinq pour ta désobéissance. Vingt en tout.

Susan pleurait pour de bon à présent. Je l'entendais. Je regardai le flot de larmes sur ses joues. Soudain, je me sentis honteux et reculai dans l'embrasure de la porte. Mon instinct me dit que Donny s'apprêtait à m'imiter. Mais Ruth avait dû nous voir.

— Vous ne bougez pas, les garçons. Une fille, ça pleure. Vous ne pouvez rien y changer. Mais je fais cela pour son bien et votre présence fait partie de la punition. Je veux que vous restiez.

Sa ceinture n'était pas en cuir, mais en tissu léger. Peut-être que ça ne ferait pas trop mal, pensai-je.

Elle la plia en deux et la leva au-dessus de la tête. Elle s'abattit en sifflant.

Smack.

Susan haleta et se remit à pleurer avec vigueur.

Son derrière était aussi pâle que les seins de Ruth, couvert d'un fin duvet platine. Et, à présent, il tremblotait, lui aussi. Une tache rouge se développait sur sa fesse gauche, près de la raie.

J'observai Ruth alors qu'elle levait à nouveau la ceinture. Inexpressive, à part ses lèvres serrées, elle se concentrait sur sa tâche.

La ceinture s'abattit à nouveau et Susan hurla.

Une troisième, puis une quatrième fois, en succession rapide.

À présent, son derrière était marbré de rouge.

Cinq.

Elle semblait presque s'étrangler avec sa morve et ses larmes, respirant à grandes goulées.

La trajectoire décrite par le bras de Ruth s'était élargie et nous dûmes reculer.

Je comptai. Six. Sept. Huit, neuf, dix.

Les jambes de Susan se contractaient convulsivement. Les articulations de ses doigts avaient blanchi là où elle agrippait le couvre-lit.

Jamais je n'avais entendu pleurer ainsi.

Sauve-toi, pensai-je. Bon sang ! C'est ce que j'aurais fait.

Mais, bien entendu, elle ne pouvait pas courir. Elle aurait tout aussi bien pu être enchaînée à ce lit.

Ce qui me fit penser au Jeu.

Voilà Ruth, pensai-je, *participant au Jeu. Nom de Dieu !* Et j'avais beau grimacer chaque fois que la ceinture s'abattait, je ne parvenais pas à détacher mon esprit de cette idée stupéfiante. Un adulte. *Un adulte* se livrait au Jeu. Pas exactement le nôtre, bien sûr, mais pas loin quand même.

Et, brusquement, un interdit parut se lever un peu. La culpabilité semblait se dissiper. Mais l'excitation persistait. Je sentais mes ongles s'enfoncer profondément dans les paumes de mes mains.

Je tins le compte. Onze. Douze. Treize.

De fines gouttes de transpiration firent leur apparition sur la lèvre supérieure et sur le front de Ruth. Ses coups devinrent mécaniques. *Quatorze. Quinze.* Son bras se leva. Sous sa robe informe et desserrée à la taille, j'apercevais son ventre monter et descendre en rythme.

— Ouah !

Woofer se glissa dans la chambre entre Donny et moi.

Seize.

Il fixait le visage de Susan, rougi et déformé par la douleur.

— Ouah ! répéta-t-il.

Et je sus qu'il pensait la même chose que moi — ce que nous pensions tous.

Une punition était quelque chose de privé. Elles l'étaient chez moi en tout cas — chez tout le monde, pour autant que je sache.

Ce à quoi nous assistions n'avait rien à voir avec une correction. C'était le Jeu.

Dix-sept. Dix-huit.

Susan tomba sur le sol.

Ruth se pencha sur elle.

Susan sanglotait, tout son corps secoué de mouvements convulsifs à présent, la tête enfouie entre ses bras, les genoux relevés aussi haut contre sa poitrine que les attaches le permettaient.

Ruth respirait bruyamment. Elle remonta la culotte de Susan, la releva et la fit retourner sur le lit, l'allongeant sur le flanc et rabattant la robe sur ses jambes en la défroissant.

— Bien, dit-elle doucement. Ça suffit. Repose-toi à présent. Tu m'en dois deux.

Et, ensuite, nous restâmes tous ainsi un moment, écoutant ses sanglots étouffés.

J'entendis une voiture se garer devant la maison d'à côté.

— Merde ! m'exclamai-je. Ma mère !

Je traversai le séjour en courant et sortis par la porte latérale de leur maison. Puis je jetai un coup d'œil à travers la haie. Ma mère avait rentré la voiture jusqu'au garage. Penchée à l'intérieur du coffre du break, elle soulevait des sacs marqués A&P.

Je me précipitai dans l'allée menant à notre porte d'entrée et montai quatre à quatre les marches jusqu'à ma chambre. J'ouvris un magazine.

J'entendis la porte de derrière s'ouvrir.

— David ! Descends m'aider avec les provisions !

Puis se refermer en claquant.

Je sortis. Ma mère fronça les sourcils. Elle me tendit un sac après l'autre.

— Il y avait un monde fou. Qu'est-ce que tu faisais ?

— Rien. Je lisais.

Alors que je me retournais pour rentrer, j'aperçus Meg de l'autre côté de la rue, près des arbres devant la maison des Zorn.

Elle regardait fixement la maison des Chandler en mâchant un brin d'herbe, l'air pensif, comme si elle essayait de prendre une décision.

Elle ne sembla pas me voir.

Je me demandai ce qu'elle savait.

Je portai les sacs à l'intérieur.

Plus tard, je sortis chercher le tuyau d'arrosage dans le garage et je les vis dans le jardin, Meg et Susan, seules, assises dans l'herbe haute, derrière le bouleau.

Meg brossait les cheveux de Susan. Des coups de brosse longs et fluides, fermes et réguliers, mais délicats aussi, comme si un mauvais geste avait pu les abîmer. De son autre main, elle caressait sa chevelure par en dessous, du bout des doigts, la soulevant avant de la laisser doucement retomber.

Susan souriait. Pas un grand sourire, mais son plaisir était visible. Meg lui apportait la paix.

L'espace d'un instant, je compris la force du lien qui les unissait, la solitude qui en découlait aussi. Je les enviai presque.

Je ne les dérangeai pas.

Je trouvai le tuyau d'arrosage. Lorsque je sortis du garage, la brise avait changé de direction et j'entendis Meg fredonner d'une voix très douce — comme une berceuse. *Goodnight Irene*. Une mélodie que me chantait ma mère quand j'étais petit, lors de longs trajets en voiture la nuit.

« *Goodnight, Irene, goodnight, Irene. I'll see you in my dreams*[1]. »

Je me surpris à la fredonner toute la journée. Et, chaque fois, je m'imaginais Meg et Susan assises dans l'herbe, et je sentais le soleil sur mon visage, le mouvement de la brosse et les mains douces et apaisantes.

1. « Bonne nuit, Irène, bonne nuit, Irène. Je te retrouverai dans mes rêves. » Standard du folk américain, popularisé par Leadbelly dans les années quarante et repris par de nombreux artistes, aussi différents que Johnny Cash et Bryan Ferry (*NdT*).

3

— David, tu as un peu d'argent à toi ?

Je fouillai mes poches et en sortis un billet chiffonné d'un dollar et trente-cinq cents de petite monnaie. Meg et moi marchions en direction du terrain de jeu. Un match devait s'y dérouler sous peu. J'avais pris mon gant et une vieille balle.

Je lui montrai l'argent.

— Tu peux me le prêter ?

— Toute la somme ?

— J'ai faim, dit-elle.

— Ah bon ?

— J'ai envie d'aller m'acheter un sandwich chez Cozy Snacks.

— Un *sandwich* ? (Je ris.) Tu ne préfères pas piquer quelques barres chocolatées ? Le comptoir est vraiment facile d'accès là-bas.

J'en avais fait autant à de nombreuses occasions. La plupart d'entre nous ne se gênaient pas. La meilleure technique consistait à se diriger droit sur ce que l'on voulait, le prendre et ressortir tout de suite après. Rien de furtif et aucune hésitation. L'endroit était toujours bondé. C'était facile. Et comme personne n'appréciait M. Holly, le vieux type qui travaillait là, il n'y avait aucune raison de se sentir coupable.

Mais Meg se renfrogna.

— Je ne suis pas une voleuse.

Voyez-vous ça, me dis-je, *Mademoiselle fait des manières.*

Je ressentis un peu de mépris pour elle. *Tout le monde* volait. Ça faisait partie de l'expérience de tout gamin.

— Tu veux bien me prêter l'argent ? reprit-elle. Je te rembourserai, c'est promis.

J'étais incapable de rester en colère contre elle.

— D'accord. Pas de problème. (Je déposai l'argent dans sa main.) Mais pourquoi as-tu besoin d'un sandwich ? Tu peux t'en préparer un chez Ruth.

— Non, c'est impossible.

— Comment ça ?

— Je n'ai pas le droit.

— Pourquoi ?

— Je n'ai pas encore le droit de manger.

Nous traversâmes la rue. Je regardai à gauche et à droite, puis je la dévisageai. Elle arborait cette expression masquée. Comme si elle me dissimulait quelque chose. En plus, elle rougissait.

— Je ne comprends pas.

Kenny, Eddie et Lou Morino se trouvaient déjà sur le terrain et se lançaient la balle. Denise les observait de derrière le filet. Personne ne nous avait encore remarqués. Je voyais bien que Meg voulait les rejoindre, mais je me contentai de la fixer du regard.

— Ruth dit que je suis grosse, finit-elle par lâcher.

J'éclatai de rire.

— Alors ? me demanda-t-elle.

— Alors quoi ?

— Qu'est-ce que tu en penses ?

— Toi ? Grosse ? (Je savais qu'elle prenait cela au sérieux, mais je ne pouvais m'empêcher d'en rire.) Bien sûr que non ! Ruth te fait marcher.

Elle se retourna brusquement.

— Quel sens de l'humour ! Je te suggère d'essayer de passer une journée sans dîner, ni déjeuner, ni petit déjeuner.

Puis elle s'arrêta et revint vers moi.

— Merci.

Et elle s'éloigna.

4

Le match fut interrompu au bout d'une heure. À ce stade, la plupart des enfants du quartier se trouvaient là, pas seulement Kenny, Eddie, Denise et Lou Morino, mais aussi Willie, Donny, Tony Morino et même Glen Knott et Harry Gray, venus parce que Lou jouait. En présence des grands, ce fut un bon match, rapide — jusqu'à ce qu'Eddie frappe la balle, l'envoyant le long de la ligne de la troisième base, et se mette à courir.

Excepté Eddie, tout le monde savait que la balle était faute. Mais impossible de lui dire une chose pareille. Il fit le tour des bases pendant que Kenny courait chercher la balle. S'ensuivit la discussion habituelle. « Va te faire foutre », « non *toi* va te faire foutre », etc.

À cette différence près que, cette fois, Eddie saisit sa batte et se lança à la poursuite de Lou Morino.

Lou était plus grand et plus âgé qu'Eddie, mais ce dernier avait la batte. Finalement, plutôt que de risquer un nez cassé ou une commotion cérébrale, il quitta le terrain dans une direction, emmenant Harry et Glen, alors qu'Eddie partait en sens inverse.

Le reste d'entre nous joua à la balle.

C'était ce à quoi nous nous occupions quand Meg refit son apparition.

Elle laissa tomber un peu de monnaie dans le creux de ma main et je l'empochai.

— Je te dois quatre-vingt-cinq cents.

— D'accord.

Je remarquai que ses cheveux paraissaient un peu gras, comme si elle ne les avait pas lavés ce matin. Mais elle demeurait tout de même jolie.

— Tu as envie de faire quelque chose ? demanda-t-elle.

— Quoi ?

Je regardai autour de moi. Je devais avoir un peu peur que les autres nous entendent.

— Je ne sais pas. Descendre au ruisseau, par exemple ?

Donny me lança la balle. Je la balançai à Willie. Comme d'habitude, il attendit trop longtemps et la manqua.

— Laisse tomber, lâcha Meg. Tu es bien trop occupé.

Je la sentis contrariée ou blessée. Elle commença à s'éloigner.

— Non ! Hé ! Attends !

Je ne pouvais pas lui proposer de jouer avec nous au base-ball. Elle n'avait pas de gant.

— D'accord. Allons au ruisseau. Donne-moi juste une minute.

Je n'avais qu'une façon de m'en sortir avec élégance : je devais demander aux autres.

— Hé, les gars ! Ça vous dirait d'aller au ruisseau ? On pourrait pêcher des écrevisses ? Il fait si chaud ici.

En fait, l'idée ne me déplaisait pas. Il faisait *vraiment* chaud.

— OK pour moi, dit Donny.

Willie haussa les épaules et fit « oui » de la tête.

— Moi aussi, ajouta Denise.

Formidable, pensai-je. *Maintenant, il ne manque plus que Woofer.*

— Je rentre déjeuner, s'excusa Kenny. Peut-être que je vous retrouverai là-bas.

— D'accord.

Tony hésita, puis il laissa la faim l'emporter. Nous restions tous les cinq.

— Passons d'abord à la maison, proposa Donny. Prendre une thermos de Kool-Aid et quelques pots pour mettre les écrevisses.

Nous entrâmes par la porte de derrière. La machine à laver le linge résonnait au sous-sol.

— Donny ? C'est toi ?

— Oui m'man. (Il se tourna vers Meg.) Va chercher le Kool-Aid, tu veux bien ? Je descends voir ce qu'elle veut et je m'occupe des pots.

Je m'assis avec Willie et Denise autour de la table de la cuisine. Il y avait des miettes de pain grillé dessus et je les balayai de la main sur le sol. Il y avait aussi un cendrier rempli à ras bord de mégots. Je les inspectai, mais n'en trouvai aucun assez long pour tirer une bouffée plus tard.

Meg avait sorti la thermos et y versait soigneusement le Kool-Aid au citron vert à partir de la grande cruche de Ruth quand ils remontèrent du sous-sol.

Donny portait deux pots de beurre de cacahuètes

et une pile de boîtes en fer-blanc. Ruth s'essuyait les mains sur son tablier défraîchi. Elle nous sourit, puis son regard se tourna vers Meg, dans la cuisine.

— Qu'est-ce que tu fais ? demanda-t-elle.

— Je verse juste du Kool-Aid dans la thermos.

Ruth sortit un paquet de Tareyton de la poche de son tablier et en alluma une.

— Je t'avais pourtant interdit d'entrer dans la cuisine.

— Donny voulait du Kool-Aid. C'était son idée.

— Peu importe qui en a eu l'idée.

Elle souffla un peu de fumée, commença à tousser — une mauvaise toux, venue droit des poumons — et se trouva dans l'incapacité de parler pendant un instant.

— Ce n'est que du Kool-Aid, protesta Meg. Je ne suis pas en train de manger.

Ruth dodelina de la tête.

— La question est, dit-elle en tirant une autre bouffée de sa cigarette, la question est : qu'as-tu avalé en douce avant que je n'arrive ?

Meg finit de verser et posa la cruche.

— Rien, soupira-t-elle. Je n'ai rien avalé *en douce*.

Ruth hocha de nouveau la tête.

— Approche, ordonna-t-elle.

Meg resta immobile.

— Je t'ai dit d'approcher.

Elle s'exécuta.

— Ouvre la bouche, que je puisse sentir ton haleine.

— Quoi ?

À côté de moi, Denise se mit à ricaner.

— Ne me réponds pas sur ce ton. Ouvre la bouche !

— Ruth...

— Ouvre-la !

— Non !

— Quoi ? Qu'est-ce que tu viens de dire ?

— Tu n'as pas le droit de...

— J'ai tous les droits. Ouvre la bouche.

— Non !

— Je t'ai demandé d'ouvrir la bouche, espèce de menteuse.

— Je ne suis pas une menteuse.

— Je sais déjà que tu es une traînée, alors pourquoi pas aussi une menteuse. Ouvre-la !

— Non.

— Ouvre la bouche !

— Non !

— Je t'ai donné un ordre.

— Je n'obéirai pas.

— Oh que si ! S'il le faut, les garçons te l'ouvriront de force.

Willie renifla en riant. Donny se tenait toujours dans l'embrasure de la porte, les mains pleines de pots et de boîtes de conserve. Il semblait embarrassé.

— Ouvre la bouche, traînée !

Denise pouffa encore.

Meg regarda Ruth droit dans les yeux. Elle respira.

Et, l'espace d'un instant, elle adopta soudain une dignité adulte et presque stupéfiante.

— Je t'ai déjà donné ma réponse, Ruth. C'est non.

Alors, même Denise se tut.

Nous étions abasourdis.

Nous n'avions jamais rien vu de pareil.

Les enfants étaient impuissants. Presque par définition. On attendait d'eux qu'ils endurent les humiliations ou se sauvent en courant. Protester n'était envisageable qu'en louvoyant : se réfugier dans sa chambre en claquant la porte, crier et hurler, broyer du noir pendant le dîner, jouer la comédie, casser volontairement quelque chose « par accident ». Ou encore adopter une attitude renfrognée, sombrer dans le silence, merder à l'école. Et c'était à peu près tout. Toutes les armes que contenait votre arsenal. Mais tenir tête à un adulte et carrément l'envoyer paître n'en faisait pas partie. Dire simplement « non » à un adulte était inacceptable. Nous étions trop jeunes pour ça. D'où notre étonnement.

Ruth sourit et écrasa sa cigarette dans le cendrier encombré.

— Je suppose qu'il ne me reste qu'à chercher Susan, reprit-elle. Je crois qu'elle se trouve dans sa chambre.

À son tour, elle défiait Meg.

L'espace d'un instant, elles se firent face, tels des cow-boys dans un duel.

Puis Meg perdit son sang-froid.

— Laisse ma sœur en dehors de tout ça ! Fiche-lui la paix !

Ses mains serrées formaient des poings, blancs aux articulations. Et je compris qu'elle était au courant de la correction de l'autre jour.

Je me demandai s'il y en avait eu d'autres.

Mais, d'une certaine façon, nous éprouvions du

soulagement. Les choses avaient repris leur cours normal et ressemblaient plus à ce dont nous avions l'habitude.

Ruth se contenta de hausser les épaules.

— Il n'y pas de quoi s'énerver, Meggy. Je veux juste lui demander ce qu'elle sait de tes incursions dans le réfrigérateur entre les repas. Comme tu refuses de faire ce que je t'ordonne, je suppose qu'elle saura me renseigner.

— Mais elle n'était même pas avec nous !

— Je suis persuadée qu'elle t'a entendue, ma chérie. Même les voisins t'ont entendue. Mais les sœurs savent ces choses-là, tu ne crois pas ? Elles ont une sorte d'instinct.

Elle se tourna en direction de la chambre.

— Susan ?

Meg tendit la main et l'agrippa par le bras. Elle semblait transformée ; une tout autre fille avait pris sa place : effrayée, impuissante, désespérée.

— Soit maudite ! lança-t-elle.

Nous comprîmes tous qu'elle venait de faire une grave erreur.

Ruth se retourna et la gifla.

— Tu m'as touchée ? Tu as osé me toucher ? Pour qui tu te prends, bon sang !

Elle lui administra une autre gifle, alors que Meg battait en retraite, puis une autre encore quand elle trébucha contre le réfrigérateur, perdit l'équilibre et tomba à genoux. Ruth se pencha vers elle, empoigna brutalement sa mâchoire en tirant dessus.

— Maintenant, tu vas ouvrir ta putain de bouche, tu m'entends ? Sinon je vais vous flanquer une raclée dont vous vous souviendrez, toi et ta précieuse petite sœur ! Tu m'as comprise ? Willie ? Donny ?

Willie se leva et approcha. Donny parut mal à l'aise.

— Tenez-la.

Je me sentais cloué sur place. Tout se passait trop vite. J'avais conscience de la présence de Denise à mes côtés, écarquillant les yeux.

— Je vous ai dit de la tenir.

Willie saisit son bras droit et elle n'offrit aucune résistance — j'imagine que Ruth devait lui faire mal là où elle serrait sa mâchoire. Donny posa ses pots et ses boîtes sur la table et s'empara de son bras gauche. Deux des boîtes roulèrent sur la table et tombèrent bruyamment sur le sol.

— Maintenant, *ouvre la bouche*, traînée !

Meg se débattit, essayant de se relever, de se dérober et de leur échapper, mais ils la tenaient fermement. Visiblement, Willie s'amusait beaucoup. Mais Donny semblait abattu. À présent, Ruth utilisait ses deux mains pour la forcer à desserrer les mâchoires.

Meg la mordit.

Ruth hurla et tituba en arrière. Meg se redressa en se tortillant. Willie lui tordit le bras dans le dos et le tira vers le haut d'un coup sec. Elle cria et se plia en deux, essayant de se dégager, agitant le bras gauche pour faire lâcher prise à Donny dans une sorte de crise de panique simultanée. Elle faillit réussir. La prise de Donny était pour le moins incertaine et elle parvint presque à se libérer.

Puis Ruth avança à nouveau vers elle.

L'espace d'un instant, elle se contenta de se tenir

devant elle, l'étudiant, sans doute à l'affût d'une ouverture. Puis elle serra un poing et la frappa au ventre, exactement comme un homme l'aurait fait avec un autre homme, et presque aussi fort. On aurait cru entendre quelqu'un boxer un ballon de basket.

Meg s'effondra, le souffle coupé, haletante.

Donny la relâcha.

— Nom de Dieu ! chuchota Denise à côté de moi.

Ruth fit un pas en arrière.

— Tu cherches la bagarre ? D'accord. Bats-toi.

Meg secoua la tête négativement.

— Tu ne veux pas te battre ? Non ?

Elle secoua de nouveau la tête.

Willie regarda sa mère.

— Dommage, fit-il doucement.

Il tenait toujours son bras. Il recommença à le tordre. Elle se plia en deux.

— Willie a raison, dit Ruth. C'est dommage. Allez, Meg, ma chérie, bats-toi. Avec lui.

Willie tordit. La douleur la fit sursauter ; elle haleta et secoua la tête pour la troisième fois.

— Elle ne veut vraiment pas. Cette fille ne sait que désobéir aujourd'hui.

Elle agita la main que Meg avait mordue et l'examina. De là où je me trouvais, je ne vis qu'une rougeur. Meg n'avait pas percé la peau.

— Lâche-la, ordonna Ruth.

Il laissa tomber son bras. Meg s'écroula vers l'avant. Elle pleurait.

Je ne voulais pas voir ça. Je détournai le regard.

J'aperçus Susan dans le couloir, s'appuyant contre

le mur, l'air effrayé, le regard fixe, les yeux rivés sur sa sœur.

— Je dois rentrer, annonçai-je d'une voix qui me sembla étrangement voilée.

— Et le ruisseau alors ? s'étonna Willie.

Il paraissait réellement déçu — ce gros crétin. Comme si rien ne s'était passé.

— Plus tard, répondis-je. Je dois rentrer maintenant.

J'étais conscient du regard de Ruth sur moi.

Je me levai de ma chaise. Pour une raison ou une autre, je me refusais à passer devant Meg et choisis d'emprunter la porte d'entrée, croisant Susan. Elle ne sembla pas me remarquer.

— David, appela Ruth, sur un ton très calme.

— Oui ?

— Tu viens d'assister à un différend familial qui ne concerne que nous. Tu as vu ce que tu as vu, mais ce n'est l'affaire de personne d'autre que nous. Tu comprends ? (J'hésitai, puis j'opinai du chef.) Tu es un brave garçon. Je le savais. Je savais que tu comprendrais.

Je sortis. C'était une journée chaude, lourde et humide. Il avait fait plus frais à l'intérieur.

Je marchai en direction des bois, m'éloignant du sentier conduisant au ruisseau et m'enfonçant dans la forêt plus profonde, derrière la maison des Morino.

Il faisait meilleur ici. Il régnait une odeur de terre et de pin.

Je n'arrivais pas à chasser la vision de Meg, effondrée et en pleurs. Une image aussitôt remplacée par celle de Meg tenant tête à Ruth, la regardant froidement droit dans les yeux et lui répondant : « C'est non. » Pour une raison qui m'échappe, ces deux scènes alternaient avec le souvenir d'une dispute qui m'avait opposé à ma mère plus tôt cette même semaine. « Tu es comme ton père », avait-elle dit. J'avais réagi furieusement. Pas aussi bien que Meg. J'avais perdu mon sang-froid. Je m'étais emporté. Je l'avais détestée. J'y repensais à présent, avec une sorte de détachement, et je songeais aussi aux événements de la journée.

Nous avions vécu une matinée extraordinaire.

Mais c'était comme si tout s'annulait mutuellement.

Je marchais à travers bois.

Je ne ressentais rien.

5

De chez moi, on pouvait se rendre chez Cozy Snacks à travers bois. Il suffisait de traverser le ruisseau au Gros Rocher, puis de remonter l'autre rive le long de deux vieilles maisons et d'un chantier. Le lendemain, je rentrais chez moi par cet itinéraire, avec — dans un sac en papier — un Milky Way, de la réglisse rouge et du chewing-gum que j'avais réellement achetés et payés — avec une pensée pour Meg —, quand j'entendis Meg crier.

Je savais que c'était elle. N'importe qui aurait pu pousser ce cri, mais je savais que c'était elle.

Je devins silencieux et avançai le long de la rive.

Elle se tenait sur le Gros Rocher. Willie et Woofer avaient dû la surprendre pendant qu'elle trempait sa main dans l'eau, parce que sa manche était retroussée et que l'eau du ruisseau perlait sur son avant-bras où s'étalait sa cicatrice livide, tel un ver palpitant sous sa peau.

Ils la bombardaient avec les boîtes en fer-blanc de la cave, et Woofer visait bien, lui au moins.

Il faut dire que Willie cherchait à atteindre la tête.

Une cible plus difficile. Il manquait à tous les coups.

Pendant ce temps, Woofer l'avait déjà touchée au genou et, profitant qu'elle se retournait, au milieu du dos.

Elle pivota à nouveau et les vit ramasser les bocaux de beurre de cacahuètes en verre. Woofer tira le premier.

Le verre vola en éclats à ses pieds et aspergea ses jambes.

Ils auraient pu lui faire très mal si un de ces projectiles l'avait atteinte.

Elle n'avait nulle part où aller, excepté le ruisseau. Elle n'aurait pas pu escalader la haute berge, à côté de moi, du moins pas à temps. Elle choisit donc le ruisseau et entra dans l'eau.

Le courant semblait fort ce jour-là, et le fond était couvert de pierres moussues. Je la vis trébucher et tomber presque immédiatement, alors qu'un autre bocal s'écrasait sur un rocher tout proche. Mouillée jusqu'aux épaules, elle se redressa en haletant et tenta de courir. Après quatre foulées, elle s'écroula à nouveau.

Willie et Woofer hurlaient de rire, ils riaient tant qu'ils en oublièrent de lancer d'autres projectiles.

Elle se releva et, cette fois, garda son équilibre et barbota vers l'aval.

Après le premier virage, d'épais fourrés la protégèrent.

C'était fini.

Si incroyable que cela puisse paraître, personne ne m'avait vu. Et ils ne me voyaient toujours pas. J'avais l'impression d'être un fantôme.

Je les regardai rassembler le peu de boîtes et de pots qui leur restaient. Puis ils s'éloignèrent en riant, en direction de leur maison. J'entendis leurs voix s'éteindre progressivement sur le chemin.

Connards, pensai-je. Il y a du verre partout maintenant. Impossible de marcher dans le ruisseau, au moins jusqu'à la prochaine crue.

Avec précaution, j'empruntai le Gros Rocher pour traverser.

6

Meg prit sa revanche le 4 juillet.

C'était le crépuscule, il faisait chaud, la soirée cédait gracieusement la place au noir complet et nous étions des centaines, assis sur des couvertures déployées sur Memorial Field, attendant le début du feu d'artifice.

Donny et moi tenions compagnie à mes parents — je l'avais invité à dîner ce soir-là — et à leurs amis les Henderson, qui vivaient deux rues plus loin.

Les Henderson étaient catholiques et n'avaient pas d'enfant, signe que quelque chose clochait sans que personne sache exactement quoi. M. Henderson, un homme grand, aimait le grand air. En matière d'habillement, il avait une préférence pour le velours côtelé et le tissu écossais. Un homme, un vrai, plutôt sympa. Il élevait des beagles derrière chez lui et nous laissait parfois tirer avec son fusil à air comprimé quand nous allions lui rendre visite. Mme Henderson était une jolie femme, mince, blonde et avec le nez camus.

Donny m'avait dit une fois qu'il ne voyait pas

quel était le problème. Il l'aurait baisée en moins de temps qu'il n'en faut pour le dire.

De là où nous nous trouvions, nous apercevions Willie, Woofer, Meg, Susan et Ruth, de l'autre côté du terrain, assis à côté de la famille Morino.

Toutc la ville était réunie.

Quiconque en capacité de marcher, de rouler ou de ramper, se devait d'assister au feu d'artifice du 4 Juillet. Excepté le défilé du Memorial Day[1], c'était notre grand spectacle annuel.

Et, comme de juste, les flics se montraient. Personne ne s'attendait vraiment à des troubles. La ville en était encore au stade où tout le monde connaissait tout le monde, au moins indirectement. Vous sortiez de chez vous sans fermer la porte au cas où quelqu'un passerait vous voir pendant votre absence.

Les flics étaient des amis de la famille pour la plupart. Mon père les connaissait par le bar ou par la VFW[2].

Leur rôle consistait essentiellement à s'assurer que personne ne lancerait de pétards trop près des couvertures. Ils restaient là, attendant que le spectacle commence, comme nous tous.

Donny et moi écoutions M. Henderson nous parler de sa dernière portée de beagles, en buvant du thé glacé de la thermos et en se rotant au visage — hilares — des exhalaisons de rôti. Ma mère préparait toujours le rôti à la cocotte en ajoutant beau-

1. Le dernier lundi du mois de mai. Fête nationale commémorant les Américains morts sous les drapeaux (*NdT*).

2. Veterans of Foreign Wars of the United States (« Vétérans des guerres américaines à l'étranger ») (*NdT*).

coup d'oignons. Mon père ne le supportait pas, mais nous l'aimions ainsi. Dans une demi-heure, nous en arriverions aux pets.

La sono se mit à beugler du John Philip Sousa.

Au-dessus de l'école, la lune présentait son premier quartier.

Dans la faible clarté grise, on pouvait apercevoir les plus petits qui se poursuivaient à travers la foule. Les gens allumaient des cierges magiques. Derrière nous, des pétards résonnèrent avec un bruit de mitraillette.

Nous décidâmes d'aller nous acheter des glaces.

Le camion Good Humor faisait des affaires du tonnerre, pris d'assaut par quatre rangées de gamins. Nous parvînmes enfin à nous frayer un passage sans nous faire marcher sur les pieds. Je choisis une Brown Cow et Donny un Fudgesicle et nous prîmes non sans mal le chemin inverse.

Puis nous aperçûmes Meg à côté du camion, en train de parler à M. Jennings.

Cette vision nous arrêta tout net.

Parce que M. Jennings était aussi l'*agent de police* Jennings. Un flic.

Et quelque chose dans le comportement de Meg, dans sa façon de mimer avec ses mains, de se pencher vers lui, nous indiqua immédiatement de quoi elle parlait.

C'était à la fois effrayant et choquant.

Nous étions cloués sur place.

Meg caftait. Elle trahissait Ruth. Trahissait Donny et tout le monde.

Elle nous tournait le dos.

Pendant un instant, nous nous contentâmes de la

fixer, puis, comme en réponse à un signal, nous tournâmes nos regards l'un vers l'autre.

Ensuite, nous nous approchâmes d'elle en mangeant nos glaces. Très désinvoltes. Nous nous postâmes à côté d'elle, presque à portée de voix.

M. Jennings nous jeta un bref coup d'œil, puis il tourna son regard dans la direction où se trouvaient Ruth, Willie et les autres. Puis il hocha la tête, écoutant avec soin, observant attentivement Meg de nouveau.

Nous léchions minutieusement nos glaces, feignant d'observer les alentours.

— Eh bien, c'est son droit, je suppose.

— *Non*, répliqua Meg. Vous ne comprenez pas.

Mais nous ne réussîmes pas à entendre la suite.

M. Jennings sourit et haussa les épaules. Il posa sa grosse main marquée de taches de rousseur sur l'épaule de Meg.

— Écoute, pour autant que je sache, tes parents auraient eu exactement la même réaction. Qui peut le dire ? Tu dois considérer Mme Chandler comme ta mère à présent, tu ne crois pas ?

Elle secoua la tête.

Puis je crois qu'elle prit enfin conscience de notre présence, qu'elle comprit vraiment qui nous étions, Donny et moi, et les conséquences que cela pouvait entraîner par rapport à la conversation qu'elle venait d'avoir. L'expression de son visage se modifia. Mais Meg ne cessa pas pour autant de parler, de discuter.

Il nous regarda par-dessus son épaule — longuement.

Puis il la prit par le bras.

— Marchons, lui proposa-t-il.

Je la vis jeter un coup d'œil nerveux en direction de Ruth, mais on n'y voyait plus guère. Il faisait presque nuit à présent ; la lune, les étoiles et un occasionnel cierge magique constituaient les seules sources de lumière. Il y avait donc peu de chance que Ruth les ait remarqués ensemble. D'où je me trouvais, la foule ressemblait déjà à une masse informe, tels des cactus et des broussailles parsemant une plaine. Je savais où ils étaient assis, mais je ne parvenais pas à les distinguer de mes parents ou des Henderson.

Sa peur était malgré tout parfaitement compréhensible. Je me sentais effrayé moi-même. Ce qu'elle faisait semblait à la fois excitant et interdit, exactement comme la fois où nous avions essayé de l'apercevoir à travers la fenêtre, perchés sur le bouleau.

M. Jennings nous tourna le dos et l'entraîna gentiment loin de nous.

— Merde, chuchota Donny.

J'entendis un sifflement. Le ciel explosa. De grandes corolles blanches et brillantes éclatèrent avant de tomber en une pluie d'étincelles.

— Oooooooh, s'exclama la foule.

Dans la lumière blanche et spectrale qui suivit, j'observai Donny. Je lus à la fois de la confusion et de l'inquiétude sur son visage.

Il avait toujours été celui qui faisait preuve de retenue envers Meg. Il n'avait pas changé.

— Qu'est-ce que tu comptes faire ? lui demandai-je.

Il secoua la tête.

— Il refusera de la croire, répondit-il. Il ne lèvera

pas le petit doigt. Les flics, ça cause, mais ça ne fait jamais rien.

Des paroles que Ruth aurait très bien pu prononcer. Les flics, ça cause, mais ça ne *fait* jamais rien.

Il le répéta encore une fois, comme un credo, alors que nous marchions vers nos couvertures. Comme s'il *fallait* que ce soit vrai.

Presque comme une prière.

7

La voiture de police en patrouille s'arrêta dans notre rue vers vingt heures le lendemain soir. Je vis M. Jennings monter les marches et frapper à la porte, et Ruth le fit entrer. Puis j'attendis, montant la garde depuis la fenêtre de notre salle de séjour. Quelque chose n'arrêtait pas de tourner dans mon estomac.

Mes parents assistaient à une soirée d'anniversaire chez les Chevaliers de Colomb[1] et Linda Cotton était chargée de veiller sur moi — dix-huit ans, des taches de rousseur, plutôt mignonne selon moi, mais rien à voir avec Meg. À soixante-quinze cents de l'heure, elle se fichait éperdument de ce que je pouvais bien fabriquer, du moment que je me tenais tranquille et que je ne l'empêchais pas de regarder *Les Aventures d'Ellery Queen* à la télévision. De toute façon, elle savait que j'avais passé l'âge d'avoir une baby-sitter.

J'attendis donc que la voiture de patrouille soit

1. Importante organisation catholique fondée en 1882 aux États-Unis (*NdT*).

repartie avant de me rendre à côté. Il était environ vingt heures quarante-cinq.

Assis dans le séjour et la salle à manger, tout le monde était là. Le silence régnait et personne ne bougeait, et j'eus le sentiment que cela durait depuis un certain temps.

Tout le monde avait les yeux fixés sur Meg. Même Susan.

J'éprouvai un sentiment vraiment étrange.

Plus tard, pendant les années soixante, je comprendrais de quoi il s'agissait. En ouvrant la lettre du Selective Service System et en apprenant en lisant la carte qu'elle contenait que mon statut avait changé pour devenir 1A[1].

C'était une sensation d'*escalade*.

Quelqu'un venait de faire monter les enchères.

Je me tenais dans l'embrasure de la porte. Ruth s'aperçut de ma présence la première.

— Bonsoir, David, dit-elle calmement. Assieds-toi. Joins-toi à nous. (Puis elle soupira.) Quelqu'un veut bien m'apporter une bière ?

Willie se leva et partit chercher une bière pour elle dans la cuisine, en prenant une pour lui au passage. Il les ouvrit et lui tendit la sienne. Puis il se rassit.

Ruth alluma une cigarette.

Je regardai Meg, assise sur une chaise pliante devant l'œil gris et vide de la télévision. Elle paraissait effrayée mais déterminée. Je songeai à Gary

1. Dans le système de conscription américain, 1A signifie « bon pour le service, sans restriction » (*NdT*).

Cooper marchant seul au milieu de la rue déserte dans *Le train sifflera trois fois*.

— Bien, lâcha Ruth. Très bien.

Elle sirota sa bière, fuma sa cigarette.

Woofer se tortillait sur le canapé.

Je faillis tourner les talons et rentrer chez moi.

Puis Donny se leva. Il s'approcha de Meg et se tint devant elle.

— Tu as demandé de l'aide à un *flic* contre ma mère, dit-il. Contre ma mère !

Meg leva les yeux vers lui. Son visage se détendit un peu. Après tout, c'était de Donny qu'il s'agissait. Donny le modéré.

— Je suis désolée. Je voulais juste m'assurer que…

Sa main jaillit et cingla le visage de Meg.

— La ferme ! La ferme !

Tremblant, il se tenait prêt à remettre ça.

Il se retenait visiblement pour ne pas la frapper à nouveau et bien plus fort cette fois.

Elle le regarda fixement, pantoise.

— Va t'asseoir, dit calmement Ruth.

C'était comme s'il ne l'avait pas entendue.

— Va t'asseoir !

Il s'éloigna de Meg, exécuta un demi-tour quasi militaire et retourna dans la salle à manger.

Puis un nouveau silence s'installa.

Enfin, Ruth se pencha en avant.

— J'ai besoin de savoir une chose, Meggy : à quoi pensais-tu ? Qu'est-ce qui t'est passé par la tête ?

Meg ne répondit pas.

Ruth commença à tousser, de cette toux sèche et grave. Puis elle se maîtrisa.

— Tu croyais vraiment qu'il allait vous enlever à moi ? Toi et Susan ? Vous sortir d'ici ? Parce que ce n'est pas près d'arriver. Il ne t'emmènera nulle part, ma fille. Parce qu'il s'en *fiche*. Ou alors il l'aurait déjà fait, lors du feu d'artifice. Mais il n'a pas bougé, n'est-ce pas ?

» Quoi d'autre, alors ? À quoi pensais-tu ? Tu croyais peut-être qu'il me ferait peur ?

Meg restait simplement assise, les bras croisés, avec cette lueur décidée dans les yeux.

Ruth sourit et avala une gorgée de bière.

À sa manière, elle semblait tout aussi déterminée.

— Le problème, c'est de savoir quoi faire à partir de maintenant. Tu sais, Meggy, rien chez cet homme ni chez aucun autre ne me fait peur. Si tu ne le savais pas auparavant, j'espère que tu as au moins appris ça. Mais je ne peux pas non plus permettre que tu coures chez les flics toutes les dix minutes. Alors la question est : que faire ?

» Je t'enverrais bien quelque part ailleurs s'il existait un ailleurs pour toi. Crois-moi, je le ferais. Tu crois que j'ai besoin qu'une petite pute vienne ruiner ma réputation. Et Dieu sait qu'on ne me paie pas assez cher pour que j'essaie de te changer. Merde ! Avec ce que je touche, c'est déjà un miracle si tu manges ! (Elle soupira.) Il faut que j'y réfléchisse.

Puis elle se leva et marcha jusqu'à la cuisine. Elle ouvrit le réfrigérateur.

— Va dans ta chambre. Susie aussi. Et restes-y. (Elle tendit la main vers une autre bière, puis elle se mit à rire.) Dépêche-toi avant que Donny ne change d'avis et ne vienne encore t'en coller une.

Elle ouvrit la canette de Budweiser.

Meg prit sa sœur par le bras et la conduisit dans la chambre.

— Toi aussi, David. Tu ferais mieux de rentrer. Désolée. Mais j'ai des décisions difficiles à prendre.

— Aucun problème.

— Tu veux un Coca ou autre chose pour la route ?

Je souris. Pour la route. J'habitais à côté.

— Non, ça ira.

— Tu veux que je te file une bière en douce ?

Elle avait à nouveau les yeux pétillants de malice. La tension s'évanouit. Je ris.

— Ce serait chouette.

Elle m'en lança une. Je l'attrapai.

— Merci.

— N'en parlons plus, répondit-elle.

Et cette fois, nous éclatâmes tous de rire parce que « N'en parlons plus » était un code entre nous.

Elle nous disait toujours ça, à nous les enfants, quand elle nous laissait faire quelque chose que nos parents n'auraient pas approuvé. « N'en parlons plus. »

— Motus et bouche cousue, dis-je.

Je fourrai la canette à l'intérieur de ma chemise et sortis.

Quand j'arrivai chez moi, je découvris Linda pelotonnée devant la télévision, regardant Ed Byrnes se coiffer pendant le générique de *77 Sunset Strip*. Elle faisait triste mine. Sans doute que Steve ne ferait pas d'apparition ce soir.

— Bonne nuit, lançai-je et je montai dans ma chambre.

Je bus la bière en pensant à Meg. Je me demandai si je devais essayer de l'aider. Je me heurtais à un conflit. J'étais toujours attiré par Meg et je l'aimais bien, mais Donny et Ruth étaient mes amis depuis bien plus longtemps. D'ailleurs, avait-elle *vraiment* besoin d'aide ? Les enfants prennent des baffes. Des coups même parfois. Je me demandai où toute cette histoire allait nous mener.

« Que faire à présent ? » avait dit Ruth.

Je regardai fixement l'aquarelle de Meg accrochée au mur de ma chambre et commençai à me poser la même question.

8

Ruth décida qu'à partir de maintenant Meg ne serait plus autorisée à quitter la maison seule. Donny, Willie ou Ruth l'accompagnerait. En fait, elle ne sortit pratiquement plus. Je n'eus donc pas l'occasion de lui demander ce qu'elle envisageait de faire — si elle envisageait quoi que ce soit — et encore moins de décider si j'allais lui prêter main-forte.

Ce n'était plus de mon ressort. Du moins le pensais-je.

Un réel soulagement pour moi.

Si j'éprouvais vaguement le sentiment d'avoir perdu quelque chose — la confiance de Meg ou même simplement sa compagnie —, je n'en avais toutefois pas pleinement conscience. Je savais que la situation dans la maison d'à côté avait pris un tour inhabituel et je suppose que je cherchais à prendre mes distances quelque temps, afin de mettre de l'ordre dans mes pensées.

Pendant les jours qui suivirent, je fréquentai donc les Chandler moins que d'habitude — un soulagement là aussi. Je traînai avec Tony et Kenny, Denise et Cheryl, et même avec Eddie parfois, quand cela semblait sans risque.

La rue bourdonnait du récit des événements qui se déroulaient là-bas. Tôt ou tard, toutes les conversations revenaient aux Chandler. Ce qui rendait toute l'histoire incroyable était le fait que Meg avait impliqué la police. Un acte révolutionnaire que nous ne parvenions pas à chasser de nos esprits. Imaginez : dénoncer un adulte aux flics ! En particulier un adulte qui aurait tout aussi bien pu être votre mère ! C'était pratiquement impensable.

Mais riche de possibilités aussi. Eddie, surtout, ruminait visiblement cette idée, imaginant son père dans la même situation. Nous n'avions pas l'habitude de voir Eddie pensif. Cela ne fit qu'ajouter à l'étrangeté que tous ressentaient.

Excepté l'intervention de la police, la seule chose que tout le monde savait réellement — moi y compris —, c'était que les corrections pleuvaient là-bas, sans raison apparente ou si peu. Ça n'aurait rien eu d'exceptionnel si cela ne s'était pas produit chez les Chandler, un endroit que nous considérions tous comme un abri sûr. Ça et le fait que Willie et Donny participaient. Mais même cela ne nous surprit pas outre mesure.

Après tout, le Jeu avait créé un précédent.

Non, c'était surtout l'implication des flics. Après un temps, Eddie eut le dernier mot à ce sujet.

— Ouais, eh ben, ça lui a fait une belle jambe, hein ? dit-il.

Eddie le pensif.

Mais il avait raison. Et, plutôt bizarrement, au cours de la semaine qui suivit, il en résulta un changement dans nos sentiments à l'égard de Meg. Nous passâmes de l'admiration suscitée par l'audace désespérée et jusqu'au-boutiste de son acte — par la notion même de défier l'autorité de Ruth aussi ouvertement et totalement — à une sorte de vague mépris. Comment avait-elle pu être stupide au point de croire qu'un flic prendrait son parti face à un adulte ? Comment avait-elle pu ne pas se rendre compte que sa situation ne pourrait qu'empirer ? Comment avait-elle pu se montrer si naïve, si confiante, si incroyablement niaise ?

Le policier est ton ami. Foutaises. Aucun de nous n'aurait agi ainsi. On ne nous la faisait pas, pas à nous.

Nous avions presque de quoi lui en vouloir. Son échec avec M. Jennings nous renvoyait en plein visage l'impuissance qui était la nôtre. L'expression n'être « qu'un enfant » venait de prendre un sens nouveau, à la fois menaçant et inquiétant, un sens que nous avions peut-être toujours su être là, mais auquel nous n'avions jamais eu à penser. Merde, ils pouvaient nous balancer dans une rivière s'ils le voulaient. Nous n'étions *que des enfants*. Nous étions la propriété de nos parents. Nous leur *appartenions*, corps et âme. Face à n'importe quel danger réel provenant du monde des adultes, nous étions condamnés. Ne nous restaient que le désespoir, l'humiliation et la colère.

C'était comme si, en échouant, Meg nous avait fait faux bond à nous aussi.

Notre colère avait besoin d'un exutoire. Ce fut Meg.

Je ne réagis pas différemment. En moins de deux

jours, je la chassai lentement de mon esprit. Je cessai de m'en faire. Je me coupai totalement d'elle.

Eh merde, songeai-je. *Laissons les choses suivre leur cours*.

9

Ce qui nous conduisit au sous-sol.

QUATRIÈME PARTIE

1

Le jour où je me décidai enfin à rendre visite aux Chandler, personne ne répondit quand je frappai à la porte, mais, depuis la véranda, je pris conscience de deux choses. D'abord, Susan pleurait dans sa chambre, assez fort pour que je l'entende à travers la porte. Ensuite, il se passait quelque chose en bas. Les bruits d'une certaine agitation : le frottement sur le sol de meubles brutalement déplacés, des voix étouffées, des grognements, des gémissements. Il régnait une forte atmosphère de danger.

Ils venaient de passer à la vitesse supérieure, comme on dit.

Avec le recul, je m'étonne de mon impatience à les rejoindre en bas.

Je descendis les marches quatre à quatre et tournai à l'angle. Je savais où les trouver.

Depuis l'encadrement de la porte, Ruth observait l'intérieur de l'abri antiatomique. Elle sourit et s'écarta afin de me laisser passer.

— Elle a tenté de s'échapper, expliqua-t-elle. Mais Willie l'a retenue.

Présentement, Willie, Woofer et Donny s'assuraient qu'elle n'irait plus nulle part. Acculée contre le mur en béton, elle encaissait leurs coups, tel un punching-ball. À tour de rôle, ils lui enfonçaient leurs poings dans le ventre. Elle avait dépassé le stade des protestations. Donny la frappa et elle se recroquevilla, les bras croisés sur le ventre, ne laissant échapper que le son de l'air chassé de ses poumons. Sa bouche gardait une expression figée, inflexible. Ses yeux reflétaient une froide concentration.

L'espace d'un instant, elle redevint une héroïne. Seule contre tous.

Mais cela ne dura pas. Parce que, brusquement, il m'apparut clairement qu'elle n'avait d'autre choix que d'encaisser, impuissante. Et de perdre.

Et je me souviens d'avoir songé : *Au moins, je ne suis pas à sa place*.

Si je l'avais voulu, j'aurais même pu me joindre à eux.

Sur le moment, pensant cela, je ressentis une sensation de puissance.

Depuis, je me suis demandé : *Quand est-ce arrivé, quand ai-je été — oui, c'est le mot — corrompu ?* Et je reviens toujours à cet instant précis, à ces pensées.

Ce sentiment de puissance.

Il ne me vint pas à l'idée que ce pouvoir m'avait été octroyé par Ruth, et peut-être de manière provisoire. En cet instant, sa réalité ne me paraissait pas pouvoir être mise en cause. Alors que je regardais, la distance entre Meg et moi me sembla soudain considérable, insurmontable. Ce n'était pas tant que toute sympathie à son égard m'avait quittée. Mais pour la première fois, je la voyais comme étant fondamentalement différente de moi. Elle était vulnérable. Moi pas. Je bénéficiais d'un statut privilégié ici. Le sien apparaissait aussi bas que possible. Tout cela était-il inévitable ? Je me souvins d'elle me demandant : « Pourquoi est-ce qu'ils ne m'aiment pas ? », et ne de pas l'avoir crue alors. Je n'avais aucune réponse à lui offrir. Quelque chose m'avait-il échappé ? Un défaut en elle que je n'avais pas remarqué et qui avait prédéterminé tout ceci ? Pour la première fois, je pensai que — peut-être — notre rupture avec Meg pourrait être justifiée.

J'avais besoin de croire cela.

Je le dis aujourd'hui avec la plus profonde honte.

Parce qu'à présent, en grande partie, il me semble que je ne peux m'en prendre qu'à moi, à ma vision du monde à l'époque. J'ai essayé de me convaincre que la faute en revenait à mes parents, à leurs conflits incessants, et à cet espace calme et froid que je m'étais aménagé au milieu de leur perpétuel ouragan. Mais je n'y crois plus — si j'y ai jamais vraiment cru. Mes parents m'aimaient, de bien des façons, plus que je ne le méritais — quels que soient leurs sentiments l'un envers l'autre. Et je savais cela. Pour presque n'importe qui d'autre, cela aurait suffi à faire passer le goût de ce genre de choses.

Non. La vérité, c'est que c'était moi. J'avais toujours attendu qu'une telle occasion se présente. Comme si quelque chose de totalement primitif avait saisi cette opportunité pour déferler sur moi et, une fois libérée, m'avait possédé, telle une bourrasque noire et violente que j'avais laissée se déchaîner en cette belle journée ensoleillée.

Et je m'interroge : *qui haïssais-je autant ? De qui ou de quoi avais-je aussi peur ?*

Au sous-sol, avec Ruth, je commençai à apprendre que la colère, la haine, la peur et la solitude sont autant de boutons qui n'attendent que la pression d'un doigt pour semer la destruction.

J'appris aussi le goût de la victoire.

Je regardai Willie faire un pas en arrière. Pour une fois, il ne semblait pas maladroit. Son épaule la cueillit en plein dans le ventre, la soulevant littéralement.

Son seul espoir était que l'un d'eux manque sa cible et s'écrase la tête contre le mur. Mais ça n'arriverait pas. Elle montrait des signes de fatigue. Elle n'avait aucune marge de manœuvre, nulle part où aller. Rien à faire, excepté encaisser les coups jusqu'à la chute. Elle n'en avait plus pour longtemps maintenant.

Woofer prit son élan. Elle dut plier les genoux afin de se protéger l'aine.

— Tu vas chialer, bon sang ! hurla Willie.

Comme les autres, il respirait avec difficulté. Il se tourna vers moi.

— Pas moyen de la faire pleurer, dit-il.

— Elle s'en fiche, dit Woofer.

— Elle va pleurer, promit Willie. J'en fais mon affaire.

— Trop d'orgueil, commenta Ruth derrière moi. L'orgueil disparaît avant la chute. Retenez tous bien ça. L'orgueil s'évanouit.

Donny percuta Meg de plein fouet.

C'était un joueur de football[1]. La tête de Meg fut rejetée en arrière et cogna contre un parpaing. Ses bras se décroisèrent d'eux-mêmes. Elle avait le regard absent à présent.

Elle s'affaissa de quelques centimètres contre le mur.

Puis elle s'arrêta et tint bon.

Ruth soupira.

— Ça ira pour l'instant, les garçons, dit-elle. Vous n'arriverez pas à la faire pleurer. Pas cette fois.

Elle tendit le bras, leur faisant signe de sortir.

— Venez.

Visiblement, ils n'en avaient pas fini avec elle. Mais Ruth donnait l'impression de s'ennuyer, et sa décision paraissait sans appel.

Puis Willie grommela quelque chose à propos de « sales putes » et, l'un après l'autre, ils défilèrent devant nous.

Je sortis en dernier. J'avais du mal à détourner les yeux.

Qu'une telle chose puisse réellement arriver.

Je la vis glisser le long du mur et s'accroupir sur le sol de béton froid.

Je n'étais même pas certain qu'elle avait noté ma présence.

— Allons-y, ordonna Ruth.

Elle ferma la porte en métal et tira le verrou derrière moi.

Meg était enfermée, dans le noir, à l'intérieur

1. … américain, bien sûr (*NdT*).

d'une chambre froide. Après être remontés, nous nous versâmes du Coca, et Ruth sortit le cheddar et les biscuits salés. Nous nous assîmes autour de la table de la salle à manger.

J'entendais toujours Susan pleurer dans sa chambre, mais plus doucement maintenant. Puis Willie se leva et alluma la télévision. *Truth or Consequences*[1] commença et couvrit les pleurs.

Nous regardâmes pendant un moment.

Ruth avait ouvert un magazine féminin devant elle sur la table. Elle fumait une Tareyton en le feuilletant, buvant son Coca à même la bouteille.

Arrivée sur une photographie — une publicité pour du rouge à lèvres — elle s'arrêta.

— Ça m'échappe, commenta-t-elle. Cette femme est si ordinaire. Qu'en dites-vous ?

Elle leva le magazine.

Willie jeta un coup d'œil et haussa les épaules avant de mordre dans un biscuit. Moi, je la trouvais jolie. Environ le même âge que Ruth, peut-être un peu plus jeune, mais jolie.

Ruth secoua la tête.

— Je la vois partout. C'est vrai. *Partout*. Elle s'appelle Suzy Parker. Un mannequin célèbre. Mais je ne vois pas ce qu'on lui trouve. Une rousse. C'est peut-être ça. Les hommes aiment les rousses. Bon sang, Meg a les cheveux roux. Et Meg est plus jolie que ça, vous ne croyez pas ?

Je regardai à nouveau la photo. Je partageais son avis.

— Je ne comprends pas, reprit-elle en fronçant

1. « Vérité ou Conséquences », un jeu télévisé (*NdT*).

les sourcils. Meg est définitivement plus mignonne. Beaucoup plus.

— C'est bien vrai, renchérit Donny.

— Le monde est devenu fou. Je n'y comprends plus rien.

Elle se coupa une tranche de fromage et la posa sur un biscuit.

2

— Demande à ta mère de te laisser dormir chez moi cette nuit, dit Donny. Je veux te parler de quelque chose.

Nous faisions des ricochets depuis le pont sur Maple. L'eau limpide du ruisseau s'écoulait paresseusement.

— Pourquoi ne pas m'en parler maintenant ?

— Pour rien.

Mais il ne me dit pas ce qui le tracassait.

J'ignore pourquoi je résistais à l'idée d'aller passer la nuit là-bas. Peut-être que je savais que je m'impliquerais plus avec eux. Ou alors, simplement, que j'entendais déjà ce que dirait ma mère — des filles logeaient chez les Chandler en ce moment et rester dormir ne lui semblerait plus une si bonne idée.

Si seulement elle savait, pensai-je.

— Willie aussi veut te parler, insista Donny.

— *Willie ?*

— Ouais.

Je ris à l'idée que Willie puisse avoir en tête quelque chose qui valait la peine d'être discuté.

Il avait vraiment aiguisé ma curiosité.

— Dans ce cas, je suppose que je n'ai pas vraiment le choix.

Donny rit, lui aussi, et réussit un long ricochet en trois rebonds à travers les taches de lumière du soleil sur l'eau.

3

Ma mère ne se montra pas ravie.

— Non, je ne crois pas que ce sera possible.

— Mais maman, je dors là-bas *tout le temps*.

— Non, pas récemment.

— Tu veux dire depuis l'arrivée de Meg et Susan ?

— Exactement.

— Écoute. Il n'y a pas de quoi en faire toute une histoire. Rien n'a changé. Les garçons dorment dans les lits superposés, et Meg et Susan occupent la chambre de Ruth.

— La chambre de Mme Chandler.

— C'est ça. La chambre de Mme Chandler.

— Et où dort Mme Chandler ?

— Sur le canapé. Le convertible dans le séjour. Quel est le problème ?

— Tu sais très bien quel est le problème.

— Non, je ne vois pas.

— Si bien sûr.

— Non, je t'assure.

— Qu'est-ce qui se passe ? demanda mon père en entrant dans la cuisine. De quel problème parlez-vous ?

— Il veut de nouveau passer la nuit à côté, répondit ma mère.

Elle équeutait des haricots dans un égouttoir.

— Où ça ? Chez les voisins ?

— Oui.

— Eh bien, laisse-le y aller.

Il s'assit à la table de la cuisine et ouvrit son journal.

— Robert, deux jeunes filles habitent là-bas à présent.

— Et alors ?

Elle soupira.

— Je t'en prie, ne soit pas bouché, Robert.

— Bouché, hein ? répliqua mon père. Laisse-le y aller. Il reste du café ?

— Oui.

Elle soupira à nouveau et s'essuya les mains sur son tablier.

Je me levai et la devançai, allumant le feu sous la cafetière. Elle me regarda et retourna à ses haricots.

— Merci, papa.

— Je ne t'ai pas donné la permission, intervint ma mère.

Je souris.

— Tu n'as pas non plus dit le contraire.

Elle regarda mon père et secoua la tête.

— Bon sang, Robert !

— C'est bon, dit mon père.

Et il se replongea dans son journal.

4

— Nous lui avons parlé du Jeu, avoua Donny.

— À qui ?

— À Ruth. Ma mère. Qui d'autre, crétin ?

Donny se trouvait seul dans la cuisine quand j'entrai, préparant un sandwich au beurre de cacahuètes qui, je suppose, faisait office de dîner ce soir-là.

Des traces de beurre et de confiture de raisin subsistaient sur le plan de travail au milieu des miettes de pain. Pour passer le temps, je m'amusai à compter les jeux de couverts dans le tiroir. Il n'y en avait toujours que cinq.

— Vous lui avez *dit* ?

Il hocha la tête.

— Woofer, en fait.

Il mordit dans son sandwich et s'assit à la table de la salle à manger. Je m'installai en face de lui. Une brûlure de cigarette de plus d'un centimètre que je n'avais jamais vue auparavant déparait le bois.

— Nom de Dieu ! Qu'est-ce qu'elle a dit ?

— Rien. C'était étrange. Comme si elle *savait* déjà, tu comprends ?

— Comme si elle savait quoi ?

— Tout. Mais qu'il n'y avait pas de quoi en faire tout un plat. Comme si elle avait su depuis toujours. Comme n'importe quel autre gosse.

— Tu te fous de moi.

— Non, j'te jure.

— C'est des conneries.

— Puisque je te le dis. Elle voulait simplement que je lui donne les noms des participants. Et je l'ai fait.

— Tu nous as *dénoncés* ? Moi ? Eddie ? *Tout le monde* ?

— Je t'ai déjà dit qu'elle s'en fichait. Hé ! N'en fais pas toute une histoire, David ! Ça ne la dérange pas.

— Et Denise ? Tu lui as aussi parlé de Denise ?

— Ouais. Tout, j'te dis.

— Tu lui as avoué qu'elle était *nue* ?

Je n'en croyais pas mes oreilles. Et moi qui avais toujours pensé que *Willie* était l'idiot de la famille… Je le regardai manger son sandwich. Il me sourit et secoua la tête.

— Puisque je te dis que tu n'as aucune raison de t'inquiéter.

— Donny.

— Je t'assure.

— *Donny*.

— Oui, Davy.

— Est-ce que tu as perdu la boule ?

— Non, Davy.

— Est-ce que tu as envisagé ne serait-ce qu'une foutue seconde ce qui se produirait si…

— Pour l'amour du ciel, rien ne va t'arriver ! Arrête de faire ton petit pédé, tu veux ? C'est de ma mère qu'on parle, bon Dieu. Ça te revient ?

— Oh, mais alors tout va bien… Maintenant ta mère sait que nous ligotons des petites filles nues aux arbres. Super !

Il soupira.

— David, si j'avais su que tu réagirais à ce point comme un débile, je ne t'aurais rien dit.

— Bien sûr, c'est moi le débile, n'est-ce pas ?

— Ouais.

Je l'avais mis en rogne. Il engloutit le dernier morceau collant de son sandwich et se leva.

— Écoute, abruti. Qu'est-ce que tu crois qui se passe actuellement dans l'abri ? En ce moment même ?

Je me contentai de le regarder. Comment aurais-je pu le savoir ? Quelle importance ?

Puis je compris. Meg se trouvait là.

— Non, dis-je.

— Si, répondit-il.

Il alla se chercher un Coca dans le réfrigérateur.

— Tu déconnes.

Il rit.

— Tu veux bien arrêter avec ça ? Tu n'es pas obligé de me croire sur parole. Va jeter un coup d'œil. Bon Dieu, je suis juste remonté me faire un sandwich.

Je courus au sous-sol. Je l'entendis rire derrière moi.

Comme il commençait à faire noir dehors, les

lumières étaient allumées, des ampoules nues, placées au-dessus du lave-linge/sèche-linge et de la pompe de la fosse septique, dans le coin, et sous l'escalier.

Willie se trouvait derrière Ruth, à la porte de l'abri.

Ils tenaient tous les deux des torches électriques à la main.

Ruth alluma la sienne et l'agita vers moi une fois comme l'aurait fait un flic à un barrage routier.

— Voilà David, lança-t-elle.

Willie me lança un regard. *Rien à foutre*.

J'avais la bouche ouverte. Elle me sembla sèche. Je léchai mes lèvres. Je saluai Ruth d'un signe de tête et risquai un coup d'œil à l'intérieur de l'abri.

J'eus d'abord du mal à comprendre ce que je voyais — peut-être parce que c'était hors contexte, probablement parce qu'il s'agissait de Meg, et certainement à cause de la présence de Ruth. La scène avait quelque chose d'irréel — ou comme un jeu de rôle à Halloween, quand tout le monde est déguisé et que personne n'est tout à fait reconnaissable, même si tout le monde se connaît. Puis Donny nous rejoignit et me donna une tape sur l'épaule. Il m'offrit un Coca.

— Tu vois ? Je te l'avais bien dit.

Effectivement. Je voyais.

Dans les poutres que Willie Sr avait fixées au plafond, ils avaient planté deux longs clous, espacés environ d'un mètre.

Ils avaient découpé deux bouts de corde à linge, lié les poignets de Meg et fait une boucle autour de chaque clou, avant de faire redescendre chaque corde et de l'attacher autour d'un des pieds de la lourde table de travail. Ainsi, en ne les nouant pas au niveau des clous, ils pouvaient les ajuster, les serrer, simplement en les dénouant et en les faisant glisser autour de la boucle, puis en les resserrant à nouveau.

Meg se tenait debout sur une petite pile de livres — trois épais volumes rouges de la *World Book Encyclopedia*.

Elle était bâillonnée et on lui avait bandé les yeux.

Ses pieds étaient nus. Son short et son chemisier à manches courtes étaient sales. Dans l'espace qui les séparait, étirée de la sorte, on lui voyait le nombril.

Celui de Meg était tourné vers l'intérieur.

Woofer marchait devant elle en parcourant son corps du faisceau de sa torche électrique.

Un bleu s'étalait sur la joue gauche de Meg, juste sous le bandeau.

Susan regardait la scène, assise sur un carton de conserves de légumes. Un ruban bleu faisait un nœud dans ses cheveux.

Dans un coin, j'aperçus un tas de couvertures et un matelas gonflable. Je compris que Meg avait dormi là. Je me demandai depuis combien de temps.

— Nous sommes tous là, annonça Ruth.

Une faible lueur ambrée bavait depuis le reste du sous-sol, mais, à l'intérieur de l'abri, la lampe de Woofer constituait la principale source de lumière. Les ombres bougeaient par à-coups, suivant ses déplacements, conférant au lieu une atmosphère à la fois étrange, confuse et fantomatique. Le treillis métallique couvrant l'unique fenêtre placée en hauteur paraissait bouger d'avant en arrière de manière imperceptible. Les deux poteaux en bois supportant le plafond semblaient glisser à travers la pièce en formant des angles bizarres. La hache, le pic et la pince-monseigneur entassés dans le coin opposé à celui du lit de Meg donnaient l'impression d'échanger leurs places respectives, surgissant et disparaissant sous vos yeux, changeant de forme.

L'extincteur tombé par terre rampa sur le sol.

Mais c'était l'ombre de Meg qui dominait la pièce — la tête rejetée en arrière, les bras largement écartés, vacillante. Une image sortie tout droit de nos bandes dessinées d'horreur, de films comme *Le Chat noir* avec Lugosi et Karloff, de *Famous Monsters of Filmland*, ou encore de n'importe quel roman historique à quatre sous jamais écrit sur l'Inquisition. Tous figuraient en bonne place dans nos collections, bien sûr.

J'imaginais facilement la lumière des flambeaux, les instruments étranges et les processions, les braseros de charbons ardents.

Je frissonnai. Pas à cause de la fraîcheur, mais à l'idée des possibilités qu'offrait la situation.

— Le but du Jeu est de la faire avouer, expliqua Woofer.

— D'accord. Avouer quoi ? demanda Ruth.

— N'importe quoi. Un secret.

Ruth hocha la tête en souriant.

— Ça me va. Mais comment va-t-elle s'y prendre avec un bâillon ?

— Elle ne doit pas avouer *trop vite*, maman,

intervint Willie. De toute façon, nous savons toujours quand c'est le bon moment.

— Tu en es sûr ? Tu as quelque chose à nous dire, Meggy ? demanda Ruth. Tu es prête ?

— Elle n'est pas encore prête, insista Woofer.

Mais il n'avait pas à s'inquiéter. Meg ne fit pas un bruit.

— Et maintenant ? s'enquit Ruth.

Willie se décolla du montant de la porte auquel il était adossé et avança d'un pas tranquille.

— Maintenant, nous retirons un livre de la pile.

Il se pencha, tira sur celui du milieu et recula d'un pas.

Les cordes se tendirent un peu plus.

Les torches électriques de Willie et de Woofer étaient toutes les deux allumées. Ruth tenait toujours la sienne sur le côté, éteinte.

J'apercevais des rougeurs autour des poignets de Meg, résultant de la traction exercée par les cordes. Son dos se cambra légèrement. Le chemisier remonta un peu. Les deux livres restants lui permettaient tout juste de tenir debout, les pieds à plat, mais je remarquai déjà la tension dans ses mollets et ses cuisses. Elle se dressa un instant sur la pointe des pieds afin de soulager la pression sur ses poignets, puis elle s'affaissa à nouveau.

Willie éteignit sa lampe. C'était encore plus sinistre ainsi.

Meg se contenta de pendre là, vacillant légèrement.

— Avoue ! lança Woofer. (Puis il rit.) Non, ne dit rien surtout.

— Enlève un autre livre, suggéra Donny.

Je lançai un regard à Susan afin de voir comment elle réagissait. Assise, les mains croisées sur ses genoux, son visage avait pris une expression grave et elle fixait Meg intensément, mais il était impossible d'en déduire ce qu'elle pensait ou ressentait.

Willie se pencha et retira un autre livre.

Elle se tenait sur le bout des pieds à présent.

Toujours sans laisser échapper le moindre son.

Les muscles de ses jambes se définirent clairement sur sa peau.

— Voyons combien de temps elle tiendra ainsi, dit Donny. Elle finira bien par avoir mal.

— Naan, protesta Woofer. C'est encore trop facile. Y a qu'à enlever le dernier aussi. La mettre sur la pointe des pieds.

— Je veux la regarder un peu. Voir ce qui se passe.

Mais rien ne se passait en fait. Meg semblait déterminée à tenir le coup. Elle était vraiment résistante.

— Vous ne voulez pas lui donner une chance d'avouer ? C'est ce que vous aviez en tête, non ? demanda Ruth.

— Non, répondit Woofer. Il est encore trop tôt. Ça ne marche pas. Retire l'autre livre, Will.

Willie s'exécuta.

À ce moment-là, derrière le bâillon, Meg laissa échapper un son, un seul, une sorte de petit gémissement expiré alors que sa respiration se faisait tout à coup plus pénible. Son chemisier remonta jusque sous ses seins et je vis son ventre monter et descendre contre sa cage thoracique à un rythme saccadé et laborieux. Sa tête tomba en arrière pendant un instant avant de se redresser.

Son équilibre devenu précaire, elle commença à osciller.

Son visage rougit. Ses muscles se tendirent sous l'effort.

Nous regardions en silence.

Elle était magnifique.

Les bruits qui accompagnaient sa respiration gagnaient en fréquence à mesure que la tension augmentait. Elle n'y pouvait rien. Ses jambes commencèrent à trembler. D'abord les mollets, puis les cuisses.

Une fine pellicule de sueur se forma sur ses côtes, brilla sur ses cuisses.

— Nous devrions la déshabiller, proposa Donny.

Les mots flottèrent simplement dans l'air ambiant, en suspension, comme Meg, dans un équilibre tout aussi précaire.

Brusquement, la tête me tourna.

— Ouais, approuva Woofer.

Meg avait entendu. Elle secoua la tête, manifestant un mélange d'indignation, de colère et de peur. Des sons s'échappèrent de derrière le bâillon. « Non. Non. Non. »

— La ferme ! ordonna Willie.

Elle tenta de se débattre, tirant sur ses liens, essayant de dégager les cordes des clous, se tortillant. Mais elle ne réussit qu'à se faire mal en s'éraflant les poignets.

Elle ne semblait pas s'en soucier. Elle ferait tout pour l'empêcher.

Elle essaya encore.

« Non. Non. »

Willie avança jusqu'à elle et lui abattit le livre sur la tête.

Elle s'écroula, étourdie.

Je jetai un coup d'œil à Susan. Elle gardait toujours les mains croisées sur ses genoux, mais les articulations avaient blanchi. Elle n'avait d'yeux que pour sa sœur. Elle se mordait la lèvre inférieure, les dents fermement plantées.

J'étais incapable de la regarder plus longtemps.

Je m'éclaircis la gorge et trouvai un semblant de voix.

— Hé, heu… les gars… Écoutez, je ne crois vraiment pas que…

Woofer fit brusquement volte-face.

— On a la *permission* ! cria-t-il. La permission ! Je dis qu'on lui enlève ses fringues ! Qu'on la foute à poil !

Nos regards se tournèrent vers Ruth.

Appuyée dans l'embrasure de la porte, elle croisait les bras contre son ventre.

Son attitude trahissait une profonde tension, comme si elle était en colère ou plongée dans de profondes réflexions. Ses lèvres serrées se pressaient en une fine ligne droite caractéristique.

Ses yeux ne quittaient pas le corps de Meg.

Finalement, elle haussa les épaules.

— C'est le Jeu, pas vrai ?

Comparé au reste de la maison, même au sous-sol, il faisait frais dans l'abri. Mais, soudain, toute impression de fraîcheur avait disparu, remplacée par une ambiance étouffante, une sensation d'occupation totale de l'espace, d'épaississement. Nous sentîmes la lente montée d'une chaleur électrique provenant de chacun de nous, envahissant et changeant l'air qui nous entourait, nous isolant et nous rapprochant à la fois. Il suffisait de voir Willie, penché en avant, le *World Book* serré dans la main ; Woofer, se rapprochant, le faisceau de sa lampe plus précis à présent, s'attardant, caressant le visage de Meg, ses jambes, son ventre. Je la sentis s'infiltrer en Donny et Ruth, à côté de moi, et me posséder, tel un poison si doux, un savoir partagé en silence.

Nous avions décidé de le faire. Nous allions vraiment le faire.

Ruth alluma une cigarette et jeta l'allumette sur le sol.

— Allez-y, dit-elle.

La fumée monta en spirale dans l'abri.

— Qui s'y colle ? demanda Woofer.

— Moi, dit Donny.

Il passa devant moi. Woofer et Willie braquaient leurs torches sur elle à présent. Je vis Donny sortir de sa poche le canif qu'il y conservait constamment. Il se tourna vers Ruth.

— Tu veux récupérer les fringues, m'man ? demanda-t-il.

Elle le regarda. Il précisa :

— Je n'aurai pas à couper le short, mais...

Il avait raison. Il n'y avait pas moyen de lui retirer son chemisier sans l'arracher ou le mettre en pièces.

— Non, répondit Ruth. Ça m'est égal.

— Voyons ce qu'elle nous cache, dit Willie.

Woofer ricana.

Donny s'approcha d'elle, dépliant la lame.

— Ne tente rien. Je ne te ferai pas mal. Mais si tu résistes, tu vas nous obliger à te cogner encore. C'est idiot, tu comprends ?

Il déboutonna soigneusement le chemisier, le faisant glisser sur son corps comme s'il n'osait pas la toucher. Il avait le visage rouge. Ses doigts étaient maladroits. Il tremblait.

Elle commença par se débattre, puis sembla se raviser.

Déboutonnée, la blouse pendait sur elle, informe. Elle portait un soutien-gorge en coton blanc en dessous. Je ne sais pas pourquoi, mais ce détail me surprit. Ruth ne portait jamais de soutien-gorge, et j'avais simplement présumé que Meg ferait de même.

Donny tendit la main qui tenait le canif et tailla la manche gauche en remontant jusqu'au col. La couture lui causa quelques difficultés, mais sa lame bien entretenue se révéla suffisamment tranchante. Le chemisier tomba derrière elle.

Meg se mit à pleurer.

Il passa de l'autre côté et fit subir le même sort à la manche droite. Puis il tira sur la couture qui céda avec un bruit sec. Enfin, il recula.

— Le short, fit Willie.

Des pleurs s'échappaient doucement de derrière le bâillon. Elle essayait de nous dire quelque chose. *Non. Pitié.*

— Pas de coups de pied, prévint Donny.

Le short se fermait à l'aide d'une fermeture Éclair sur le côté. Il la défit et le tira sur ses hanches, remontant sa culotte blanche en même temps, puis il glissa le short le long de ses jambes jusqu'au sol. Ses muscles se contractèrent et frémirent.

Il fit à nouveau un pas un arrière et la contempla.

Comme nous tous.

Bien sûr, nous avions déjà vu Meg très peu vêtue. Elle possédait un maillot de bain deux-pièces. C'était la mode cette année-là. Même chez les enfants. Et nous l'avions vue le porter.

Mais là, c'était différent. Un soutien-gorge et une culotte avaient quelque chose de personnel et seules d'autres filles étaient supposées les voir. Ruth et Susan étaient les seules femmes présentes dans la pièce. Et Ruth permettait cela. L'encourageait même. Cette seule pensée semblait trop énorme pour s'y attarder.

En outre, Meg se trouvait là, devant nous. Devant nos propres yeux. Nos sens chassaient toute pensée, toute considération.

— Tu as quelque chose à confesser maintenant, Meggy ? demanda Ruth d'une voix douce.

Meg secoua affirmativement la tête. Un « oui » enthousiaste.

— Non, elle n'a rien à dire, intervint Willie. Pas question.

Son front se couvrit d'une pellicule de sueur luisante. Il l'essuya.

Nous transpirions tous à présent. Meg en particulier. Des gouttelettes perlaient sous ses aisselles, dans son nombril, sur son ventre.

— Enlève le reste, intervint Willie. Après, nous la laisserons peut-être se confesser.

— Mais d'abord elle devra danser pour nous, glousssa Woofer.

Donny fit un pas en avant. Il coupa la bretelle droite du soutien-gorge, puis la gauche. Les seins de Meg glissèrent légèrement vers le bas, une fois libérés des bonnets.

Il aurait pu le dégrafer par-derrière, mais il fit le tour afin de se retrouver en face d'elle. Il glissa la lame sous la bande blanche entre les bonnets et commença à cisailler.

Meg sanglotait.

Pleurer ainsi devait la faire souffrir, parce que chaque fois que son corps bougeait, les cordes répondaient en tirant.

Le couteau était bien aiguisé, mais cela prit quand même un petit moment. Puis, après un petit bruit sec, le soutien-gorge tomba. Ses seins jaillirent.

Ils étaient plus blancs que le reste de son corps — pâles, parfaits et ravissants. Ils accompagnaient ses pleurs en tremblant. Les mamelons étaient d'un brun rosâtre, presque plats à la pointe, et me surprirent par leur longueur. De minuscules plateaux de chair. Une forme que je n'avais jamais vue auparavant et que je voulus immédiatement toucher.

J'avais avancé dans la pièce, laissant Ruth complètement derrière moi à présent.

Je ne m'entendais pas respirer.

Donny s'agenouilla devant elle et tendit la main. L'espace d'un instant, il sembla en adoration.

Puis ses doigts s'accrochèrent à la culotte et la tirèrent sur ses hanches, puis le long de ses jambes. Lentement.

Un nouveau choc nous attendait.

Les poils de Meg.

Une petite touffe de duvet blond orange où luisaient des gouttelettes de sueur.

Je vis de minuscules taches de rousseur sur le haut de ses cuisses.

Je vis le petit pli de chair à moitié dissimulé entre ses jambes.

Je l'observai attentivement. Ses seins. Quelle sensation auraient-ils au toucher ?

Sa chair défiait mon imagination. Les poils entre ses jambes. Je savais qu'ils seraient doux. Plus doux que les miens. J'avais envie de la toucher. Son corps serait chaud. Il tremblait de manière incontrôlable.

Son ventre, ses cuisses, son cul blanc et ferme.

Le désir de sexe mûrissait en moi, prenait de l'ampleur.

La pièce puait le sexe.

Je sentis quelque chose de dur et de lourd entre mes jambes. J'avançai, fasciné. Je passai devant Susan. J'aperçus le visage pâle de Woofer, alors qu'il regardait, lui aussi. Je vis les yeux de Willie rivés sur cette touffe de duvet.

Meg avait cessé de pleurer.

Je me retournai et jetai un coup d'œil à Ruth. Elle aussi avait avancé et se trouvait dans l'embrasure de la porte. Je vis sa main gauche atteindre son sein droit, les doigts se refermant tendrement, et retomber ensuite.

Donny s'agenouilla à côté de Meg, les yeux levés vers elle.

— Avoue...

Son corps commença à être secoué de spasmes.

Je sentais sa sueur.

Elle acquiesça de la tête. Elle n'avait pas le choix.

Elle capitulait.

— Occupe-toi des cordes, ordonna-t-il à Willie.

Ce dernier défit les nœuds de la table de travail, donna du mou jusqu'à ce que ses pieds reviennent à plat sur la surface de ciment nu, et refit les nœuds ensuite.

Soulagée, Meg laissa retomber sa tête en avant.

Donny se leva et lui retira le bâillon. Je réalisai qu'il s'agissait du fichu jaune de Ruth. Puis elle ouvrit la bouche et il en tira le chiffon qu'ils y avaient enfoncé. Il le jeta par terre et rangea le fichu dans la poche arrière de son jean. Un coin en dépassait un peu. Pendant un instant, il ressembla à un fermier.

— Est-ce que tu pourrais… ? Mes bras…, gémit-elle. Mes épaules… ça fait mal.

— Non, refusa Donny. C'est tout. Tu n'obtiendras rien de plus.

— Avoue ! exigea Woofer.

— Dis-nous comment tu joues avec toi-même, demanda Willie. Je parie que tu enfonces ton doigt dedans, pas vrai ?

— Non. Parle-nous de la syphilis.

Woofer rit.

— Ouais, la chaude-pisse, renchérit Willie avec un grand sourire.

— Pleure ! dit Woofer.

— J'ai déjà pleuré, répondit Meg.

Elle avait visiblement retrouvé un peu de sa volonté farouche, maintenant qu'elle ne souffrait plus autant.

Woofer se contenta de hausser les épaules.

— Et alors, pleure encore.

Meg ne dit rien.

Je remarquai que ses mamelons avaient ramolli et, devenus plus lisses, avaient adopté un rose soyeux.

Bon Dieu ! Qu'elle était belle !

Ce fut comme si elle avait lu dans mes pensées.

— Est-ce que David est là ? demanda-t-elle.

Willie et Donny me regardèrent. J'étais incapable de répondre.

— Il est là, confirma Willie.

— David…

Mais elle ne parvint pas à terminer sa phrase. Ce n'était d'ailleurs pas nécessaire. J'avais compris au ton de sa voix.

Elle ne voulait pas de moi ici.

Je savais aussi pourquoi. Et j'en avais honte — un sentiment qu'elle avait déjà réussi à provoquer en moi auparavant. Mais je ne pouvais pas partir. Pas avec les autres ici. D'ailleurs, je n'en avais pas envie. Je voulais voir. J'en avais besoin. La honte ne faisait pas le poids face au désir.

— Et Susan ?

— Oui, elle aussi, dit Donny.

— Oh, mon Dieu…

— On s'en tape, la coupa Woofer. Peu importe Susan ! Elle vient, cette confession ?

D'une voix lasse et adulte, Meg répondit :

— C'est idiot. Je n'ai rien à confesser.

Cela nous fit l'effet d'un K-O.

— Nous pouvons te hisser à nouveau, menaça Willie.

— Je sais.

— Te *fouetter* même, ajouta Woofer.

Meg secoua la tête.

— Je vous en prie. Laissez-moi seule. Fichez-moi la paix. Il n'y aura pas de confession.

À dire vrai, personne ne s'attendait à ça.

Pendant un moment, nous attendîmes tous que quelqu'un dise quelque chose, la convainque de jouer le Jeu selon les règles que nous avions fixées. La force même. Que Willie la hisse à nouveau comme il en avait proféré la menace. N'importe quoi qui permette au Jeu de se poursuivre.

Mais, en ces quelques instants, quelque chose fut irrémédiablement perdu. Pour le retrouver, nous aurions dû tout reprendre depuis le début. Je pense que nous le savions tous. Ce sentiment de danger, agréable et excitant, nous avait brusquement désertés. Il avait disparu dès qu'elle avait commencé à parler.

C'était la clé.

En ouvrant la bouche, elle était redevenue Meg. Pas une beauté nue, une victime anonyme, mais Meg. Une personne avec un esprit, une voix pour s'exprimer et peut-être même des droits.

Lui enlever le bâillon constituait une erreur.

Une erreur qui nous laissait d'humeur maussade, en colère et frustrés. Nous attendions.

Ruth brisa le silence.

— Nous pourrions faire ça.

— Faire quoi ? lui demanda Willie.

— Ce qu'elle nous a demandé. La laisser seule. Lui donner le temps d'y réfléchir. Je trouve que c'est une bonne idée.

Nous y pensâmes.

— Ouais, dit Woofer. Laissons-la ici. Seule. Dans le noir. Suspendue comme ça.

C'était une manière de tout recommencer, songeai-je.

Willie haussa les épaules.

Donny regarda Meg. Bien en face. Je voyais bien qu'il ne voulait pas partir.

Il leva la main. Lentement, avec hésitation, il l'approcha de ses seins.

Et soudain, ce fut comme si j'étais une partie de lui. Je sentais ma propre main dans la sienne, les doigts qui la touchaient presque. Je pouvais presque sentir la chaleur moite de sa peau luisante.

— Hon-Hon, s'interposa Ruth. *Non.*

Donny leva les yeux vers elle. Puis il s'arrêta. À quelques centimètres de la poitrine de Meg.

Je respirai.

— Je t'interdis de toucher cette fille. Et ça vaut pour vous tous.

Il laissa tomber sa main.

— Une fille comme elle, dit Ruth, n'est même pas propre. Alors, bas les pattes ! Vous m'avez compris ?

Cinq sur cinq.

— D'accord, m'man, marmonna Donny.

Elle se tourna en direction de la sortie. Elle écrasa du pied sa cigarette et nous fit un signe de la main.

— Allons-y. Mais d'abord, tu ferais mieux de la bâillonner à nouveau.

Je dévisageai Donny qui regardait le chiffon sur le sol.

— Il est sale, dit-il.

— Pas tant que ça, répondit Ruth. Je ne veux pas

être dérangée par ses cris toute la nuit. Enfonce-le-lui dans la bouche.

Puis elle se tourna vers Meg.

— Je vais te donner un sujet de réflexion, ma belle. Deux, en fait. D'abord, ta petite sœur pourrait très bien prendre ta place. Ensuite, je connais certaines de tes mauvaises actions et ça m'intéresse vraiment de les entendre de ta bouche. Alors, peut-être que cette affaire de confession est plus qu'un jeu d'enfant. Je peux très bien apprendre ce que tu refuses de me dire de la bouche de ta sœur. Aussi, réfléchis bien.

Puis elle tourna les talons et sortit.

Nous l'entendîmes monter l'escalier.

Donny bâillonna Meg.

Il aurait pu la toucher, mais il s'abstint.

Comme si Ruth se trouvait toujours dans l'abri et nous surveillait. Une présence qui ne se résumait pas à l'odeur persistante de sa cigarette, mais tout aussi immatérielle. Comme si Ruth était un fantôme qui nous hantait tous, ses fils et moi. Qui hanterait pour toujours ceux qui la pousseraient à bout ou lui désobéiraient.

Et je pense avoir compris à cet instant précis combien sa permission nous avait placés sur le fil du rasoir.

Ruth dirigeait le spectacle. Elle seule.

Le Jeu n'existait plus.

Et, à ce compte-là, nous nous retrouvions tous nus et démunis, dans le noir. Tout comme Meg.

5

Une fois couchés, nous fûmes hantés par Meg. Nous ne parvenions pas à trouver le sommeil.

Le temps s'écoulait dans le silence total de la nuit chaude, puis l'un d'entre nous disait quelque chose — de quoi elle avait l'air quand Willie avait retiré le dernier livre, ce qu'on devait ressentir en restant debout si longtemps, les mains tendues au-dessus de la tête, si ça faisait mal, ce que ça faisait d'avoir enfin vu une fille nue. Nous parlions pendant quelque temps, jusqu'au retour du silence, quand chacun de nous s'enveloppait dans son cocon de rêves et de pensées.

Mais tous ces rêves n'avaient qu'un seul objet. Meg. Meg telle que nous l'avions laissée.

Nous devions la revoir.

Donny en avait à peine émis la suggestion que nous évaluions les risques encourus. Ruth nous avait ordonné de la laisser seule. La maison était petite et les sons portaient, et Ruth ne dormait qu'à une porte — peu épaisse — de distance, dans la chambre de Susan — Susan avait-elle, tout comme nous, du mal à s'endormir, pensant à sa sœur ? —, juste au-dessus de l'abri. Si Ruth se réveillait et nous surprenait, l'inconcevable pourrait se produire. Nous pourrions être exclus de la suite des événements.

Nous savions déjà qu'il y aurait une suite.

Mais les images dont nous nous rappelions étaient trop fortes. C'était comme si nous avions besoin d'une confirmation afin de croire que nous avions bien été là. La nudité de Meg et son accessibilité possédaient le potentiel de séduction du chant des sirènes. Elles nous attiraient de manière irrépressible.

Nous devions courir le risque.

C'était une nuit sans lune, noire.

Donny et moi descendîmes des lits du haut. Willie et Woofer se glissèrent hors de ceux du bas.

La porte de Ruth était fermée.

Nous passâmes devant sur la pointe des pieds. Pour une fois, Woofer résista à sa forte envie de glousser.

Willie saisit une des torches électriques sur la table de la cuisine et Donny ouvrit facilement la porte de la cave.

L'escalier grinça. Nous ne pouvions rien y faire à part prier et espérer que la chance serait de notre côté.

La porte de l'abri grinça, elle aussi, mais pas aussi fort. Nous l'ouvrîmes et entrâmes, pieds nus sur le sol de ciment froid — tout comme elle. Et Meg se trouvait là, exactement fidèle à nos souvenirs, comme si le temps s'était arrêté, exactement comme nous l'imaginions.

Enfin, pas tout à fait.

Ses mains étaient blanches, tachées de rouge et de bleu. Et même la lumière faible et inégale de la lampe de poche faisait ressortir la pâleur de son corps couvert de chair de poule et ses mamelons érigés et brunis.

Elle nous entendit entrer et laissa échapper un bruit faible et pleurnichard.

— Silence, chuchota Donny.

Elle obéit.

Nous la regardions. Nous avions l'impression de nous tenir devant un lieu saint — ou devant la cage d'un étrange animal exotique au zoo.

Un peu des deux à la fois.

Et, maintenant, je me demande : les choses auraient-elles tourné différemment si, au lieu d'être aussi jolie, d'avoir un corps si jeune, fort et plein de santé, elle avait été laide, grosse, la chair flasque ? Peut-être que non. Peut-être que tout se serait déroulé ainsi quand même. L'inévitable punition de l'étrangère.

Mais il me semble plus plausible que ce soit précisément parce qu'elle était belle et forte, et pas nous, que Ruth et le reste d'entre nous lui firent subir tout cela. Une manière de rendre un jugement sur cette beauté, sur ce qu'elle signifiait pour nous.

— Je parie qu'elle a soif, chuchota Woofer.

Elle agita la tête. « Oui. Oh oui, je vous en prie. »

— Pour lui donner de l'eau, nous allons devoir lui retirer le bâillon, fit remarquer Willie.

— Et alors ? Elle ne fera pas de bruit.

Il avança d'un pas.

— Tu ne feras pas de bruit, hein, Meg ? Pas question de réveiller m'man.

« Non. » Elle secoua la tête avec conviction. Elle avait vraiment très envie de boire.

— Vous croyez qu'on peut lui faire confiance ? demanda Willie.

Donny haussa les épaules.

— Si elle crie, elle s'attirera aussi des ennuis. Elle n'est pas stupide. Fais-la boire. Pourquoi pas ?

— Je m'en occupe, proposa Woofer.

Derrière le lave-linge/sèche-linge se trouvait un évier. Woofer ouvrit le robinet et nous entendîmes un filet d'eau couler derrière nous. Il faisait preuve d'une discrétion inhabituelle.

Et d'une gentillesse tout aussi inhabituelle — pour Woofer.

Willie dénoua le bâillon comme il l'avait déjà fait plus tôt et retira le chiffon sale de sa bouche. Elle gémit et commença à faire travailler sa mâchoire d'un côté à l'autre.

Woofer revint avec un bocal en verre, qui avait dû contenir des fruits, rempli d'eau.

— Je l'ai trouvé près des pots de peinture, précisa-t-il. Il ne sent pas trop mauvais.

Donny s'en empara et le porta aux lèvres de Meg en l'inclinant. Elle but avidement, émettant de petits bruits de gorge de contentement chaque fois qu'elle avalait. Elle vida le bocal en un rien de temps.

— Oh, mon Dieu. Oh, mon Dieu. Merci.

Un sentiment étrange m'envahit. Comme si tout semblait pardonné et qu'elle nous était réellement *reconnaissante*.

Incroyable, ce qu'un seul bocal d'eau pouvait accomplir…

Je pensai à nouveau à quel point elle était impuissante.

Et je me demandai si les autres ressentaient la même chose que moi — ce besoin irrésistible, presque vertigineux, de la toucher. De poser mes mains sur elle. De *réellement* faire l'expérience de cette sensation. Ses seins, ses fesses, ses cuisses. Cette touffe bouclée blond-roux entre ses cuisses.

Tout ce que nous n'étions pas censés faire.

Je faillis défaillir sous l'effet des forces contradictoires de l'attraction et de la résistance.

— Tu en veux encore ? demanda Woofer.

— Je peux ? S'il te plaît ?

Il courut jusqu'à l'évier et revint avec un autre bocal plein. Il le tendit à Donny qui la fit boire.

— Merci, merci.

Elle lécha ses lèvres sèches. Elles étaient gercées et fendues par endroits.

— Est-ce que… vous croyez que vous pourriez… Les cordes… Elles me font très mal.

C'était visiblement le cas. Même si ses pieds reposaient à plat sur le sol, les cordes qui lui liaient les poignets semblaient toujours aussi tendues.

Willie échangea un regard avec Donny.

Puis leurs yeux se tournèrent vers moi.

L'espace d'un instant, la confusion m'envahit. Pourquoi se préoccupaient-ils de mon opinion ? J'avais l'impression qu'ils attendaient quelque chose de moi et qu'ils n'étaient pas persuadés qu'ils l'obtiendraient.

Bref, je hochai la tête en signe d'approbation.

— Pourquoi pas, dit Donny. On peut les desserrer un petit peu. Mais à une condition.

— Tout ce que vous voulez. Laquelle ?

— Tu dois promettre de ne pas résister.

— Résister ?

— Tu dois promettre de ne faire aucun bruit, de ne pas te débattre et de n'en parler à personne plus tard. De ne rien dire. *Jamais*.

— Dire quoi ?

— Que nous t'avons touchée.

Là. C'était dit.

C'était ce dont nous avions tous rêvé, un peu plus tôt, dans notre chambre. Je n'aurais pas dû me sentir surpris. Mais je l'étais. Je pouvais à peine respirer. J'avais le sentiment que toutes les personnes présentes dans la pièce entendaient les battements de mon cœur.

— Comment ça, « touchée » ? demanda Meg.

Donny rougit profondément.

— Tu sais bien…

— Oh mon Dieu ! (Elle secoua la tête.) C'est pas vrai. Tu plaisantes ou quoi ?

Elle soupira. Puis elle réfléchit pendant quelques instants.

— Non.

— On ne te fera pas mal, plaida Donny. On veut juste toucher.

— Non.

Comme si elle avait pesé le pour et le contre et ne pouvait simplement pas envisager cette possibilité, quoi qu'il arrive, et qu'elle ne reviendrait pas sur le sujet.

— Je te jure qu'on ne te fera pas mal.

— Non. Il n'en est pas question. Pour aucun d'entre vous.

Elle bouillait de colère à présent. Mais Donny aussi.

— *On pourrait se passer de ta permission, pauvre conne !* Qui nous en empêchera ?

— Moi.

— Comment ?

— Eh bien, un seul d'entre vous pourra en profiter, parce que je ne vais pas me contenter de vous dénoncer plus tard. Je vais hurler.

Personne ne mit en doute le sérieux de ses intentions. Elle hurlerait. Elle s'en fichait.

Elle nous tenait.

— Très bien, répondit Donny. Comme tu veux. Mais les cordes restent comme elles sont alors. Nous allons remettre le bâillon en place et c'est tout.

Visiblement au bord des larmes, elle refusait tout de même de lui céder. Pas sur ce point. Sa voix se remplit d'amertume.

— D'accord. Bâillonne-moi. Vas-y. Partez. Sortez d'ici !

— Tu l'auras voulu.

Il fit un signe de la tête à Willie qui s'approcha avec le foulard et le chiffon.

— Ouvre la bouche, ordonna-t-il.

L'espace d'un instant, elle hésita. Puis elle écarta les mâchoires. Il enfonça le chiffon à l'intérieur et noua le foulard autour de sa tête. Il serra plus que nécessaire, plus qu'avant.

— Nous avons tout de même conclu un accord,

lui rappela Donny. Tu as pu boire de l'eau, mais nous n'avons jamais été là. C'est compris ?

Elle hocha la tête. Il lui était difficile de paraître fière tout en étant suspendue ainsi, totalement nue, mais elle y parvint.

Comment ne pas l'admirer ?

— Bien, dit-il.

Il se tourna vers la sortie.

J'eus une idée.

Je tendis la main et touchai le bras de Donny afin de l'arrêter.

— Donny ?

— Ouais ?

— Écoute. Donnons-lui un peu de mou. Juste un peu. Il nous suffit de pousser la table de travail de quelques centimètres. Ruth ne le remarquera pas. Enfin, regarde-la ! Tu veux qu'elle se déboîte une épaule ? Il reste pas mal de temps jusqu'au matin, tu ne crois pas ?

Je parlai d'une voix suffisamment forte afin qu'elle puisse m'entendre.

Il haussa les épaules.

— Nous lui avons laissé le choix. Elle n'était pas intéressée.

— Je sais cela. (À ce moment-là, je me penchai vers lui en souriant et chuchotai :) Mais elle pourrait se montrer reconnaissante. Tu comprends ? Elle pourrait s'en souvenir. La prochaine fois.

Nous poussâmes la table.

En fait, pour ne pas faire trop de bruit, nous la soulevâmes en la poussant et, à nous trois — plus Woofer —, ce ne fut pas si dur. Le fruit de nos efforts donna à Meg environ trois centimètres de mou, juste de quoi lui permettre de plier les bras au niveau des coudes — plus qu'elle n'avait obtenu depuis bien longtemps.

— À bientôt, chuchotai-je en fermant la porte.

Et je pense l'avoir vue me faire un signe de la tête dans le noir.

Me voilà devenu un conspirateur, pensai-je. *Dans les deux camps, de deux façons différentes.*

Je travaillais pour les deux parties, occupant une position médiane.

Quelle grande idée.

Je me sentais fier de moi.

À la fois malin, vertueux et excité. Je l'avais aidée. Un jour, j'en récolterais la récompense. Un jour, j'en étais persuadé, elle me permettrait de la toucher. Je finirais par en arriver là. Peut-être pas les autres, mais moi si.

Elle me laisserait le faire.

Et ainsi, je lui chuchotai :

— À bientôt.

Comme si elle allait me remercier.

J'avais perdu l'esprit. J'étais devenu cinglé.

6

Quand nous descendîmes le lendemain matin, Ruth l'avait détachée et lui avait apporté des vêtements de rechange, ainsi qu'une tasse de thé chaud et une tranche de pain grillé sans beurre. À notre arrivée, Meg buvait et mangeait, assise en tailleur sur le matelas pneumatique.

Habillée, libérée, le bâillon et le bandeau en moins, elle avait perdu beaucoup de son mystère. Pâle, elle avait les traits tirés. Elle semblait fatiguée et franchement bougonne. Difficile de reconnaître en elle la Meg fière ou la Meg souffrante de la veille.

Elle paraissait éprouver des difficultés à avaler.

Ruth jouait les mères, ne lui laissant aucun répit.

— Mange ton pain, insista-t-elle.

Meg leva les yeux vers elle, puis les baissa sur l'assiette en carton posée sur ses genoux.

Le son de la télévision nous parvenait d'en haut — une émission de jeu quelconque. Willie traîna les pieds.

Il pleuvait dehors. Ça aussi, nous l'entendions.

Meg mordit dans la croûte, puis mâcha pendant

un temps interminable, la réduisant à un état aussi liquide que de la salive avant d'avaler.

Ruth soupira, comme si le spectacle de Meg en train de mâcher constituait une terrible épreuve pour elle. Elle posa les mains sur ses hanches et, avec ses jambes écartées, elle ressemblait à George Reeves pendant le générique de *Superman*.

— Allez. Continue.

Meg secoua la tête.

— C'est trop… Je ne peux pas. J'ai la bouche si sèche. Je peux attendre un peu, non ? Le garder pour plus tard et boire le thé ?

— Je refuse de gâcher de la nourriture, Meg. Ça coûte cher. J'ai préparé ce pain grillé pour toi.

— Je… Je sais. C'est juste que…

— Qu'est-ce que tu veux que j'en fasse ? Le jeter ?

— Non. Tu pourrais le laisser là et je le mangerais un peu plus tard ?

— Il sera sec. Tu devrais le manger maintenant. Tant que le pain est frais. Sinon, il va attirer des bestioles. Des cafards. Des fourmis. Pas de ça chez moi.

Je trouvai plutôt marrant de l'entendre dire ça, parce que quelques mouches bourdonnaient déjà à l'intérieur de l'abri.

— Je vais le manger bientôt, Ruth. C'est promis.

Ruth donna l'impression d'y réfléchir. Elle ajusta sa posture, serra les jambes et croisa les bras sur sa poitrine.

— Meg, ma chérie, reprit-elle, je veux que tu essaies de le manger tout de suite. C'est bon pour toi.

— Je sais. C'est juste que c'est trop dur pour l'instant. Je vais boire le thé, d'accord ?

Elle porta la tasse à ses lèvres.

— Ce n'est pas censé être facile, insista Ruth. Personne n'a jamais dit que ça devait l'être. (Elle rit.) Tu es une femme, Meg. Ça n'a rien de facile, bien au contraire.

Meg leva les yeux vers elle, hocha la tête et but son thé à petites gorgées.

Depuis l'embrasure de la porte, vêtus de nos seuls pyjamas, Donny, Woofer, Willie et moi assistions à la scène.

Je commençais à avoir faim, moi aussi. Mais ni Ruth ni Meg ne nous accordèrent la moindre attention.

Ruth l'observait et Meg, les yeux fixés sur sa tante, continuait de boire avec prudence — de la vapeur s'élevait toujours de la tasse bouillante. Le vent et la pluie faisaient rage à l'extérieur. Ensuite, la pompe de la fosse septique entra en action pendant quelques instants, avant de s'arrêter. Et Meg buvait toujours. Et Ruth se contentait de la fixer.

Puis Meg baissa les yeux un instant, respirant et appréciant la vapeur chaude et odorante s'échappant du thé.

Et Ruth explosa.

D'un grand coup, elle fit voler la tasse d'entre ses mains. La vaisselle se fracassa contre le mur en parpaings blanchis à la chaux. Le thé, couleur d'urine, s'écoula sur la paroi.

— *Mange-le !*

Elle enfonça son doigt dans le toast qui avait à moitié glissé de l'assiette en carton.

Meg leva les mains.

— OK ! Très bien ! Je vais le manger immédiatement ! D'accord ?

Ruth se pencha vers elle, jusqu'à ce qu'elles se retrouvent presque nez contre nez, et Meg n'aurait pas pu mordre dans le pain, même si elle l'avait voulu — pas sans pousser la tranche contre le visage de Ruth. Ce qui n'aurait pas été une bonne idée. Parce que Ruth bouillonnait de rage.

— Tu as salopé le mur de Willie ! Merde ! Tu as cassé ma tasse. Tu crois que ça ne coûte rien ? Tu crois que le thé ne coûte rien ?

— Je suis désolée. (Elle saisit le pain, mais le visage de Ruth se trouvait toujours tout près du sien.) Je vais manger. D'accord ? Ruth ?

— Ça vaudrait mieux pour toi, tu peux me croire.

— Je vais manger.

— Tu as bousillé le mur de Willie.

— Je suis désolée.

— Qui va nettoyer ? Qui va laver ce mur ?

— Je vais le faire. Je suis désolée, Ruth. Vraiment.

— Va te faire foutre, ma petite. Tu sais qui va le nettoyer ?

Meg ne répondit pas. Manifestement, elle ne savait pas quoi répondre. La colère de Ruth ne faisait qu'augmenter et rien ne pouvait la calmer.

— *Alors ?*

— N... Non.

Ruth se redressa et brailla :

— *Su-san !* Su-san ! Descends ici tout de suite !

Meg tenta de se lever. Ruth la repoussa en arrière.

Et cette fois, le toast tomba de l'assiette sur le sol.

Meg se baissa pour le ramasser et parvint à saisir le morceau qu'elle était en train de manger. Mais la pantoufle marron foncé de Ruth s'abattit sur l'autre bout.

— Laisse tomber ! Si tu ne veux pas manger, tu n'as pas besoin de manger.

Elle s'empara de l'assiette en carton, envoyant voler ce qui restait du toast.

— Tu crois peut-être que je devrais *cuisiner* pour toi ? Espèce de garce ! Petite ingrate !

Susan descendit l'escalier en boitillant. Nous l'entendîmes avant de la voir.

— Susan, viens ici !

— Oui, madame Chandler.

Nous nous écartâmes sur son passage. Elle passa devant Woofer qui s'inclina devant elle en gloussant.

— Ferme-la, lâcha Donny.

Mais elle ne manquait pas de dignité, pour une petite fille. Déjà impeccablement habillée, elle faisait attention à sa façon de marcher et arborait une expression très sérieuse.

— Va à la table ! ordonna Ruth.

Elle obéit.

— Retourne-toi.

Susan se tourna afin de faire face à la table. Ruth jeta un coup d'œil à Meg, puis défit sa ceinture.

— Voilà comment nous allons nettoyer le mur, expliqua-t-elle. Nous nettoyons le mur en effaçant ton ardoise. (Elle se tourna vers nous.) Que l'un de vous vienne relever sa robe et baisser sa culotte.

C'était la première fois qu'elle s'adressait à nous depuis le début de la matinée.

Meg fit à nouveau mine de se lever, mais Ruth la repoussa brutalement une seconde fois.

— Nous allons établir une règle, ma petite dame. Chaque fois que tu me désobéiras, que tu te montreras insolente, que tu me parleras avec impertinence ou quoi que ce soit de la sorte : elle paiera pour toi. Elle prendra une volée pendant que toi, tu regarderas. Nous allons essayer ainsi et si ça ne fonctionne toujours pas, nous trouverons autre chose. (Elle se tourna vers Susan.) Est-ce que cela te paraît équitable, Suzie ? Que tu paies pour ta traînée de sœur ? Pour ce qu'elle fait ?

Susan pleurait doucement.

— N… noooon, gémit-elle.

— Bien sûr que non. Je n'ai jamais prétendu que ça l'était. Ralphie, va dénuder le derrière de cette petite pour moi. Vous autres, tenez Meg, juste au cas où elle deviendrait assez méchante ou stupide pour vouloir s'interposer.

» Si elle vous cause des problèmes, giflez-la. Et faites bien attention où vous la touchez. Elle a probablement des morpions ou ce genre de choses. Dieu seul sait où cette salope a traîné avant qu'on la récupère.

— Des morpions ? releva Woofer. Pour de vrai ?

— Peu importe. Contentez-vous de m'obéir. Vous avez toute la vie devant vous pour apprendre à vous méfier des putes dans son genre et des bestioles qu'elles trimbalent.

Et elle remit ça comme la première fois, mais en présence de Meg cette fois, et en se basant sur un raisonnement sans queue ni tête.

Mais, à ce stade, nous en avions l'habitude.

Woofer tira la culotte de Susan et la fit descendre sur ses plâtres et personne n'eut besoin de la tenir cette fois, pendant que Ruth lui administrait vingt coups, rapidement, sans marquer de pause. Elle cria et hurla pendant que son derrière devenait de plus en plus rouge dans cette petite pièce que Willie Sr avait construite pour résister à la bombe atomique. Au début, Meg se débattit quand elle entendit les hurlements, les pleurs et le claquement de la ceinture qui s'abattait, mais Willie lui tordit le bras derrière le dos et lui enfonça le visage dans le matelas pneumatique. Forcée de concentrer toute son énergie afin de parvenir à respirer, elle ne fut d'aucune aide pour sa sœur et, bientôt, les larmes ne coulèrent plus seulement sur le visage de Susan, mais aussi sur le sien, éclaboussant le matelas sale pendant que Donny et moi restions là, dans nos pyjamas froissés, à regarder et à écouter.

Quand ce fut terminé, Ruth fit un pas en arrière et glissa à nouveau la ceinture dans les passants autour de sa taille. Susan se pencha avec difficulté, faisant s'entrechoquer ses attaches orthopédiques, et remonta sa culotte, puis rabaissa sa robe dans le dos en la lissant.

Willie relâcha Meg et s'écarta.

Alors que Susan se tournait vers nous, Meg releva la tête du matelas et je vis leurs regards se croiser. Je vis quelque chose passer entre elles. Quelque chose de subitement calme derrière les larmes, de triste et de bizarrement paisible.

J'en fus déconcerté. Je me demandai si, après tout, elles n'étaient pas plus fortes que nous tous.

Je pris aussi conscience qu'une fois encore, nous avions franchi une nouvelle étape dans l'escalade.

C'est en voyant les yeux de Meg se poser sur Ruth que je compris à quel point.

À la férocité que je lus dans son regard.

Ruth le vit aussi et fit involontairement un pas en arrière. Ses propres yeux se plissèrent et firent l'inventaire de la pièce. Ils s'arrêtèrent dans le coin où se trouvaient la pioche, la hache, le pied-de-biche et la pelle, réunis telle une petite famille d'acier au pouvoir destructeur.

Ruth sourit.

— Je pense que Meg est en pétard contre nous, les garçons.

Meg ne dit rien.

— Eh bien, nous savons tous que ce genre de comportement ne la mènera nulle part. Mais ramassons tout de même ce qui traîne dans le coin pour qu'elle ne se sente pas trop tentée. Peut-être est-elle tout de même stupide au point de tenter sa chance. Alors, prenez-moi tout ça. Et fermez la porte derrière vous en partant.

» À propos, Meg, ajouta-t-elle. Tu viens juste de faire l'impasse sur le déjeuner et le dîner. Je te souhaite vraiment une bonne journée.

Elle se retourna et quitta la pièce.

Nous la suivîmes du regard. Sa démarche me semblait mal assurée, comme si elle avait trop bu, alors que je savais que tel n'avait pas été le cas.

— On l'attache de nouveau ? demanda Woofer à Willie.

— *Essaie* pour voir, le provoqua Meg.

Willie grogna.

— Génial, Meg. Vraiment. Joue les dures. On pourrait le faire si on le voulait et tu le sais très bien. En plus, il y a Susan. Souviens-t'en.

Meg lui lança un regard furieux. Il haussa les épaules.

— Peut-être plus tard, Woof, dit Willie avant de chercher la hache et la pelle.

Woofer prit la pioche et le pied-de-biche et le suivit.

S'ensuivit une discussion sur l'endroit où mettre tous ces outils, maintenant qu'ils ne bénéficiaient plus de la protection de l'abri. Il arrivait au sous-sol d'être inondé, il y avait donc danger de rouille. Woofer proposa de les suspendre aux poutres du plafond. Donny suggéra de les clouer au mur. Willie dit de les poser près de la chaudière et tant pis pour la rouille. Donny l'emporta et ils partirent fouiller la cantine que Willie Sr avait rapportée de la Seconde Guerre mondiale, à côté du sèche-linge, et qui servait à présent de boîte à outils, à la recherche de clous et d'un marteau.

Je regardai Meg. Je dus m'armer de courage avant d'oser le faire. J'imagine que je m'attendais à lire de la haine dans ses yeux. Je le redoutais et l'espérais en même temps, parce qu'au moins j'aurais su ainsi où j'en étais avec elle et avec les autres. Je voyais bien que ma position médiane allait devenir difficile à tenir. Mais je ne vis aucune haine. Elle avait le regard fixe. Presque neutre.

— Tu pourrais te sauver, murmurai-je. Peut-être que je pourrais t'aider.

Son sourire n'eut rien de joli.

— Et que voudrais-tu en échange, David ? Tu as une idée ?

Et, l'espace d'un instant, je crus entendre la traînée que Ruth prétendait voir en elle.

— Non, rien, protestai-je.

Mais elle m'avait coincé. Je rougissais.

— Vraiment ?

— Je te le jure. Vraiment. Je ne sais pas où tu pourrais aller, mais au moins sortir d'ici.

Elle hocha la tête et regarda Susan. Puis le ton de sa voix changea complètement, devint neutre, incroyablement raisonnable et à nouveau très adulte.

— Moi, je pourrais, constata-t-elle. Mais pas *elle*.

Et soudain Susan se remit à pleurer. Elle regarda Meg pendant un moment, puis elle boitilla jusqu'à elle et l'embrassa sur les lèvres et sur les joues, puis sur les lèvres à nouveau.

— Nous allons faire *quelque chose*, affirma Susan. Meg ? Nous allons faire quelque chose. D'accord ?

— D'accord, répondit Meg. C'est entendu.

Elle me regarda.

Elles s'étreignirent et, quand elles eurent terminé, Susan vint me retrouver à la porte et me prit par la main.

Et, ensemble, nous l'enfermâmes à nouveau.

7

Ensuite, comme si j'avais voulu invalider mon offre d'assistance, je me tins à distance.

Étant donné les circonstances, je ne pouvais pas faire mieux.

Des images me hantaient.

Meg, riant sur la grande roue, ou au ruisseau, allongée sur le Gros Rocher. Meg, dans le jardin, en short et haut de maillot, coiffée d'un grand chapeau de paille. Courant d'une base à l'autre, vite, sur le terrain de jeu. Mais, surtout, Meg, nue, baignée dans le feu de ses propres efforts, vulnérable et offerte.

D'un autre côté, je voyais aussi Willie et Donny s'en servant comme d'un punching-ball.

Je voyais une bouche écrasée contre un matelas pour n'avoir pas pu avaler un morceau de pain grillé.

Des images contradictoires. Qui m'embrouillaient.

En attendant d'adopter une ligne de conduite — *si* je décidais de faire quoi que ce soit — et avec l'excuse d'une semaine pluvieuse et d'un temps épouvantable, je restai à l'écart.

Je vis Donny à deux reprises cette semaine-là. Je ne croisai aucun des autres.

La première fois, je vidais la poubelle quand il sortit en courant sous le crachin d'un après-midi gris, la tête protégée sous un sweat-shirt.

— Devine un peu ! lança-t-il. Pas d'eau ce soir.

Il pleuvait depuis trois jours.

— Hein ?

— Pour *Meg*, abruti. Ruth ne lui permettra pas de boire. Pas avant demain matin.

— Pourquoi ?

Il sourit.

— C'est une longue histoire. Je te raconterai plus tard.

Puis il rentra en courant.

La deuxième rencontre se produisit deux jours après. Le mauvais temps s'était levé et j'étais parti faire des courses en vélo pour ma mère. Depuis son allée, Donny pédala jusqu'à ma hauteur sur son vieux Schwinn.

— Où tu vas ?

— À l'épicerie. Ma mère a besoin de lait et d'autres trucs. Et toi ?

— Chez Eddie. Il y a un match tout à l'heure au château d'eau. Les Braves contre les Bucks. Tu veux qu'on t'attende ?

— Non, pas la peine.

Un match de Little League — ça ne m'intéressait pas.

Donny secoua la tête.

— J'ai besoin de sortir, dit-il. Cette histoire me rend dingue. Tu sais ce qu'elle me fait faire maintenant ?

— Quoi ?

— Jeter le contenu du pot de chambre de Meg au fond du jardin ! Tu le crois, ça ?

— Je ne comprends pas. Pourquoi ?

— Elle n'a plus le droit de monter à l'étage. Même plus pour aller aux chiottes. Alors cette conne essaie de se retenir. Mais, même, elle a besoin de pisser et de chier de temps à autre et, maintenant, c'est moi qui suis de corvée ! C'est pas croyable, non ? Pourquoi Woofer pourrait pas le faire ? (Il haussa les épaules.) Mais maman dit qu'il faut que ce soit l'un des aînés.

— Pourquoi ?

— Comment tu veux que je le sache, putain ? (Il s'écarta.) Hé ! T'es sûr que tu veux pas venir au match ?

— Non. Pas aujourd'hui.

— OK. À plus tard alors. Passe à la maison, d'accord ?

— OK, je ferai un tour.

Mais je n'en fis rien. Pas à ce moment-là.

Tout cela me semblait si étranger. Je ne pouvais même pas l'imaginer aller aux toilettes, encore moins utiliser une bassine que quelqu'un devait aller vider dans le jardin. Et si je me rendais là-bas un jour avant qu'ils aient pu nettoyer ? Je devrais sentir sa pisse et sa merde ? Tout ça me dégoûtait. *Elle* me dégoûtait. Ce n'était pas Meg. C'était quelqu'un d'autre.

Cette image s'ajouta à toutes celles qui m'embrouillaient déjà. Et, le problème, c'est que je n'avais personne à qui parler, personne qui m'aiderait à y voir plus clair.

À entendre les conversations entre les gosses du quartier, il apparaissait clairement que tout le monde avait une idée des événements qui se déroulaient là-bas — vague pour certains et assez précise pour d'autres. Mais personne n'avait d'*opinion* à ce sujet. Comme s'il s'agissait d'une tempête ou d'un coucher de soleil, d'une force de la nature, quelque chose qui, simplement, se produisait parfois. Et rien ne servait de discuter des orages d'été.

J'en savais assez pour comprendre que, quand vous étiez un garçon, vous étiez supposé discuter de certains problèmes avec votre père.

Alors, je tentai ma chance.

Maintenant que j'étais plus âgé, je devais donner un coup de main à l'Eagle's Nest de temps à autre — aider à ranger et à nettoyer, ce genre de tâches. Je travaillais sur le gril dans la cuisine, avec une pierre à aiguiser et de l'eau de Seltz. Je repoussais la graisse avec la pierre sur les bords alors que le gril refroidissait lentement, et l'eau de Seltz aidait à la détacher — un travail ingrat que j'avais vu Meg faire un millier de fois. Soudain, je commençai à parler.

Mon père préparait une salade de crevettes, émiettant des morceaux de pain au-dessus afin de la faire durer plus longtemps.

Une livraison d'alcool s'effectuait à travers la cloison en verre séparant le bar de la cuisine. Hodie, le barman de jour, cochait les articles sur un bon de commande et se disputait avec le livreur à propos de deux caisses de vodka. C'était la marque maison et, visiblement, l'autre type avait essayé de le rouler.

Hodie était fumasse. Maigre comme un clou, Hodie était un *cracker*[1] de Géorgie au caractère suffisamment explosif pour l'avoir maintenu au trou pendant la moitié de la guerre. Le livreur n'en menait pas large.

Mon père observait la scène avec amusement. Excepté pour Hodie, les deux caisses n'avaient que peu d'importance — tant que mon père ne paierait pas pour un produit qui ne lui avait pas été livré. Mais peut-être est-ce la colère de Hodie qui me fit me lancer.

— Papa… Tu as déjà vu un homme frapper une femme ?

Mon père haussa les épaules.

— Bien sûr, répondit-il. Je crois. Des jeunes. Des ivrognes. Ça m'est arrivé. Pourquoi ?

— Est-ce que tu penses que c'est… OK, quelquefois, de faire ça ?

— OK ? Tu veux dire, justifié ?

— Ouais.

Il rit.

— Pas facile ta question. Il peut arriver qu'une femme te tape vraiment sur les nerfs. Mais, en général, je répondrais non. Tu comprends, il existe toujours une meilleure façon de régler tes problèmes avec une femme. Tu dois respecter le fait que la femme est le maillon le plus faible de l'espèce. Sinon, tu n'es qu'une brute, tu comprends ? (Il s'essuya les mains sur son tablier, puis il sourit.) Mais je dois t'avouer qu'il m'est arrivé d'en voir qui le méritaient. À force de travailler dans un bar, tu vois

1. Blanc pauvre du sud des États-Unis (*NdT*).

ce genre de choses. Une femme boit trop, elle devient insultante, parle trop fort, va peut-être même jusqu'à se moquer du gars qui l'accompagne. Qu'est-ce qu'il doit faire, alors ? Rester assis là ? Alors, il lui en colle une. Et tu dois mettre fin à ce genre de situation sans attendre.

» Tu vois, c'est un peu comme l'exception qui confirme la règle. Tu ne devrais jamais frapper une femme, jamais — et gare à tes fesses si je te prends à le faire. Parce que tu t'en souviendras, crois-moi. Mais, quelquefois, tu n'as pas le choix. Si elle te pousse à bout, tu comprends ? Ça marche dans les deux sens.

Je transpirai. Autant à cause de la conversation que du travail, mais ce dernier me donnait une excuse.

Mon père avait commencé à préparer une salade au thon. Il mettait aussi du pain émietté dans celle-là, avec une vinaigrette. Dans la pièce d'à côté, Hodie avait reconduit le livreur jusqu'à son camion, afin de l'aider à retrouver la vodka manquante.

J'essayai de comprendre ce que m'avait dit mon père : ce n'était jamais justifié, mais parfois ça l'était.

« Si elle te pousse à bout. »

Je n'arrivais pas à me sortir ça de la tête. À un moment, Meg avait-elle poussé Ruth à bout ? Avait-elle fait quelque chose dont je n'avais pas été le témoin ?

La situation actuelle tombait-elle du côté du « jamais » ou du « parfois » ?

— Pourquoi cette question ? demanda mon père.

— Pour rien. On en a discuté avec les copains.

Il hocha la tête.

— Eh bien, je te conseille de ne jamais jouer des poings — que ce soit avec un homme ou avec une femme. C'est la meilleure façon d'éviter les ennuis.

— J'ai compris. (Je versai encore de l'eau de Seltz sur le gril et la regardai grésiller.) Mais les gens disent que le père d'Eddie bat Mme Crocker. Et aussi Denise et Eddie.

Mon père se renfrogna.

— Oui. Je sais.

— Tu veux dire que c'est vrai ?

— Je n'ai pas dit ça.

— Mais c'est la vérité, hein ?

Il soupira.

— Écoute, j'ignore d'où te vient cet intérêt si soudain, mais je suppose que tu es assez grand pour comprendre… C'est comme ce que je t'ai dit à l'instant… Quelquefois, tu es poussé à bout, un homme *se sent* poussé à bout et il agit… d'une manière qu'il sait ne pas être la bonne.

Et il avait raison. J'étais réellement assez âgé pour comprendre. Et je perçus un message caché dans son discours, aussi distinctement que l'écho de Hodie hurlant après le livreur à l'extérieur.

À une époque et pour une raison qui m'échappait, mon père avait battu ma mère.

Et je parvins presque à m'en souvenir. Tiré d'un sommeil profond, j'avais entendu le fracas de meubles qui tombaient, les cris. Et une claque.

Il y a longtemps.

Je ressentis brusquement un accès de colère contre lui. Je considérai sa corpulence et pensai à ma mère.

Puis, lentement, un froid s'installa en moi, un sentiment d'isolement et de sécurité.

Je compris que c'était à ma mère que j'aurais dû me confier. Elle aurait su ce que l'on ressentait, ce que tout cela signifiait.

Mais je ne le pouvais pas alors. Même si elle s'était trouvée à côté de moi en cet instant précis. Je n'essayai même pas.

J'observai mon père finissant de préparer ses salades et s'essuyant les mains sur son tablier en coton blanc — ce tablier qui, sujet de plaisanterie entre nous, pourrait bien nous valoir une condamnation des services de l'hygiène. Ensuite, il se mit à trancher le salami avec le coupe-jambon électrique qu'il venait d'acheter — il en était si fier ! — et je finis de récurer le gril jusqu'à le faire briller comme un sou neuf.

Et rien n'avait été réglé.

Et bientôt je retournai là-bas.

8

La vision irrésistible du corps de Meg me ramena chez les Chandler. Elle provoquait en moi un millier de fantasmes, jour et nuit, tendres ou violents — parfois ridicules aussi.

La nuit, dans mon lit, avec le transistor dissimulé sous l'oreiller jouant *At the Hop* de Danny and the Juniors, je fermais les yeux et Meg apparaissait, dansant le *jitterbug* avec un cavalier invisible, seule fille de la Teen's Canteen à se déhancher, vêtue uniquement d'une paire de socquettes blanches. À l'aise avec sa nudité, tel le roi nu du conte d'Andersen.

Ou alors, nous jouions au Monopoly, assis l'un en face de l'autre, je finissais par acquérir Boardwalk ou Marvin Gardens[1] ; elle se levait avec un soupir et retirait sa petite culotte blanche.

Mais le plus souvent, la radio passait une chanson comme *Twilight Time* des Platters et je serrais Meg — nue — dans mes bras, sous un ciel étoilé en Technicolor, et nous nous embrassions.

1. L'équivalent, dans la version américaine, de la rue de la Paix et de la rue Lafayette (*NdT*).

Ou encore le Jeu reprenait ses droits — et ça n'avait plus rien d'amusant.

Je me sentais anxieux et agité.

J'avais l'impression que ma place était *là-bas*. Mais j'avais peur de ce que j'y trouverais en arrivant.

Même ma mère se doutait de quelque chose. Je la surpris à m'observer, les lèvres pincées, l'air songeur, pendant que je sursautais à table, renversant mon verre d'eau, ou que je titubais dans la cuisine en quête d'un Coca.

Peut-être est-ce l'une des raisons pour lesquelles je ne lui parlai jamais. Ou alors, simplement parce qu'elle était ma mère, et une femme.

Mais je finis par retourner à côté.

Quand j'arrivai, les choses avaient encore pris un tour nouveau.

J'entrai, et la première chose que j'entendis fut Ruth tousser, puis parler d'une voix faible, et je compris qu'elle devait s'adresser à Meg. Elle employait ce ton qu'elle n'aurait jamais utilisé avec nous, un peu comme celui d'un enseignant faisant la leçon à une petite fille. Je descendis au sous-sol.

Ils avaient installé une baladeuse au plafond, tendant le câble depuis la prise de courant près du lave-linge et la fixant à un crochet dans l'une des traverses installées par Willie Sr. L'ampoule encagée se balançait, brillant d'un éclat éblouissant.

Assise sur une chaise pliante — un élément du vieux mobilier d'appoint qu'ils gardaient à la cave —, elle fumait et me tournait le dos. Au nombre de mégots qui jonchaient le sol, je devinai qu'elle devait se trouver là depuis un certain temps.

Je ne vis pas trace des garçons.

Meg se tenait devant elle, portant une robe jaune ornée de fanfreluches ; pas le genre de vêtement dans lequel je l'imaginais. J'en déduisis qu'elle appartenait à Ruth et ne datait pas d'hier — elle ne semblait pas non plus très propre. La jupe plissée et les manches courtes bouffantes laissaient apparaître ses bras et ses jambes.

Ruth portait une version bleu-vert similaire, mais plus simple, avec moins de volants.

Au-dessus de la fumée de cigarette, je sentis une odeur de camphre. De la naphtaline.

Ruth continuait de parler.

Au premier abord, on aurait pu les prendre pour des sœurs. Elles faisaient approximativement le même poids, mais Ruth était plus grande et plus maigre, avaient toutes les deux les cheveux légèrement gras à présent et portaient ces vieilles robes puantes comme si elles essayaient de se décider pour une tenue de soirée.

Sauf que Ruth se contentait de rester assise et d'enchaîner cigarette sur cigarette.

Alors que Meg était adossée contre un des poteaux de soutènement de Willie, les bras liés dans le dos, les pieds entravés eux aussi.

On lui avait retiré son bandeau, mais pas le bâillon.

— Quand j'avais ton âge, disait Ruth, j'ai cherché Dieu, vraiment. J'ai rendu visite à toutes les églises de la ville. Baptiste, luthérienne, épiscopale, méthodiste… Toutes. J'ai même participé aux neuvaines, à Saint Matties, assise au balcon où se trouvait l'orgue.

» C'était avant que je *sache*, tu comprends, avant que je connaisse la vérité sur les femmes. Et tu sais qui me l'a apprise ? Ma propre mère.

» Bien sûr, elle n'avait pas conscience de m'apprendre quoi que ce soit, pas de la façon dont je t'enseigne les choses. Mais je l'ai observée.

» Je veux que tu saches et que tu comprennes que mes parents m'ont tout donné, tout ce qu'une fille peut souhaiter. Excepté des études, bien sûr, mais les filles n'allaient pas beaucoup à l'université à cette époque. Mais mon père, Dieu ait son âme, travaillait dur pour nous offrir, à maman et à moi, la vie dont nous rêvions. Pas comme Willie s'est comporté avec moi.

Elle alluma une autre Tareyton au mégot de la précédente et jeta ce dernier sur le sol. Je crois qu'elle n'avait pas remarqué ma présence derrière elle ou alors elle s'en fichait. Meg ne me quittait pas des yeux, une expression étrange plaquée sur le visage, et je n'avais pas fait attention au bruit en descendant le vieil escalier branlant, mais Ruth ne se retourna pas, ni n'interrompit son monologue, pas même pour allumer sa cigarette. Elle continua de parler à travers la fumée.

— Mais papa *buvait* comme Willie, poursuivit-elle, et je l'entendais rentrer certaines nuits, aller directement au lit et monter ma mère comme une jument. Je les entendais haleter et souffler, ma mère protestant parfois — « non-non-non… » — et le claquement d'une gifle de temps à autre. Ça aussi, c'était comme avec Willie. Parce que nous autres, les femmes, nous répétons les erreurs de nos mères en cédant constamment à un homme. J'ai fait preuve de la même faiblesse et c'est ainsi que je me retrouve à crever de faim avec tous ces garçons qu'il m'a laissés. Impossible de travailler comme je l'ai fait pendant la guerre. Les hommes ont repris tout le boulot. Et j'ai des enfants à élever.

» Oh, Willie envoie des chèques, mais ça ne suffit pas. Tu sais cela. Tu le vois bien. Tes chèques n'aident pas beaucoup non plus.

» Tu vois où je veux en venir ? Tu es victime de la Malédiction. Et je ne parle pas de tes règles. Pour ça, tu es pire que moi. Je le sens d'ici, Meggy ! Non, tu vas faire la même erreur que ma mère et moi, avec un trou du cul d'Irlandais qui te tabassera, te baisera et te fera aimer ça, te fera *adorer* ça. Et avant que tu t'en rendes compte, il aura mis les voiles.

» La baise. Il est là, le problème. La chatte chaude et humide entre tes jambes. La voilà, la Malédiction, tu comprends ? La Malédiction d'Ève. C'est notre faiblesse. C'est comme ça qu'ils nous tiennent.

» Je t'assure, les femmes sont toutes des traînées, des bêtes. Tu dois comprendre ça et t'en souvenir. Tout juste bonnes à se faire utiliser, baiser et punir. Rien d'autre que des putes, des ratées avec un trou. Il n'existe pas d'autre issue pour elles. Jamais.

» Le seul service que je puisse te rendre, c'est ce que je m'apprête à faire. Je peux extraire la Malédiction par le feu. (Elle craqua une allumette.) Tu vois ?

Elle la lança sur la robe jaune de Meg. La flamme mourut avant de l'atteindre et l'allumette tomba sur le sol en fumant. Elle en alluma une autre.

— *Tu comprends ?*

Cette fois, elle se pencha vers Meg avant de la jeter, et l'allumette brûlait toujours quand elle toucha la robe. Elle se logea entre les plis. Meg se tortilla contre le poteau et réussit à s'en débarrasser.

— Une jeune fille en pleine santé comme toi — tu crois que tu sens si frais et si bon. Mais, pour moi, tu sens le brûlé. La chatte en chaleur. La Malédiction est sur toi, Meggy. Tu es faible.

Une petite tache noire avait fait son apparition à l'endroit de l'impact de l'allumette. Meg me regardait, laissant échapper des grognements sous son bâillon.

Ruth laissa tomber la cigarette et déplaça son pied afin de l'écraser.

Elle se leva de sa chaise, s'inclina et gratta une autre allumette. Une odeur de soufre semblait soudain avoir envahi la pièce.

Elle l'approcha de l'ourlet de la robe.

— Tu comprends ? répéta-t-elle. Je pense que tu devrais m'être reconnaissante.

Meg gigota, se débattant violemment entre ses liens. L'ourlet noircit et brunit, mais le feu ne prit pas.

L'allumette se consuma faiblement. Ruth l'éteignit en l'agitant et la laissa tomber.

Puis elle en alluma une autre.

Elle approcha la flamme de l'ourlet, à l'endroit qui avait déjà brûlé. J'avais l'impression d'assister aux expériences d'un savant fou dans un film.

Le tissu roussi dégageait une odeur rappelant celle du repassage.

Meg se débattit. Ruth saisit simplement le bas de

robe et y appliqua l'allumette jusqu'à ce que le tissu se mette à brûler, puis elle le laissa retomber sur les jambes de Meg.

Je regardai la fine ligne de feu gagner du terrain.

Se propager.

On aurait dit Woofer et ses soldats dans l'incinérateur. Sauf que là, c'était pour de bon. Le cri perçant de Meg, étouffé par le bâillon, ne permettait pas d'en douter.

Le feu avait remonté à mi-chemin de ses cuisses à présent.

Je me décidai à intervenir, battant les flammes avec les mains. Puis Ruth s'empara du Coca qu'elle avait posé à côté de sa chaise et en aspergea la robe.

Elle me regarda en riant.

Meg s'effondra de soulagement.

Je devais paraître pas mal effrayé, parce que Ruth continua de rire. Et je compris qu'une part d'elle-même avait eu parfaitement conscience de ma présence pendant tout ce temps. Mais elle s'en fichait. Le monologue que j'avais surpris ne comptait pas. Rien n'avait d'importance, à part la leçon qu'elle donnait à Meg. Dans ses yeux, je vis quelque chose que je n'avais jamais vu auparavant.

Et que j'ai eu l'occasion d'observer depuis.

Trop souvent.

Dans le regard de ma première femme, après sa deuxième dépression nerveuse. Dans les yeux de certains de ses compagnons de la « maison de repos ». L'un d'eux, m'a-t-on dit, avait assassiné sa femme et leur bébé à coups de cisaille.

Un vide absolu et froid, sans joie. Sans compassion, ni pitié. Quelque chose de sauvage. Comme les yeux d'un prédateur.

Comme ceux d'un serpent.

Voilà ce que Ruth était devenue.

— Qu'est-ce que tu en dis ? demanda-t-elle. Tu crois qu'elle m'écoutera ?

— Je ne sais pas.

— Tu veux jouer aux cartes ?

— Aux cartes ?

— Une partie de Crazy Eights, par exemple.

— D'accord. Pourquoi pas.

N'importe quoi, pensai-je. *Tout ce que tu veux*.

— En attendant que les garçons rentrent à la maison.

Nous remontâmes dans la maison et jouâmes. Je ne crois pas que nous échangeâmes plus de dix mots de toute la partie.

Je bus beaucoup de Coca. Elle fuma autant de cigarettes.

Elle gagna la partie.

9

J'appris que Donny, Willie et Woofer avaient assisté à une matinée du film *How to Make a Monster*[1]. En temps ordinaire, je leur en aurais voulu, parce que, quelques mois plus tôt, nous avions vu ensemble au cours d'un même programme *I Was a Teenage Werewolf*[2] et *I Was a Teenage Frankenstein*[3]. Comme il s'agissait d'une sorte de suite, ils auraient dû m'attendre ou au moins me le rappeler. Mais ils me dirent que le film ne valait pas les deux premiers, et j'avais toujours l'esprit occupé par la scène dont j'avais été le témoin dans l'abri. Alors que Ruth et moi finissions la partie, le sujet de Meg revint sur le tapis.

— Elle pue, lâcha Woofer. Elle est sale. Nous devrions la laver.

Je n'avais remarqué aucune odeur.

À part le camphre, la fumée et le soufre.

Et Woofer pouvait parler…

1. « Comment fabriquer un monstre » (*NdÉ*).
2. « J'étais un jeune loup-garou » (*NdÉ*).
3. « J'étais un jeune Frankenstein » (*NdÉ*).

— Bonne idée, appuya Donny. Ça va faire un moment. Je parie qu'elle aimera ça.

— Qui se soucie de ce qu'elle aime ou pas ? demanda Willie.

Ruth se contentait d'écouter.

— Il nous faudrait la laisser monter, dit Donny. Elle pourrait tenter de s'enfuir.

— Pour aller où ? ricana Woofer. Où veux-tu qu'elle se sauve ? Et d'ailleurs, nous pourrions l'attacher.

— Sans doute.

— Et nous avons toujours Susan.

— Je suppose que oui.

— Où est-elle ?

— Susan se trouve dans sa chambre, intervint Ruth. Je crois qu'elle me fuit.

— Mais non, dit Donny. Elle lit sans arrêt.

— Elle se cache. C'est ce que je crois.

Les yeux de Ruth me semblaient toujours étranges et brillants — et je crois que les autres l'avaient remarqué aussi. Parce que personne n'osa plus la contredire.

— Alors, m'man, qu'est-ce que tu en dis ? insista Woofer. On a la permission ?

Notre partie terminée, Ruth continuait à battre les cartes. Puis elle fit un signe de tête affirmatif.

— J'imagine que ça ne lui ferait pas de mal, marmonna-t-elle d'une voix terne.

— Nous devrons la déshabiller, dit Willie.

— Ça, c'est moi qui m'en charge. Souvenez-vous de ce que je vous ai dit, les garçons.

— Ouais, fit Woofer. On sait : pas touche.

— Exactement.

Je regardai Willie et Donny. Willie faisait la grimace. Les mains enfoncées dans les poches, il traînait les pieds, les épaules voûtées.

Quel débile, pensai-je.

Mais Donny semblait pensif, comme un homme adulte, bien décidé à exécuter une tâche, et considérant la méthode la plus efficace et la meilleure pour y parvenir.

Woofer souriait d'un air radieux.

— D'accord, s'exclama-t-il. Allons la chercher !

Notre petite troupe dévala l'escalier, Ruth fermant la marche.

Donny détacha Meg, d'abord les pieds, ensuite les mains, et lui accorda quelques instants pour qu'elle se masse ses poignets avant de les lier à nouveau devant elle. Il lui retira le bâillon et le fourra dans sa poche.

Personne ne mentionna les brûlures ou les taches de Coca sur la robe. Pourtant, impossible de ne pas les voir.

Elle se lécha les lèvres.

— À boire..., supplia-t-elle.

— Dans une minute, dit Donny. Nous allons remonter.

— C'est vrai ?

— Ouais.

Elle ne demanda pas pourquoi.

Tenant la corde, Donny la fit monter, avec Woofer en éclaireur et Willie et moi immédiatement derrière elle. À nouveau, Ruth resta en arrière.

J'avais une conscience aiguë de sa présence. Quelque chose ne tournait pas rond avec elle, j'en étais persuadé. Elle semblait fatiguée, distante, pas entièrement *là*. Ses pas sur les marches paraissaient plus légers que les nôtres, plus qu'ils n'auraient dû l'être — à peine un bruissement — alors qu'elle se déplaçait lentement et avec difficulté, comme si elle avait pris dix kilos. Je ne savais pas grand-chose des problèmes de santé mentale à l'époque, mais je savais que ce que je voyais n'était pas tout à fait normal. Elle m'inquiétait.

Arrivé en haut, Donny fit asseoir Meg à la table de la salle à manger et lui servit un verre d'eau tiré de l'évier de la cuisine.

À cette occasion, je remarquai l'état de l'évier pour la première fois : les assiettes sales s'empilaient, plus qu'ils n'auraient dû en utiliser en une seule journée. J'avais deux ou trois jours de vaisselle sous les yeux.

Et voyant cela, je notai d'autres choses, en regardant autour de moi.

Je n'étais pas enclin à faire attention à la poussière. Quel gosse le serait ? Mais je vis à quel point cet endroit devenait sale et poussiéreux, en particulier les guéridons du séjour, derrière moi, où se dessinaient nettement des traces de doigts. Des miettes de pain grillé s'accumulaient sur la table devant Meg. À côté d'elle, le cendrier paraissait n'avoir pas été vidé depuis des décennies. J'aperçus deux allumettes sur le tapis du couloir, à côté d'un bout de papier ressemblant au haut d'un paquet de cigarettes froissé, jeté là en passant.

Un sentiment des plus étranges m'envahit. L'impression d'une dégradation. D'une lente désintégration.

Meg finit son verre d'eau et en demanda un autre.

— *S'il vous plaît*, gémit-elle.

— Ne t'en fais pas, dit Willie. Tu auras toute l'eau que tu voudras.

Meg afficha une expression perplexe.

— Nous allons te laver, précisa-t-il.

— Quoi ?

— Les garçons ont pensé qu'une douche te ferait du bien, intervint Ruth. Ça te ferait plaisir, n'est-ce pas ?

Meg hésita. On pouvait la comprendre. Willie ne s'était pas vraiment exprimé en ces termes. Willie avait dit : « *Nous allons te laver*. »

— Ou… Oui, bégaya-t-elle.

— C'est vraiment gentil de leur part, ajouta Ruth. Je suis ravie que ça te fasse plaisir.

Elle donnait le sentiment de se parler à elle-même, presque en marmonnant.

Donny et moi échangeâmes un regard. Elle le rendait visiblement un peu nerveux.

— Je vais boire une bière, annonça Ruth. (Elle se leva et se dirigea vers la cuisine.) Quelqu'un d'autre en veut ?

Personne ne sembla vouloir l'accompagner, ce qui était déjà inhabituel en soi. Elle scruta l'intérieur du réfrigérateur. Puis elle referma la porte.

— Il n'en reste plus, dit-elle, revenant dans la salle à manger en traînant les pieds. Pourquoi personne n'a acheté de bière ?

— Enfin, maman, expliqua Donny, nous ne pouvons pas. Nous sommes des enfants. On ne nous laisse pas acheter de bière.

Ruth gloussa.

— C'est vrai. (Puis elle fit à nouveau demi-tour.) Je vais prendre un scotch à la place.

Elle fouilla le meuble-bar et en sortit une bouteille. Elle revint dans la salle à manger, prit le verre d'eau de Meg et s'en versa cinq bons centimètres.

— On s'y met, oui ou non ? lui rappela Willie.

Ruth but avant de déclarer :

— Et comment !

Le regard de Meg s'arrêta sur chacun de nous, tour à tour.

— Je ne comprends pas… De quoi parlez-vous ? Je croyais que… Je croyais que vous deviez me laisser prendre une douche.

— Tout à fait, ricana Donny.

— Mais pas sans surveillance, précisa Ruth. (Elle avala une autre gorgée, et l'alcool parut soudain rallumer une flamme derrière ses yeux.) Nous devons nous assurer que tu sois propre.

Meg finit par comprendre.

— Je n'en veux pas.

— Peu importe ce que tu veux ou non, dit Willie. Ce qui compte, c'est ce que *nous* voulons.

— Tu pues, dit Woofer. Tu as besoin d'une douche.

— Notre décision est prise, renchérit Donny.

Elle regarda Ruth. Ruth, penchée sur son verre, l'observait, tel un vieux rapace fatigué.

— Pourquoi ne pouvez-vous pas me laisser un peu… un peu d'intimité ?

Ruth éclata de rire.

— J'aurais pensé que tu avais eu ta dose d'intimité, enfermée toute seule en bas toute la journée.

— Ce n'est pas ce que je voulais dire. Je…

— Je sais très bien ce que tu veux dire. Mais la réponse est non, parce que nous ne pouvons pas te faire confiance. Ni pour ne pas t'enfuir, ni pour te laver. Tu te contenterais de rentrer dans la salle de bains et de t'asperger avec un peu d'eau. Ce n'est pas ça, être propre.

— Non. Je te jure que non. Je tuerais pour une douche.

Ruth haussa les épaules.

— Eh bien, ton vœu est exaucé. Sans que tu aies besoin de tuer qui que ce soit, n'est-ce pas ?

— S'il te plaît…

Ruth chassa son objection d'un geste de la main.

— Enlève-moi cette robe avant que je ne me fâche.

Meg nous dévisagea, l'un après l'autre, puis je suppose qu'elle se dit que mieux valait une douche sous surveillance que pas de douche du tout, et elle poussa un soupir.

— Mes mains, fit-elle remarquer.

— C'est juste, observa Ruth. Défais sa fermeture Éclair, Donny. Ensuite détache-lui les mains. Puis rattache-les.

— Moi ?

— Ouais.

Je fus, moi aussi, un peu surpris. Elle devait avoir décidé d'assouplir la règle de ne pas toucher Meg.

Cette dernière se leva et Donny l'imita. La fermeture Éclair descendit jusqu'au milieu du dos. Il défit ses liens. Puis il repassa derrière elle pour faire glisser la robe de ses épaules.

— Pourrais-je avoir une serviette, s'il vous plaît ?

Ruth sourit.

— Tu n'es pas encore mouillée.

Elle fit un signe de la tête à Donny.

Meg ferma les yeux et se tint, immobile et raidie, pendant que Donny tirait sur les manches courtes ornées de fanfreluches le long de ses bras et dénudait ses seins, puis ses hanches et ses cuisses. À présent, la robe reposait à ses pieds. Elle en sortit. Elle gardait toujours les yeux fermés. Comme si elle pensait que, si elle ne nous voyait pas, nous ne la verrions pas non plus.

— Rattache-la, ordonna Ruth.

Je réalisai que je retenais ma respiration.

Donny vint se placer en face d'elle. Elle lui tendit les mains et il commença à les lier.

— Non, intervint Ruth. Mets-les derrière cette fois.

Les yeux de Meg s'écarquillèrent en un éclair.

— *Derrière* moi ? Comment vais-je me laver si…

Ruth se leva.

— Bon Dieu ! Ne me parle pas sur ce ton, ma petite ! Si je dis derrière, c'est derrière et si je dis de te les fourrer dans le cul, tu m'obéiras aussi ! Je t'interdis de me parler sur ce ton ! Tu m'entends ? Bon Dieu de merde !

» C'est moi qui vais te laver — un point, c'est tout ! Maintenant, dépêche-toi de faire ce que je te dis !

Meg avait vraiment l'air effrayé, mais elle n'opposa aucune résistance quand Donny lui tira les bras dans le dos et lui lia les poignets. Elle avait refermé les yeux. Mais, cette fois, elle ne parvint pas à retenir complètement ses larmes.

— Très bien, fais-la avancer.

Donny l'escorta le long de l'étroit couloir jusqu'à

la salle de bains. Nous suivîmes. C'était une petite pièce, mais nous nous entassâmes tous à l'intérieur. Woofer s'assit sur le panier à linge. Willie s'appuya contre le lavabo. Je m'installai à côté de lui.

Dans le couloir, en face de la salle de bains, Ruth fouillait à l'intérieur d'un placard. Elle en revint armée d'une paire de gants en caoutchouc jaune.

Elle les enfila. Ils lui montaient jusqu'aux coudes.

Elle se pencha et ouvrit le robinet de la baignoire.

Le robinet marqué « C » pour chaud.

Et uniquement celui-là.

Elle le laissa couler pendant un moment.

Elle testa l'eau avec la main, la laissant couler sur le gant en caoutchouc.

Sa bouche ne formait plus qu'une ligne droite d'allure sinistre.

L'eau coulait fort, fumante, martelant le trou d'évacuation de la baignoire. Puis elle régla le robinet sur le mode « douche » et tira le rideau en plastique transparent.

La vapeur s'éleva en volutes.

Meg avait toujours les yeux fermés. Des larmes coulaient sur son visage.

La vapeur nous engloutit tous dans un nuage.

Soudain, Meg le sentit. Et elle comprit ce qu'il signifiait.

Elle ouvrit les yeux et se rejeta en arrière en criant, effrayée, mais Donny l'avait déjà agrippée par un bras et Ruth saisit l'autre. Elle les combattit, résistant et se tortillant, suppliant :

— *Non, non.*

Et elle était forte. Il lui restait des forces.

Ruth lâcha prise.

— Nom de Dieu ! brailla-t-elle. Tu veux que j'aille chercher ta sœur ? Ta précieuse Susan ? C'est ça que tu veux ? Elle ici, à ta place ? Sous l'eau *brûlante* ?

Meg se tourna vers elle. Soudain furieuse. Sauvage. Folle.

— Oui ! hurla-t-elle. Oui ! Sale pute ! Va chercher Susan ! Vas-y ! Je n'en ai plus rien à foutre !

Ruth la fixa, les yeux plissés. Puis elle regarda Willie. Elle haussa les épaules.

— Va la chercher, lâcha-t-elle doucement.

Il n'eut pas à le faire.

Je me retournai alors qu'il passait devant moi et le vit s'arrêter, parce que Susan se trouvait déjà là, nous observant depuis le couloir. Et elle pleurait.

Meg la vit aussi.

Et elle s'effondra.

— Noooooon, pleura-t-elle. Noooooon. Pitié…

Et, pendant un moment, nous restâmes en silence dans le nuage chaud et lourd, écoutant le flot brûlant et ses pleurs. Connaissant déjà la suite.

Puis Ruth écarta le rideau.

— Fais-la entrer, dit-elle à Donny. Et fais attention à toi.

Je les regardai faire, et Ruth ajusta le pommeau de la douche afin d'envoyer le jet brûlant sur les jambes, les cuisses et le ventre de Meg, puis remonter sur sa poitrine, le faire s'écraser sur ses mamelons. Pendant ce temps, Meg tirait désespérément les bras derrière elle pour se libérer. Et partout où l'eau frappait, la peau devenait subitement rouge, rouge, la couleur de la douleur — et finalement je ne pus plus supporter les cris.

Et je m'enfuis.

CINQUIÈME PARTIE

1

Mais seulement cette fois.

Après, je ne m'enfuis plus.

Après cette journée, je devins complètement accro, et ma drogue consistait à *savoir*. Savoir ce qui était possible. Savoir quelle était la limite. Jusqu'où *ils* oseraient aller.

C'était toujours « ils ». Je me situais à l'extérieur, du moins est-ce ainsi que je le ressentais. Aussi bien de Meg et de Susan que des Chandler. Je n'avais participé à rien directement. J'avais regardé. Jamais touché. Et c'était tout. Tant que je maintenais cette position, je pouvais imaginer que j'étais, si ce n'est vraiment irréprochable, pas réellement coupable non plus.

C'était comme de regarder un film. Quelquefois, le film vous donnait le frisson, quand vous vous inquiétiez de savoir si le héros et l'héroïne allaient s'en tirer. Rien d'autre. Juste un film. À la fin de la séance, bien effrayé et excité, vous quittiez votre siège dans le noir et laissiez tout ça derrière vous.

Quelquefois, on se serait cru dans le genre de

films qui arrivèrent plus tard, dans les années soixante, des films étrangers pour la plupart, où le spectateur était dominé par le sentiment d'habiter une sorte d'illusion obscure, à la densité hypnotique et fascinante où, couche après couche, le sens se dévoilait pour, au final, ne révéler qu'une absence totale de signification. Les acteurs aux visages de carton-pâte se déplaçaient passivement à travers des paysages de cauchemar surréalistes, vides d'émotion, à la dérive.

Comme moi.

Bien sûr, nous écrivions et réalisions nous-mêmes les films qui naissaient dans nos esprits et que nous regardions. J'imagine qu'il était inévitable que nous finissions par élargir la distribution.

Inévitable aussi qu'Eddie Crocker soit le premier à auditionner.

Par une brillante matinée ensoleillée de la fin du mois de juillet, dans la troisième semaine de captivité de Meg, j'allai chez les Chandler et tombai sur lui pour la première fois.

Dans les quelques jours qui suivirent la douche, ils lui permirent de garder ses vêtements — sa peau présentait des cloques et ils lui laissèrent le temps de guérir — et la traitèrent plutôt bien en fin de compte, la nourrissant de soupe et de sandwiches, lui apportant de l'eau quand elle le demandait. Ruth tira même des draps sur le matelas pneumatique et balaya les mégots. Et Willie sembla se plaindre autant de son dernier mal de dents que de l'ennui dans lequel les choses avaient sombré.

Eddie remédia à cela.

Meg était toujours habillée quand j'arrivai — une paire de jeans usés et un chemisier — mais ils l'avaient à nouveau attachée et bâillonnée, allongée sur le ventre en travers de la table de travail, chaque bras ligoté autour d'un des pieds de la table, les pieds liés ensemble au sol.

Eddie avait retiré une de ses Keds et lui bottait le cul à coups redoublés.

Puis il laissa sa place à Willie pendant un moment, qui se chargea de son dos, de ses jambes et de son arrière-train avec une ceinture en cuir. Ils frappaient fort. En particulier Eddie.

Woofer et Donny regardaient.

Moi aussi. Mais seulement un court instant.

La présence d'Eddie ne me disait rien qui vaille.

Il y prenait bien trop de plaisir.

Me revint aisément en tête la fois où il avait remonté la rue, grimaçant, un serpent entre les dents, avant de le lancer dans notre direction, puis de le ramasser, encore et encore, jusqu'à ce que le serpent reste étendu, sans vie, dans la rue.

C'était quelqu'un qui n'hésitait pas à arracher la tête d'une grenouille d'un coup de dents.

Quelqu'un qui pouvait aussi bien passer devant vous sans un regard que vous frapper à la tête avec une pierre ou vous envoyer un coup de bâton dans les couilles.

Eddie se donnait complètement.

Il faisait chaud ce jour-là ; la sueur coulait sur son front depuis la base de ses cheveux couleur carotte. Comme d'habitude, il avait retiré sa chemise afin que tous puissent admirer son physique impeccable. Il dégoulinait de transpiration, dégageant une odeur puissante — salée, moite et douceâtre, comme de la viande avariée.

Je ne restai pas.

Je montai à l'étage.

Susan assemblait un puzzle sur la table de la cuisine, un verre de lait à moitié vide posé à côté d'elle.

Exceptionnellement, la télévision était silencieuse. Le bruit des claques et des rires nous parvenait d'en bas.

Je demandai où se trouvait Ruth.

Ruth, m'apprit Susan, se reposait dans sa chambre. Elle souffrait de maux de tête — de plus en plus fréquents ces derniers temps.

Nous restâmes donc ainsi, assis en silence. Je me servis une Budweiser dans le réfrigérateur. Susan ne s'en tirait pas mal du tout avec le puzzle. Elle en avait déjà terminé plus de la moitié. Il s'agissait de la reproduction d'un tableau de George Caleb Bingham intitulé *Chasseurs de fourrures descendant le Missouri*. On y apercevait un vieil homme d'allure sévère, coiffé d'un amusant bonnet pointu, et un adolescent au visage rêveur, pagayant vers l'aval dans un canoë, au coucher du soleil, un chat noir assis attaché à la proue. Elle avait reconstitué les bords, le chat et le canoë, ainsi que la majeure partie de l'homme et du garçon. Il ne lui restait plus que le ciel, le fleuve et quelques arbres.

Je la regardai ajouter une pièce dans le fleuve. Je bus une petite gorgée de ma bière.

— Comment ça va ? demandai-je.

Elle ne leva pas les yeux.

— Bien, répondit-elle.

J'entendis des rires remonter de l'abri.

Elle essaya une autre pièce. Pas la bonne.

— Ça te tracasse ? repris-je en parlant du bruit.

— Oui.

Au ton qu'elle employait, elle semblait énoncer une simple réalité, plutôt qu'un sentiment personnel.

— Beaucoup ?

— Oui. Beaucoup.

Je hochai la tête. Il n'y avait pas grand-chose à ajouter après cela. Je continuai à la regarder faire en buvant ma bière. Il ne lui fallut pas longtemps pour compléter le garçon, avant de s'attaquer aux arbres.

— Je ne peux pas les obliger à s'arrêter, tu sais ? repris-je.

— Je sais.

— En plus, Eddie est là.

— Je sais.

J'achevai la bière.

— Si je pouvais faire quelque chose, je n'hésiterais pas.

Je me demandai si c'était vrai. Et elle aussi.

— Ah bon ?

— Bien sûr !

Elle retourna à son puzzle en fronçant les sourcils.

— Peut-être qu'ils finiront par se lasser, dis-je, réalisant, à peine après les avoir prononcées, à quel point mes paroles semblaient boiteuses.

Susan ne répondit pas.

Mais, quelques instants plus tard, les bruits cessèrent et j'entendis des pas dans l'escalier.

Eddie et Willie. Tous deux les joues en feu, chemises ouvertes — dans le cas de Willie, sur un vilain bourrelet blanc de graisse. Ils nous ignorèrent et se jetèrent sur le réfrigérateur. Je les vis décapsuler un Coca pour Willie et une Bud pour Eddie, avant de se mettre en quête de quelque chose à manger. Il ne devait pas rester grand-chose, parce qu'ils refermèrent la porte, bredouilles.

— Il faut au moins lui reconnaître une chose, commenta Eddie, elle ne pleure pas beaucoup. Elle a du cran.

J'avais réussi à me sentir détaché de tout ça, mais Eddie avait atteint un tout autre niveau. Sa voix faisait penser à de la glace. Willie était gros et laid, mais c'était Eddie qui me dégoûtait.

Willie rit.

— C'est parce qu'elle a épuisé toutes ses larmes. Tu aurais dû la voir après le récurage de l'autre jour.

— Ouais. Tu as peut-être raison. Tu penses qu'on devrait apporter quelque chose à Donny et Woofer ?

— Ils n'ont rien demandé. S'ils veulent quelque chose, qu'ils se débrouillent !

— Ce serait bien si tu avais quelque chose à manger, mon pote.

Et ils reprirent le chemin de l'abri. Ils continuèrent à nous ignorer — ce qui me convenait très bien. Je les regardai disparaître dans la cage d'escalier.

— Alors, qu'est-ce que vous allez faire ? demanda Eddie. (Je sentis sa voix remonter jusqu'à moi, comme un ruban de fumée toxique.) La tuer ?

Je me figeai.

— Mais non ! protesta Willie.

Et il dit quelque chose d'autre, mais le bruit de leurs pas sur les marches noya la suite.

La tuer ? je sentis les mots glisser le long de ma colonne vertébrale. « Comme si quelqu'un venait de marcher sur ma tombe », aurait dit ma mère.

On pouvait vraiment compter sur lui, pensai-je. Faites confiance à Eddie.

Pour enfoncer une porte ouverte.

J'avais réfléchi à la question, bien sûr : jusqu'où iraient-ils, comment tout cela allait-il finir ? Mais vaguement, comme à un problème mathématique.

Et voilà que deux enfants en discutaient, un Coca et une bière à la main, imaginant tranquillement l'inimaginable.

Je songeai à Ruth, allongée dans sa chambre avec sa migraine.

Je songeai qu'ils se trouvaient seuls avec elle, à présent — avec Eddie parmi eux.

Ça pouvait arriver. Tout à fait.

Ça pouvait même se produire vite. Presque par accident.

Il ne me vint pas à l'esprit de m'interroger sur le fait que j'assimilais encore Ruth à une force de contrôle. C'était ainsi, c'est tout.

Elle était toujours une adulte, non ?

Les adultes ne pouvaient pas laisser ce genre de choses se produire, n'est-ce pas ?

Je regardai Susan. Si elle avait entendu ce qu'avait dit Eddie, elle n'en laissa rien paraître. Elle poursuivait son puzzle.

Les mains tremblantes, effrayé d'écouter, mais craignant tout autant de n'en rien faire, je décidai de lui prêter main-forte.

2

Après ça, Eddie fut présent tous les jours pendant environ une semaine. Le deuxième jour, sa sœur Denise vint, elle aussi. Ensemble, ils la gavèrent de biscuits salés qu'elle ne put pas vraiment manger parce qu'ils lui avaient remis le bâillon pendant la nuit et ne lui avaient pas donné à boire. Eddie s'énerva et la frappa sur la bouche avec une tringle à rideaux en aluminium, tordant la tringle et laissant une zébrure rouge sur la joue de Meg, lui coupant la lèvre inférieure.

Le reste de la journée, ils se servirent de nouveau d'elle comme d'un mannequin d'entraînement de football.

Ruth n'était presque jamais là. Ses maux de tête avaient gagné en fréquence. Elle se plaignait de sa peau qui la démangeait, en particulier au visage et aux mains. Elle me semblait avoir perdu du poids. Un bouton de fièvre apparut sur sa lèvre et y resta pendant plusieurs jours. Même avec la télévision allumée, ses quintes de toux, venues du fond de ses poumons, s'entendaient jusqu'en bas.

Sans Ruth pour y veiller, l'interdiction de toucher Meg disparut.

Ce fut Denise qui commença. Denise aimait bien pincer. Elle prenait la chair de Meg entre ses doigts — forts pour une fille de son âge — et la tordait, lui ordonnant de pleurer. La plupart du temps, Meg refusait. Denise n'en essayait que plus brutalement. Les seins de Meg constituaient sa cible favorite — elle les gardait toujours pour la fin.

Généralement, à ce stade, Meg pleurait.

Willie aimait l'allonger sur la table, lui baisser sa culotte et lui donner la fessée.

Woofer préférait les insectes. Il posait une araignée ou un mille-pattes sur son ventre et la regardait se tortiller.

Donny me surprit. Quand il pensait que personne ne le regardait, il passait ses mains sur ses seins — les pressait légèrement quelquefois — ou entre ses jambes. Je le vis faire de nombreuses fois, mais n'en soufflai mot à personne.

Il faisait preuve de douceur, comme un amant. Et une fois, quand son bâillon lui avait été retiré, je le vis même l'embrasser — un baiser maladroit, mais presque tendre et étrangement chaste si l'on considère qu'il la tenait à sa merci.

Puis, un jour, Eddie ramena une crotte de chien dans une tasse en plastique et ils plaquèrent Meg sur la table pendant que Woofer lui pinçait les narines, l'obligeant à ouvrir la bouche pour respirer. C'est le moment qu'attendait Eddie pour glisser la crotte à l'intérieur. Après ça, plus personne ne voulut l'embrasser.

Le vendredi de cette même semaine, j'avais travaillé dans le jardin tout l'après-midi jusque vers seize heures et, quand je me rendis à côté, le son de la radio m'accueillit, beuglant depuis l'arrière de la maison. Je descendis et vis que le groupe s'était encore agrandi.

On s'était passé le mot.

En plus d'Eddie et de Denise, Harry Gray, Lou et Tony Morino, Glenn Knott et même Kenny Robertson se trouvaient là — en comptant Meg et moi, une douzaine de personnes s'entassaient dans l'abri minuscule. Debout dans l'embrasure de la porte, Ruth assistait à la scène en souriant alors qu'ils jouaient des coudes et des épaules contre Meg, transformée en bille de flipper rebondissant entre une douzaine de leviers humains.

Ils lui avaient lié les mains dans le dos.

Des canettes de bière et des bouteilles de Coca jonchaient le sol. La fumée de cigarette flottait au-dessus de la pièce en d'épais nuages gris. À un moment, *Breathless*[1], un vieux tube de Jerry Lee Lewis, passa à la radio et tout le monde se mit à rire et à chanter en chœur.

La séance prit fin quand Meg, en pleurs et couverte de bleus, ne se releva pas. Alors, notre petite troupe monta en quête de rafraîchissements.

Le tournage de mon film se poursuivait.

Après cela, les enfants se succédèrent pendant toute la semaine suivante. Généralement, ils se contentaient de regarder, mais je me souviens de

1. Hors d'haleine *(NdT)*.

Glen Knott et Harry Gray la prenant en « sandwich » — en l'absence de Ruth — en se frottant contre elle, devant et derrière, pendant qu'elle était accrochée aux cordes suspendues aux clous fixés dans les poutres du plafond. Je me souviens de Tony Morino apportant à Woofer une demi-douzaine de limaces afin de lui en couvrir le corps.

Mais, à part quand elle avait mal, Meg restait d'ordinaire silencieuse à présent. Après l'épisode de la merde de chien, il devenait difficile de l'humilier. Et peu de chose l'effrayait. Elle semblait résignée. Peut-être comme si elle pensait n'avoir plus qu'à attendre que nous nous lassions — éventuellement — et que les choses finiraient par passer. Elle se rebellait rarement. Et, dans ces cas-là, il nous suffisait de faire venir Susan. Mais, la plupart du temps, cela ne s'avérait pas nécessaire. Elle s'habillait et se déshabillait sur commande maintenant. Nous ne lui enlevions ses vêtements que lorsque nous savions que Ruth ne traînerait pas dans les parages ou sur la suggestion de Ruth en personne, ce qui n'arrivait pas très souvent.

Le plus souvent, nous jouions simplement aux cartes ou au Cluedo autour de la table, buvant des Coca, ou nous feuilletions des magazines en discutant. Nous agissions comme si Meg n'était pas là, excepté dans les moments où nous nous moquions d'elle ou l'humiliions de temps à autre. Rien qui ne sorte de l'ordinaire. Sa présence nous retenait dans cet endroit à la manière passive d'un trophée — elle constituait le joyau de notre club. Nous y passions la plus grande partie de notre temps. C'était le milieu de l'été et, à force de rester assis dans la cave, nous commencions tous à avoir le teint terreux. Meg se tenait simplement là, assise ou debout, entravée et silencieuse, et le plus souvent nous n'exigions rien de sa part. Et puis, quelqu'un avait une idée — une nouvelle manière d'utiliser Meg — et la mettait en œuvre.

Mais, dans l'ensemble, la situation semblait lui donner raison. Peut-être qu'un jour nous finirions par nous ennuyer et cesser de venir. Ruth paraissait préoccupée par elle-même et les différents maux dont elle souffrait — préoccupée, étrange et distante. Et, sans elle pour alimenter le feu, nos attentions à l'égard de Meg se firent de plus en plus sporadiques, moins intenses.

Je réalisai que le mois d'août était déjà bien entamé. En septembre, l'école reprendrait. Willie, Donny et moi allions rejoindre Mount Holly, un collège tout neuf achevé cet été, et Meg irait au lycée. Tout serait *forcément* terminé alors. Cela allait de soi. Vous pouviez garder une personne enchaînée et hors de vue pendant les vacances d'été sans que personne le remarque, mais ne pas envoyer un enfant à l'école était inenvisageable.

Et donc, en septembre, tout serait fini, d'une façon ou d'une autre.

Alors, elle avait peut-être raison, pensai-je. Il lui suffisait peut-être d'attendre.

Puis, songeant à ce qu'avait dit Eddie, je m'inquiétais à l'idée qu'elle se trompe du tout au tout.

Eddie mit fin à notre club.

En plaçant la barre plus haut.

Il y eut deux incidents. Le premier se produisit un jour de mauvais temps, pluvieux, le genre de jour qui commence dans la grisaille et ne parvient jamais à s'extraire d'un ciel couleur de soupe de champignons avant de disparaître à nouveau dans le noir.

Eddie avait volé deux packs de six bières à son père et les avait apportés avec lui. Lui, Denise et Tony Morino en descendirent quelques-unes pendant que Willie, Woofer, Donny et moi buvions les nôtres plus lentement. Bientôt, tous les trois furent ivres et les packs n'étaient plus qu'un souvenir. Willie partit en chercher à l'étage. À ce moment-là, Eddie décida qu'il devait pisser. Ce qui lui donna une idée. Il nous en fit part en chuchotant.

Quand Willie revint, lui et Tony Morino allongèrent Meg sur le dos par terre et lui attachèrent les bras aux pieds de la table. Denise lui tint les jambes. Ils étalèrent des journaux sous sa tête.

Puis Eddie lui pissa au visage.

Si Meg n'avait pas été liée à la table, je crois qu'elle aurait essayé de le tuer.

Au lieu de ça, tout le monde se mit à rire de ses efforts pour se dégager ; finalement, elle cessa de se débattre et resta ainsi sans faire un geste.

Puis Donny se dit que Ruth n'allait pas beaucoup apprécier. Qu'ils feraient mieux de tout nettoyer. Ils remirent donc Meg sur pieds, lui lièrent les bras dans le dos en l'empêchant de bouger, et Woofer ramassa les journaux et sortit les jeter dans l'incinérateur pendant que Donny faisait couler de l'eau dans le grand évier en ciment qui servait à évacuer l'eau du lave-linge à la cave. Il ajouta une bonne dose de Tide. Puis il retourna chercher Meg dans l'abri et, avec l'aide de Tony et Willie, l'escorta hors de la pièce jusqu'à l'évier dans la cave proprement dite.

Ils lui plongèrent la tête dans l'eau savonneuse et la maintinrent dedans, riant pendant que Willie lui frottait les cheveux. Puis, très vite, elle recommença à se débattre. Quand ils lui permirent de se redresser, elle haletait.

Mais elle était propre.

Puis Eddie eut une autre idée.

Il proposa de la rincer.

Il laissa l'évier se vider et fit couler l'eau, aussi chaude que Ruth l'avait fait sous la douche.

Puis, sans aide de notre part, il la plongea dedans.

Quand il lui permit de remonter à la surface, son visage était aussi rouge que celui d'un homard et elle hurlait. La main d'Eddie avait pris la même teinte. À se demander comment il avait fait pour la garder sous l'eau.

Mais elle était rincée à présent.

Lavée et rincée. Voilà qui allait faire plaisir à Ruth, non ?

Ruth se montra furieuse.

Pendant toute la journée du lendemain, elle appliqua des compresses froides sur les yeux de Meg. On craignit sérieusement pour sa vue. Ses yeux étaient si bouffis qu'elle pouvait à peine les ouvrir et un liquide en suintait continuellement, bien plus épais que n'auraient dû l'être les larmes de qui que ce soit. Son visage paraissait affreux, couvert de taches, comme si elle l'avait frotté contre un sumac vénéneux. Mais ses yeux constituaient notre principale source d'inquiétude.

Nous la laissâmes se reposer sur le matelas pneumatique. Nous la fîmes manger.

Eddie eut la sagesse de se tenir à l'écart.

Le jour suivant, son état s'améliora. Et celui d'après aussi.

Et le troisième jour, Eddie refit son apparition.

Je n'étais pas là ce jour-là — mon père me faisait travailler à l'Eagle's Nest — mais je ne tardai pas à apprendre ce qui s'était passé.

Apparemment, Ruth était montée s'allonger un peu et ils avaient cru qu'elle dormait — un petit somme pour faire passer une autre migraine. Woofer, Donny et Willie faisaient une partie de Crazy Eigths quand Eddie et Denise arrivèrent.

Eddie voulut à nouveau lui retirer ses vêtements, juste pour regarder, selon lui, et tout le monde l'approuva. Il paraissait calme, tranquille, buvant un Coca.

Ils la déshabillèrent et la bâillonnèrent, puis l'attachèrent en travers de la table, étendue sur le dos, mais, cette fois, ils ligotèrent aussi ses jambes aux pieds de la table. Une idée d'Eddie. Il voulait lui écarter les jambes. Ensuite ils retournèrent à leur partie de cartes et Eddie termina son Coca.

Puis Eddie essaya de la pénétrer avec la bouteille de Coca.

Je suppose que, tout à leur étonnement et pris par ce qu'il faisait, ils n'entendirent pas Ruth arriver derrière eux, parce que, lorsqu'elle passa la porte, Eddie avait déjà enfoncé le goulot de la bouteille verte à l'intérieur de Meg et tout le monde s'était regroupé autour de lui.

Ruth embrassa la scène d'un seul regard et explosa.

Elle hurla, rappelant que personne, *personne*, n'était censé la toucher, qu'elle était sale, qu'elle avait des *maladies*. Eddie et Denise s'enfuirent sans demander leur reste, la laissant pester contre Woofer, Willie et Donny.

J'appris la suite de l'histoire de la bouche de Donny.

Et Donny m'avoua qu'il avait vraiment eu peur.

Parce que Ruth avait pété les plombs.

Elle s'était déchaînée dans l'abri, s'en prenant au mobilier et déblatérant des trucs sans queue ni tête — elle ne sortait plus, ni au cinéma, ni au restaurant, ni pour aller danser ou passer une soirée entre amis, tout son temps était bouffé par ces putains de *mômes* pour qui elle nettoyait, repassait, préparait à manger ; ses meilleures années étaient derrière elle, son corps la laissait tomber. Et, pendant tout ce monologue, elle donnait de grands coups sur les murs, sur le treillis métallique de la fenêtre et sur la table de travail. Elle shoota aussi dans la bouteille de Coca d'Eddie jusqu'à la faire exploser contre un mur.

Et, ensuite, elle avait dit quelque chose qui sonnait comme « et toi ! toi ! » à Meg et l'avait fixée furieusement, comme si elle la tenait pour responsable de tous ses maux, avant de la traiter de « pute », de « traînée » et de « racaille bonne à rien ». Puis elle l'avait soulevée et lui avait donné un coup de pied, à deux reprises, entre les jambes.

Et maintenant, Meg avait des contusions à cet endroit. Des bleus terribles.

Heureusement, conclut Donny, Ruth portait des pantoufles.

Je voyais ça d'ici.

Cette nuit-là, après qu'il m'eut raconté, je fis un rêve.

Je regardais la télévision à la maison — un match de boxe, Sugar Ray Robinson contre un grand type, un blanc anonyme et disgracieux — et mon père ronflait dans le fauteuil à côté du canapé où j'étais assis. Hormis la lumière du poste de télévision, la maison était plongée dans l'obscurité et je me sentais fatigué, très fatigué. Puis, tout d'un coup, j'assistais au combat pour de vrai, devant le ring, au premier rang. Autour de moi, les spectateurs acclamaient les boxeurs et Sugar Ray avançait vers l'autre type à sa manière si caractéristique, se déplaçant comme un char d'assaut, un peu lourdaud, décochant ses coups. C'était excitant.

J'encourageais donc Sugar Ray et je me tournais afin de voir si mon père faisait de même, mais il dormait sur son siège comme sur le fauteuil devant la télé, s'affaissant lentement sur le sol.

— Réveille-toi, lui dit ma mère en lui donnant un coup de coude. (J'imagine qu'elle devait se trouver là depuis le début, mais je ne l'avais pas vue.) Réveille-toi.

Mais il n'en fit rien. Et alors que mon regard se tournait à nouveau vers le ring, je vis que Meg avait remplacé Sugar Ray. Meg, telle que je l'avais rencontrée près du ruisseau, en short et chemisier sans manches, sa queue-de-cheval aussi rouge qu'une flamme se balançant d'avant en arrière alors qu'elle cognait sur son adversaire, de toutes ses forces. Et je me levai, l'acclamant, criant :

— *Meg ! Meg ! Meg !*

Je me réveillai en pleurant, mon oreiller trempé de larmes.

Je me sentais confus. Pourquoi avais-je pleuré ? *Je ne ressentais rien.*

J'allai dans la chambre de mes parents.

Ils occupaient des lits séparés maintenant. Ça durait depuis des années. Comme dans le rêve, mon père ronflait. Ma mère dormait silencieusement à côté de lui.

J'avançai jusqu'au lit de ma mère et la regardai, une femme menue aux cheveux noirs qui semblait plus jeune à cet instant précis, assoupie, que je pense l'avoir jamais vue.

Il régnait une atmosphère étouffante dans la chambre, une odeur de renfermé due aux respirations des deux dormeurs.

J'avais envie de la réveiller. De lui raconter. De tout lui dire.

Elle était la seule à qui je *pouvais* me confier.

— Maman ? murmurai-je, une partie de moi encore trop effrayée ou trop réticente pour risquer de la déranger.

Des larmes roulaient sur mes joues. Mon nez coulait. Je reniflai. Le reniflement me sembla résonner plus fort que ma voix.

— Maman ?

Elle changea de position, poussant un léger gémissement.

Il me suffirait d'une dernière tentative pour la réveiller.

Puis je repensai à Meg, seule dans la longue nuit de l'abri, allongée là. Souffrant.

Et je revis le rêve.

Je sentis quelque chose se cramponner à moi.

J'avais du mal à respirer. Brusquement, je sentis la terreur monter en moi, vertigineuse.

Le noir envahit la chambre. J'eus l'impression d'exploser.

Je compris ma part de responsabilité dans tout ça.

Ma trahison passive, insouciante.

Le mal en moi.

Je sentis venir le sanglot, énorme et involontaire, tel un cri. Il me fit l'effet d'un cri. Je couvris ma bouche et m'enfuis de la chambre en titubant, tombai à genoux et me recroquevillai devant la porte dans le couloir. Assis là, je tremblai, en pleurs. Je ne pouvais pas m'arrêter de pleurer.

Je restai longtemps ainsi.

Mes parents ne se réveillèrent pas.

Quand je me relevai, il faisait presque jour.

Je regagnai ma chambre. Depuis mon lit, je regardai par la fenêtre la nuit passer d'un noir profond à un bleu foncé.

Mes pensées s'affolaient sous mon crâne et plongeaient en moi comme les moineaux s'envolant des corniches.

Je me redressai dans mon lit et, me connaissant enfin totalement, j'assistai calmement au lever du soleil.

3

L'exclusion provisoire des autres participants allait servir mon plan. J'avais besoin de parler à Meg. Je devais la convaincre qu'enfin je me sentais prêt à l'aider.

Je la convaincrais de s'enfuir, avec ou sans Susan. Susan ne me paraissait pas être en danger pour l'instant. Rien ne lui était arrivé jusqu'à présent, à part quelques fessées — du moins rien dont j'aie été le témoin. Mais Meg avait du souci à se faire. Elle devait avoir compris cela à présent.

Ce fut finalement à la fois plus facile et plus difficile que je ne l'avais prévu.

Plus difficile, parce que je découvris que, moi aussi, j'avais été exclu.

— Ma mère ne veut plus voir *personne*, m'expliqua Donny.

Nous allions à la piscine en vélo pour la première fois depuis des semaines. Il faisait chaud, sans un souffle de vent, et, à trois pâtés de maisons de notre rue, nous dégoulinions déjà de sueur.

— Pourquoi ? J'ai rien fait. Pourquoi moi ?

Arrivés à une rue en pente, nous descendîmes en roue libre pendant un moment.

— Tu n'y es pas. C'est la faute de Tony Morino. Tu sais ce qu'il a fait ?

— Quoi ?

— Il a tout raconté à sa mère.

— *Quoi ?*

— Ouais. Le petit merdeux. Son frère, Louie, l'a balancé. Enfin, il n'a pas *tout* dit. Il n'a pas osé, je crois. Mais il en a dit assez. Il a raconté que nous avions enfermé Meg à la cave, que Ruth l'avait traitée de « pute » et de « traînée » et l'avait tabassée.

— Nom de Dieu ! Qu'est-ce qu'elle a dit ?

Donny rit.

— Heureusement pour nous, les Morino sont des catholiques très stricts. Sa mère a dit qu'elle le méritait probablement, que c'était sans doute une fille facile. Elle a ajouté que les parents avaient des droits, et que Ruth était sa mère à présent. Alors tu sais ce que nous avons fait ?

— Quoi ?

— Willie et moi avons prétendu ne rien savoir. Nous avons demandé à Tony de nous accompagner à Bleeker's Farm, dans les bois là-bas. Il ne connaît pas du tout cet endroit. Nous l'avons semé et abandonné dans les marais. Il lui a fallu deux heures et demie pour retrouver le chemin du retour, dans le noir. Mais attends d'avoir entendu la meilleure ! Sa mère lui a flanqué une raclée pour le punir d'avoir manqué l'heure du dîner et d'être rentré après avoir ramassé toutes sortes de saletés dans les marais. Sa *mère* !

Cette histoire nous fit bien rire. Nous empruntâmes l'allée fraîchement goudronnée du centre de loisirs et laissâmes nos bicyclettes sur le parking à vélos. Puis nous traversâmes le macadam collant et à l'odeur agréable afin de nous rendre à la piscine.

Nous montrâmes nos badges en plastique à l'entrée. L'endroit était bondé. Les plus jeunes enfants faisaient les fous dans le petit bain, tel un banc de piranhas. Le bassin pour les tout petits accueillait des mamans et des papas guidant leurs bébés, les doigts boudinés accrochés à des chambres à air en forme de canard ou de dragon. De longues files impatientes se formaient devant le plongeoir et la buvette. Des guêpes grouillaient autour des poubelles débordantes d'emballages de glace et de bouteilles de soda.

Avec la foule qui criait en pataugeant ou courait dans cet espace clos d'herbe et de béton, il régnait un bruit assourdissant. Le sifflet du maître-nageur semblait pousser son cri perçant toutes les trente secondes. Nous nous débarrassâmes de nos serviettes et rejoignîmes le bassin de deux mètres cinquante où nous laissâmes pendre nos jambes dans l'eau à l'odeur de chlore.

— Alors, qu'est-ce que j'ai à voir avec tout ça ? demandai-je.

Il haussa les épaules.

— Je sais pas. Ma mère s'inquiète maintenant. Elle a peur que quelqu'un la dénonce.

— Moi ? Mince, je vais rien dire, affirmai-je en me revoyant dans le noir, au pied du lit de ma mère. Tu le sais, non ?

— Oui, bien sûr. Mais Ruth est un peu bizarre ces jours-ci.

Je préférais ne pas insister. Donny n'était pas aussi stupide que son frère. Il me connaissait. Si je me montrais trop pressant, il commencerait à se poser des questions.

Alors je patientai. Nous fîmes des éclaboussures avec nos pieds.

— Écoute, reprit-il, je vais lui parler, d'accord ? C'est débile. Ça fait combien d'années que tu viens chez nous ?

— Beaucoup.

— Alors merde ! Je lui parlerai. Allons nous baigner.

Nous glissâmes dans la piscine.

La partie facile était de convaincre Meg de s'enfuir.

Elle avait une bonne raison pour ça.

Pour la dernière fois, me dis-je, il me faudrait assister, impuissant, aux mauvais traitements qu'ils lui infligeaient, attendant le moment propice afin de lui parler. Et, alors, je la convaincrais. J'avais même un plan en tête.

Ensuite, tout serait fini, enfin.

Il me faudrait feindre d'être de leur côté quoi qu'il arrive — que c'était sans importance. Une dernière fois.

Et, pourtant, cela faillit bien ne pas se produire.

Parce que cette dernière fois se révéla presque celle de trop. Cette dernière fois fut horrible.

4

— C'est bon, m'annonça Donny le lendemain.Ma mère est d'accord pour que tu viennes.

— Où ça ? intervint ma mère.

Elle se tenait derrière moi, occupée à hacher des oignons sur le plan de travail de la cuisine. Donny se trouvait sur la véranda devant la porte-écran. Avec moi dans le passage, il ne l'avait pas remarquée.

La cuisine empestait les oignons.

— Où allez-vous ? demanda-t-elle.

Je le regardai. Il réfléchit sans perdre de temps.

— Nous irons sans doute à Sparta samedi prochain, madame Moran. Une sorte de pique-nique en famille. Et nous pensions inviter David si vous êtes d'accord.

— Je ne vois aucune raison de refuser, lui répondit ma mère en souriant.

Avec elle, Donny faisait toujours preuve d'une impeccable politesse sans en faire des tonnes et elle l'aimait bien pour ça, alors qu'elle n'avait pas une très haute opinion du reste de sa famille.

— Super ! Merci, madame Moran. À plus tard, David.

Et donc, un peu plus tard, je retournai chez les voisins.

Ruth avait relancé le Jeu.

Elle affichait une mine épouvantable. Des plaies couvraient son visage et elle les avait visiblement grattées parce que deux d'entre elles avaient déjà formé des croûtes. Elle avait les cheveux gras et raides, mouchetés de pellicules. Elle semblait avoir dormi dans sa fine chemise en coton depuis des jours. À présent, j'étais persuadé qu'elle avait perdu du poids. Ça se voyait sur son visage — les creux sous les yeux, la peau tendue sur les pommettes.

Elle fumait, comme d'habitude, assise sur sa chaise pliante en face de Meg. Un sandwich au thon à moitié mangé reposait sur une assiette en carton à côté d'elle et elle l'utilisait comme cendrier. Deux mégots de Tareyton pointaient hors du pain blanc humide et ramolli.

Elle observait avec attention, penchée en avant sur sa chaise, les yeux plissés. Et je revis l'expression qu'elle adoptait en regardant les jeux télévisés — comme *Twenty-One*, par exemple. Charles Van Doren, professeur d'anglais à Columbia, venait de se faire pincer la semaine précédente, après avoir gagné cent vingt-neuf mille dollars, pour avoir triché. Ruth s'était montrée inconsolable. Comme si, elle aussi, avait été trompée.

Mais la façon dont elle regardait Meg à présent évoquait l'intensité et la concentration de Van Doren dans sa cabine insonorisée.

Elle entrait dans le Jeu.

Pendant que Woofer donnait des coups de canif à Meg.

Ils l'avaient à nouveau suspendue au plafond et elle se tendait, sur la pointe des pieds, les volumes du World Book éparpillés devant elle. Nue. Sale. Meurtrie. Sous la pellicule de sueur, sa peau avait acquis une certaine pâleur. Mais rien de tout cela n'avait d'importance. Cela aurait dû, mais il n'en était rien. La magie — la petite magie cruelle de la voir ainsi — flotta sur moi pendant un moment comme un sortilège.

Elle représentait tout ce que je savais du sexe. Et tout ce que je savais de la cruauté. L'espace d'un instant, cette sensation me grisa aussi sûrement qu'un vin capiteux. Je me sentais de nouveau l'un des leurs.

Puis je jetai un coup d'œil à Woofer.

Une version miniature de moi-même, ou de ce que je pourrais être, avec un couteau à la main.

Pas étonnant que Ruth se concentre.

Ils en faisaient tous autant, Willie et Donny aussi, personne ne disait mot, parce qu'un couteau n'avait rien de commun avec une sangle, une ceinture ou un jet d'eau chaude. Un couteau pouvait faire de réels dégâts — permanents — et Woofer était à peine en âge de comprendre que la mort ou une blessure pouvaient se produire, et certainement pas capable de prendre la mesure des conséquences. Ils abordaient un terrain dangereux et ils le savaient. Et, pourtant, ils ne faisaient rien pour arrêter. Ils voulaient que cela arrive. Ils donnaient une leçon.

Je n'étais pas pressé d'apprendre.

Jusqu'à présent, le sang n'avait pas coulé, mais je savais qu'il y avait de grandes chances pour que cela finisse par se produire — ce n'était qu'une question de temps. Même derrière le bâillon et le bandeau, la terreur de Meg était visible. Sa poitrine et son ventre se soulevaient avec effort à chaque tentative de respiration. La cicatrice sur son bras se dessinait, tel un éclair dentelé.

Il pointa le canif sur son ventre. À la façon dont elle se dressait sur la pointe des pieds, il lui était impossible de reculer devant lui. Elle se contenta de s'agiter convulsivement entre les cordes. Woofer ricana et la piqua sous le nombril.

Ruth me regarda et me salua d'un signe de la tête avant d'allumer une autre Tareyton. Je reconnus l'alliance de la mère de Meg — mal ajustée — à son annulaire.

Woofer fit glisser la lame sur la cage thoracique de Meg et la pointa sur l'aisselle. Il allait si vite et si imprudemment que je me surpris à guetter l'apparition de la première ligne sanglante sur ses côtes. Mais, cette fois, elle eut de la chance. En revanche, j'aperçus quelque chose d'autre.

— Qu'est-ce que c'est que ça ?

— Quoi donc ? demanda Ruth d'un ton distrait.

— Là, sur sa jambe.

Une marque rouge de cinq centimètres de long en forme de coin se trouvait sur sa cuisse, juste au-dessus du genou.

Ruth tira sur la Tareyton. Elle ne répondit pas. Willie s'en chargea.

— Maman repassait le linge, expliqua-t-il. Comme Meg commençait à nous agacer, m'man lui a lancé le fer. Une simple écorchure. Rien de bien grave. Par contre, le fer est naze maintenant.

— Rien de grave, mon cul, le coupa Ruth.

Elle parlait du fer.

Pendant ce temps, Woofer fit revenir le couteau sur le ventre de Meg. Cette fois, il l'entailla au bas de la cage thoracique.

— Oups, fit-il.

Il se retourna vers Ruth. Ruth se leva.

Elle tira sur sa cigarette et enleva la cendre d'une chiquenaude.

Puis elle avança vers eux.

Woofer recula d'un pas.

— Bon sang, Ralphie !

— Désolé.

Il laissa bruyamment tomber le couteau sur le sol. La peur se lisait sur son visage. Mais la voix de Ruth semblait aussi neutre que l'expression de son visage.

— Merde. Je vais être obligée de cautériser la plaie.

Elle leva la cigarette.

Je détournai les yeux.

J'entendis Meg hurler à travers le bâillon, un cri perçant, étouffé, qui se transforma en gémissement.

— La ferme ! ordonna Ruth. Ferme-la ou je remets ça.

Meg ne pouvait pas s'arrêter.

Je sentis que je me mettais à trembler. Je fixai le mur de béton nu.

Tiens bon, pensai-je. J'entendis le sifflement. J'entendis son cri.

Je sentis l'odeur de brûlé.

Je regardai enfin et vit Ruth, la cigarette dans une main pendant que l'autre tenait un sein en coupe à travers la robe en coton gris. Elle le malaxait. Je vis les marques de brûlures proches l'une de l'autre sous les côtes de Meg, son corps soudain baigné de sueur. Je vis la main de Ruth écarter brutalement sa robe froissée et se caresser entre les jambes alors qu'elle grognait en oscillant, et la cigarette avança de nouveau.

J'allais craquer. Je le savais. Je le sentais monter en moi. J'allais devoir faire quelque chose, dire quelque chose. Tout pour arrêter les brûlures. Je fermai les yeux sans parvenir à chasser la vision de Ruth avec sa main pressée entre ses jambes. L'odeur de chair brûlée était omniprésente. Mon estomac se noua. Je me tournai et entendis Meg crier et crier encore… Puis, brusquement, Donny qui appelait « Maman ! Maman ! Maman ! » d'une voix étouffée et soudain pleine de crainte.

Je ne comprenais pas.

Et alors, je les entendis. Les coups frappés à la porte.

Quelqu'un attendait devant la porte.

La porte d'entrée.

Je regardai Ruth.

Elle fixait Meg et son visage affichait une expression paisible et détendue, indifférente et distante. Lentement, elle porta la cigarette à ses lèvres et tira une longue et profonde bouffée. *La savourant.*

Je sentis de nouveau mon estomac se nouer.

J'entendis de nouveau les coups à la porte.

— Allez ouvrir, ordonna-t-elle aux garçons. Prenez votre temps. Ayez l'air *naturel.*

Ruth n'esquissa pas un geste. Willie et Donny échangèrent un regard et montèrent à l'étage.

Les yeux de Woofer se posèrent sur Ruth, puis sur Meg. Il semblait confus, soudain redevenu un petit garçon qui avait besoin qu'on lui indique quoi faire. J'y vais ou j'y vais pas ? Mais il n'avait aucune aide à espérer, pas avec Ruth dans cet état. Il finit donc par prendre sa décision tout seul. Il suivit ses frères.

J'attendis qu'il fût parti.

— Ruth ? dis-je.

Elle ne parut pas m'entendre.

— *Ruth ?*

Elle avait toujours ce regard fixe.

— Vous ne croyez pas que… Si c'est quelqu'un qui… Vous pensez qu'il est prudent de les laisser s'en charger ? Willie et Donny ?

— Hmmm ?

Elle me regarda, mais je ne suis pas persuadé qu'elle me vît. Je n'avais jamais eu affaire à quelqu'un qui semblait si vide.

Mais c'était ma chance. Peut-être la seule. Je savais que je devais la bousculer un peu.

— Vous ne croyez pas que vous devriez vous en occuper, Ruth ? Et si M. Jennings était revenu ?

— Qui ?

— M. Jennings. L'agent de *police* Jennings. Les flics, Ruth.

— Oh !

— Je peux… la surveiller pour vous.

— La surveiller ?

— Pour s'assurer qu'elle ne…

— Oui. Bien. Surveille-la. Bonne idée. Merci, Davy.

Elle commença à se diriger vers la porte de l'abri avec des mouvements lents, comme dans un rêve. Puis elle se retourna, le dos raidi, sa voix redevenue acerbe, tendue. Les reflets de lumière semblaient avoir fait voler ses yeux en éclats.

— T'as intérêt à pas merder, cracha-t-elle.

— Quoi ?

Elle pressa un doigt contre ses lèvres et sourit.

— Si j'entends le moindre bruit, je te jure que je vous tue tous les deux. Je ne te parle pas d'une simple punition. Je vous *tue*. Vous êtes morts. Tu m'as compris, Davy ? Nous sommes bien d'accord ?

— Oui.

— Sûr ?

— Oui, madame.

— Bien. Très bien.

Elle fit volte-face et, ensuite, j'entendis le bruit traînant de ses pantoufles dans l'escalier. Des voix me parvinrent d'en haut, mais je n'arrivai pas à distinguer ce qu'elles disaient.

Je me tournai vers Meg.

Je vis où Ruth l'avait brûlée la troisième fois. Son sein droit.

— Oh, mon Dieu, Meg… C'est David.

Je fis glisser son bandeau afin qu'elle puisse me voir. Je lus la panique dans ses yeux.

— Meg, repris-je. Meg, écoute-moi. Écoute-moi, je t'en supplie ! Ne fais surtout pas de bruit. Tu as entendu ce que Ruth a dit ? Elle le fera, Meg. Je t'en prie, ne crie pas ni rien, d'accord ? Je veux t'aider. Nous n'avons pas beaucoup de temps. Écoute-moi. Je vais te retirer le bâillon, d'accord ? Tu ne vas pas crier ? Ça ne servirait à rien. Ça pourrait être n'importe qui là-haut. La représentante Avon[1]. Ruth saura la baratiner. Ruth sait se tirer de toutes les situations avec des mots. Mais je vais te sortir de là, tu comprends ? Je vais te sortir de là !

Je parlais à toute allure ; j'étais incapable de m'arrêter. Je lui retirai le bâillon pour qu'elle puisse répondre.

Elle se lécha les lèvres.

— Comment ? supplia-t-elle, d'une voix réduite à un faible bruit rauque et douloureux.

— Cette nuit. Tard. Quand ils dormiront. Il faut qu'ils croient que tu t'es échappée par tes propres moyens. Sans aide. OK ?

Elle approuva d'un signe de la tête.

— J'ai un peu d'argent, continuai-je. Tout ira bien. Et je peux même passer ici de temps à autre afin de m'assurer qu'il n'arrive rien à Susan. Ensuite, nous pourrons peut-être trouver le moyen de la tirer de là, elle aussi. En retournant voir les flics, peut-être ? En leur montrant... ça. D'accord ?

— D'accord.

— C'est entendu, alors. Cette nuit. Je te le promets.

J'entendis claquer la porte d'entrée, des pas traverser le séjour, puis redescendre l'escalier. Je la bâillonnai à nouveau. Je lui remis le bandeau sur les yeux.

C'étaient Donny et Willie.

Ils me regardaient avec colère.

— Comment t'as su ? demanda Donny.

— Su quoi ?

1. Marque de cosmétiques se vendant à domicile (*NdT*).

— Tu lui as tout raconté ?

— Raconté quoi ? À qui ? De quoi tu parles ?

— Ne te fiche pas de moi, David. D'après Ruth, tu lui as dit que Jennings pouvait se trouver devant la porte. Et c'était qui, *à ton avis*, face de pet ?

Oh mon Dieu ! pensai-je. *Oh merde !* Et j'avais supplié Meg de ne pas crier.

Nous aurions pu mettre un terme à tout ça sur le champ.

Mais je devais donner le change.

— Tu me fais marcher.

— J'en ai l'air ?

— M. Jennings ? Bon sang, j'ai lancé ça au hasard.

— Bien vu, quand même, intervint Willie.

— Je n'ai rien trouvé de mieux pour l'obliger à...

— L'obliger à quoi ?

À sortir de l'abri, pensai-je.

— À se *bouger*. Bon Dieu, tu l'as vue ! Elle avait l'air d'un putain de zombie, là en bas !

Ils échangèrent un regard.

— C'est vrai qu'elle était devenue plutôt bizarre, admit Donny.

Willie haussa les épaules.

— Ouais, sans doute.

Je voulais continuer à les faire parler et éviter ainsi qu'ils ne s'interrogent sur le temps que j'avais passé, seul, avec Meg.

— Qu'est-ce qu'il a dit ? demandai-je. Il cherchait Meg ?

— En quelque sorte, expliqua Donny. Il a dit qu'il voulait simplement voir comment se portaient les gentilles fillettes. On lui a montré Susan dans sa chambre et on a prétendu que Meg était allée faire des courses. Bien sûr, Susan n'a pas dit un mot — elle n'a pas osé. Je suppose qu'il nous a crus. Mais il semblait un peu mal à l'aise. Plutôt gêné pour un flic.

— Où se trouve ta mère ?

— Elle a dit qu'elle voulait s'allonger un moment.

— Qu'est-ce que vous avez prévu pour le dîner ?

Une question totalement inepte, mais la première qui me vint à l'esprit.

— Je ne sais pas. Sans doute nous faire griller quelques saucisses. Pourquoi ? Tu veux dormir chez nous ?

— Je demanderai la permission à ma mère. (Je regardai Meg.) Et elle ?

— Quoi, *elle* ?

— Vous allez la laisser dans cet état ? Vous devriez au moins mettre quelque chose sur ses brûlures. Elles vont s'infecter.

— Qu'elle aille se faire foutre ! répliqua Willie. Je n'en ai peut-être pas fini avec elle…

Il se baissa et ramassa le couteau de Woofer. Il le fit tourner dans sa main, de la lame au manche, avança lentement vers elle, la regarda en souriant.

— … mais peut-être que si. Je ne sais pas… Je ne sais pas… (Il s'approcha d'elle et, d'une voix claire et distincte pour qu'elle puisse bien l'entendre, il ajouta d'un ton railleur :) *Vraiment*, je ne sais pas…

Je décidai de l'ignorer.

— Je vais demander la permission à ma mère, répétai-je à Donny.

Je ne voulais pas rester et connaître sa décision. De toute façon, je n'y pouvais rien. Mieux valait laisser tomber et me concentrer sur ce que je *pouvais* faire. Je me dirigeai vers la porte, puis montai l'escalier.

Au sommet des marches, je pris le temps d'examiner la porte.

Je comptais sur leur paresse, leur manque d'organisation.

Je vérifiai le verrou.

Et, oui, il était toujours cassé.

5

Je vous parle d'une époque où même les coupables faisaient preuve d'une rare innocence.

Chez nous, les cambriolages n'existaient pas. Dans les grandes villes, oui, mais pas ici — c'était l'une des raisons qui avait conduit nos parents à quitter les villes.

On fermait les portes à cause du froid, du vent ou encore de la pluie, mais pas pour se protéger des autres. Alors, quand le verrou d'une porte ou d'une fenêtre cassait ou rouillait au fil des années à cause des intempéries, le plus souvent on le laissait en l'état. Personne n'en avait besoin pour empêcher la neige d'entrer.

La maison des Chandler ne faisait pas exception.

Je crois que le loquet de la porte-écran à l'arrière du bâtiment n'avait jamais fonctionné — d'aussi loin que je me souvienne. Derrière, la porte en bois était légèrement voilée, de sorte que le pêne du verrou ne parvenait plus à se loger dans la gâche sur le jambage.

Même avec Meg retenue prisonnière, ils n'avaient pas songé à le réparer.

Restait la porte en métal de l'abri qui se verrouillait, elle. Le verrou était peu commode et bruyant, mais il suffisait de le faire jouer.

C'était faisable.

À trois heures vingt-cinq ce matin-là, je décidai d'en avoir le cœur net.

Je disposais d'une lampe stylo, d'un canif et de trente-sept dollars en poche, gagnés en déblayant la neige. Je portais des baskets, un jean et un tee-shirt que ma mère avait teint en noir, sur le modèle de celui d'Elvis dans *Loving You*. J'avais à peine atteint l'allée menant à leur jardin que le tee-shirt me collait au dos comme une seconde peau.

La maison était plongée dans le noir.

Je fis un pas sur la véranda et j'attendis, tendant l'oreille. Une nuit claire et tranquille sous une lune gibbeuse.

J'avais l'impression d'entendre respirer la maison des Chandler ; elle émettait les mêmes craquements que les os d'une vieille femme endormie.

Effrayant.

L'espace d'un instant, je voulus oublier tout ça, rentrer chez moi et me coucher en remontant les couvertures sur moi. Je souhaitai me trouver dans une autre ville, loin d'ici. Pendant toute la soirée, j'avais rêvé que mon père et ma mère allaient m'annoncer notre soudain déménagement.

Ç'aurait été trop beau.

Je me voyais déjà me faire prendre, dans l'escalier. Brusquement, la lumière s'allumerait et Ruth pointerait un fusil de chasse sur moi. Je doute qu'ils en aient jamais possédé un. Mais ça ne m'empêchait pas de le voir. Encore et encore, comme un disque rayé.

Tu es cinglé, me rappelais-je constamment.

Mais j'avais promis.

J'avais beau avoir peur, ce dont j'avais été le témoin aujourd'hui m'effrayait encore plus. En observant Ruth, j'avais enfin réalisé quelle serait la fin de l'histoire. Clairement et sans erreur possible, j'avais vu Meg mourir.

Je ne sais pas combien de temps je suis resté ainsi sur la véranda.

Suffisamment pour entendre le grand hibiscus se frotter contre la maison sous la brise légère et prendre conscience du coassement des grenouilles du ruisseau et des grillons dans les bois. Assez longtemps pour que mes yeux s'habituent à l'obscurité et que la normalité du dialogue nocturne entre grenouilles et grillons m'apaise. Aussi, après un moment, je finis par ne plus ressentir la terreur absolue qui m'avait accompagnée depuis le départ, mais plutôt une sorte d'enthousiasme — l'excitation d'agir enfin, de faire quelque chose pour Meg et pour moi, quelque chose que *personne* de ma connaissance n'avait jamais osé risquer. Penser à ça m'aidait beaucoup. Me concentrer sur la réalité présente, étape par étape, de ce que je m'apprêtais à faire. De cette façon, cela devenait presque une sorte de jeu. J'allais pénétrer par effraction, la nuit, dans une maison où dormaient des gens. Pas des gens dangereux. Pas Ruth, pas les Chandler. Simplement des gens. J'étais un monte-en-l'air. Calme, prudent et furtif. Personne n'allait me surprendre. Pas cette nuit ni jamais.

J'ouvris la porte extérieure.

Elle laissa à peine échapper un geignement.

La porte intérieure se révéla plus problématique. Le bois avait travaillé sous l'effet de l'humidité. Je tournai la poignée et pressai mes doigts sur le jambage, le pouce appuyé contre la porte. Je poussai lentement, doucement.

Elle grinça.

Je poussai plus fort, plus fermement. J'agrippai la poignée, continuant à appliquer une légère pression en la retenant un peu, afin d'empêcher la porte de faire du bruit et de frémir en s'ouvrant.

Elle grinça encore.

J'étais persuadé qu'on m'entendait dans toute la maison. Tout le monde.

J'avais encore la possibilité de m'enfuir. C'était bon à savoir.

Puis, brusquement, elle céda. En faisant encore moins de bruit que n'en avait fait la porte-écran.

Je tendis l'oreille.

Et fis un pas sur le palier.

J'allumai la lampe stylo. Les marches étaient encombrées de chiffons, de balais, de brosses et de seaux — les ustensiles de ménage de Ruth —, mais aussi de bocaux de clous, de pots de peinture et de diluant. Heureusement, la plus grande partie de ce fatras s'alignait sur le côté, en face du mur. Je savais les marches plus solides et moins susceptibles de craquer près du mur, où elles bénéficiaient d'un point d'appui. Si je devais me faire prendre, ce ne pouvait être qu'ici, là où je ferais le plus de bruit. J'entamai la descente avec précaution.

Après chaque marche, je marquais une pause

pour écouter. Je variais le délai entre chaque marche afin de ne pas suivre un rythme identifiable.

Mais chaque marche avait son mot à dire.

Cela dura une éternité.

Enfin, j'arrivai en bas, le cœur palpitant, prêt à exploser. Je ne parvenais pas à me persuader qu'ils ne m'avaient pas entendu.

J'approchai de la porte de l'abri.

Le sous-sol sentait l'humidité, le moisi et la lessive — plus quelque chose qui ressemblait à du lait tourné qu'on aurait renversé.

Je tournai le verrou aussi calmement et régulièrement que possible. Mais rien ne pouvait empêcher le crissement du métal contre le métal.

J'ouvris la porte et entrai.

Je crois avoir attendu ce moment pour me souvenir de la raison de ma présence ici.

Meg était assise sur le matelas pneumatique dans un coin, adossée au mur. Elle attendait. Le mince faisceau de lumière suffit à me révéler combien elle était effrayée. Et à quel point la journée avait été pénible pour elle.

Ils ne lui avaient donné qu'une légère chemise fripée à se mettre sur le dos, laissant ses jambes nues.

Et Willie les avait travaillées au couteau.

Entailles et éraflures s'entrecroisaient sur ses cuisses et tout le long de ses mollets, presque jusqu'aux chevilles.

Il y avait aussi du sang sur la chemise. Surtout du sang séché — mais pas uniquement. Il en filtrait un peu à travers la chemise.

Elle se leva.

Elle avança vers moi et j'aperçus une contusion récente sur sa tempe.

Malgré tout cela, elle semblait toujours décidée à mettre notre plan à exécution.

Elle fit mine de parler, mais je la fis taire en posant un doigt sur ses lèvres.

— Je laisserai le verrou et la porte de derrière ouverts, chuchotai-je. Ils penseront avoir oublié. Laisse-moi environ une demi-heure. Sur l'escalier, marche du côté du mur et essaie de ne pas courir. Donny est rapide. Il te rattraperait. Tiens, prends ça.

Je sortis l'argent de ma poche et le lui tendis. Elle regarda les billets. Puis elle secoua la tête.

— Il vaut mieux pas, murmura-t-elle. Si quelque chose tourne mal et qu'ils le découvrent sur moi, ils sauront que quelqu'un est venu. Nous n'aurons jamais une autre chance. Tu n'as qu'à me le laisser… (elle réfléchit pendant un instant) près du Grand Rocher. Pose une pierre dessus. Je le trouverai, ne t'en fais pas.

— Où iras-tu ?

— Je ne sais pas. Pas encore. Peut-être chez M. Jennings. Pas loin en tout cas. Je ne peux pas m'éloigner de Susan. Je trouverai un moyen de te prévenir dès que possible.

— Tu veux la lampe de poche ?

Elle fit « non » de la tête.

— Je connais l'escalier. Garde-la. Passe devant. Vas-y. Sors d'ici.

Je me retournai pour partir.

— David ?

Je lui fis face de nouveau et, brusquement, elle fut

à côté de moi, approchant son visage du mien. Je vis les larmes briller dans ses yeux avant qu'elle ne les ferme pour m'embrasser.

Ses lèvres ruinées par les coups, écrasées, gercées, déchirées… Rien d'aussi beau et d'aussi doux ne m'avait jamais effleuré. Et je n'avais jamais rien touché d'aussi beau et d'aussi doux.

Je sentis jaillir mes propres larmes.

— Mon Dieu ! Je suis désolé, Meg. Je m'en veux tellement !

J'arrivais à peine à prononcer les mots. Je me contentais de me tenir là en secouant la tête et en la suppliant de me pardonner.

— David… David, je te remercie. Ce que tu fais *maintenant*, c'est tout ce qui compte.

Je la regardai. J'avais l'impression de m'imprégner d'elle, de *devenir* elle.

Je m'essuyai les yeux, le visage.

Je hochai la tête et me dirigeai vers la porte.

Puis il me vint une idée.

— Attends, dis-je.

Je sortis de l'abri et parcourus les murs avec le faisceau de ma lampe. Je trouvai ce que je cherchais. Je décrochai le démonte-pneu et revins sur mes pas pour le lui donner.

— En cas de besoin…

Elle fit un signe de la tête affirmatif.

— Bonne chance, Meg, ajoutai-je et je refermai doucement la porte.

Ensuite, je repartis comme j'étais venu, dans le silence discordant de la maison endormie, montant lentement vers la porte, synchronisant chaque pas avec le grincement des lits et les chuchotements des branches des arbres.

Enfin, je me retrouvais à l'extérieur.

Je traversai le jardin jusqu'à l'allée en courant, coupai vers l'arrière de ma maison et les bois. La lune brillait, mais je connaissais le chemin sans avoir besoin de son aide. J'entendis le jaillissement de l'eau du ruisseau.

Arrivé au Rocher, je me penchai pour ramasser quelques pierres, puis me baissai prudemment depuis la berge. La surface de l'eau luisait sous la clarté de la lune qui éclaboussait les rochers. Je pris pied sur le Rocher et sortis l'argent de ma poche. Je l'empilai et déposai une petite pyramide de cailloux dessus.

De retour sur la berge, je regardai en arrière.

L'argent et les pierres ressemblaient à une offrande païenne.

À travers l'odeur forte et vivace des feuilles, je rentrai chez moi en courant.

6

Et, ensuite, assis dans mon lit, j'écoutai ma propre maison dormir. Je pensais que je ne parviendrais pas à trouver le sommeil, mais c'était sans compter la tension et l'épuisement. Je m'endormis peu après l'aube, mon oreiller humide de sueur.

Je dormis mal — et tard.

Un regard au réveil m'apprit qu'il était presque midi. J'enfilai mes vêtements et dévalai l'escalier jusqu'à la cuisine où j'engloutis en quatrième vitesse le nécessaire bol de céréales sous le regard de ma mère qui se plaignait des gens qui dormaient toute la journée, de l'avenir qui les attendait — la prison et le chômage, essentiellement. Ensuite, je déguerpis dans la chaleur moite du soleil d'août.

Rien n'aurait pu me faire aller directement chez les Chandler. Et s'ils avaient deviné le rôle que j'avais joué la nuit dernière ?

Je courus à travers bois jusqu'au ruisseau.

La petite pyramide de cailloux et de dollars n'avait pas bougé.

Dans la lumière du jour, elle ne ressemblait plus à une offrande. On aurait dit une merde de chien sur un tas de feuilles. Sa présence tournait mes efforts en dérision.

Je savais ce qu'elle signifiait. Meg avait échoué.

Ils l'avaient attrapée.

Elle se trouvait toujours là-bas.

Un terrible sentiment de malaise s'empara de moi et je faillis vomir mes céréales. La colère céda la place à la frayeur qui s'effaça devant la confusion. Et s'ils avaient tout bonnement décidé que c'était moi qui avais tourné le verrou ? Et s'ils avaient fait quelque chose à Meg pour la faire parler ?

Qu'est-ce que j'étais censé faire maintenant ?

Quitter la ville ?

Tu pourrais aller chez les flics, pensai-je. *Parler à M. Jennings*.

Super ! Pour lui dire quoi ? Que Ruth torturait Meg depuis des mois et que cette certitude venait du fait que je l'avais un peu aidée ?

J'avais vu assez de films policiers pour savoir ce que voulait dire « complice ».

Et je connaissais un garçon — un ami de mon cousin de West Orange — qui avait purgé une peine de presque un an dans un centre pour mineurs délinquants pour s'être soûlé à la bière et avoir volé la voiture de son voisin. À en croire ce qu'il racontait, ils pouvaient vous tabasser, vous droguer, vous passer la camisole de force si l'envie leur en prenait. Et ils ne vous laissaient sortir que lorsqu'ils le jugeaient bon.

Il devait y avoir une autre solution.

Comme Meg l'avait fait remarquer en me demandant de garder l'argent : ainsi, nous pourrions faire une autre tentative. Imaginer un meilleur plan.

À condition qu'elle n'ait pas vendu la mèche me concernant.

Il n'y avait qu'un seul moyen de le savoir.

Je grimpai sur le Rocher, ramassai les billets de cinq et de un dollar et les fourrai dans ma poche.

Puis je respirai vraiment à fond.

Et retournai chez les Chandler.

7

Willie m'ouvrit la porte et il m'apparut immédiatement que, même s'ils savaient ou me soupçonnaient, Willie avait des choses plus pressantes à l'esprit.

— Entre…

Il avait l'air fatigué et les traits tirés, bien qu'excité, et la combinaison des deux le rendait plus laid que jamais. Il ne s'était pas lavé et son haleine empestait — même pour lui.

— Referme derrière toi.

J'obéis.

Nous descendîmes.

Et Ruth se trouvait là, dans sa chaise pliante. Woofer aussi. Eddie et Denise étaient juchés sur la table de travail. Et Susan, très pâle, assise à côté de Ruth, pleurait en silence.

Tous attendaient tranquillement pendant que, sur le sol de béton froid et humide, Donny, allongé sur Meg, son pantalon baissé sur les chevilles, la violait en grognant. Elle était nue, mains et pieds liés aux poteaux de soutènement.

Ruth avait dû changer d'avis une bonne fois pour toute concernant son interdiction de la toucher.

J'en étais malade.

Je fis mine de ressortir.

— Non, pas question, dit Willie. Tu restes.

Et le couteau à découper dans sa main ainsi que l'expression de son regard m'apprirent qu'il avait raison. Je restai.

Tout le monde était si calme qu'on pouvait entendre les mouches bourdonner.

On aurait dit un mauvais rêve pervers. Alors, je réagis comme dans un rêve. Je le regardai se dérouler.

Donny la couvrait presque complètement. Je ne voyais que le bas de son corps — ses jambes et ses cuisses. Soit elles avaient subi de nombreuses contusions depuis hier, soit elles étaient très sales. La plante de ses pieds était noire.

Je sentais presque son poids sur elle, appuyant, la clouant sur le sol dur. Elle était bâillonnée, mais n'avait pas les yeux bandés. Derrière le bâillon, j'entendais sa douleur et son impuissance outragée.

Il grogna et se cambra brusquement ; il empoigna ses seins brûlés avant de rouler sur le côté.

Près de moi, Willie se remit à respirer.

— Bien, bien, approuva Ruth d'un signe de tête. De toute façon, tu n'es bonne qu'à ça.

Denise et Woofer ricanèrent.

— Tu as sans doute attrapé la chaude-pisse, dit Ruth. Mais il existe des remèdes de nos jours.

Soudain, Susan se mit à pleurer.

— Maamaaan ! (Elle se balançait d'avant en arrière sur sa chaise.) Je veux ma *maamaaan* !

— Oh ! Tu vas la fermer ? gueula Woofer.

— Ouais ! l'approuva Eddie.

— Ferme ta putain de gueule ! renchérit Ruth. Ferme-la !

Elle donna un coup de pied dans la chaise. Puis elle recula d'un pas et recommença. Susan tomba à terre et ne se releva pas, criant et raclant le béton avec ses orthèses.

— Ne *bouge* pas ! lui ordonna Ruth. Reste là où tu es ! (Puis elle nous regarda les uns après les autres.) À qui le tour ? demanda-t-elle. Davy ? Eddie ?

— *Moi !* se proposa Willie.

Ruth tourna son regard vers lui.

— Ça ne me plaît pas trop, expliqua-t-elle. Ton frère vient de se la faire. Ce serait presque une sorte d'inceste. J'hésite…

— Bon Dieu, m'man ! protesta Willie.

— Non, c'est vrai. Même si cette petite pute s'en fiche bien. Mais je me sentirais mieux si Eddie ou Davy prenait la suite.

— Davy n'en a pas *envie*, bon sang !

— Mais si.

— Non, pas du tout !

Elle me regarda. Je détournai les yeux.

Elle haussa les épaules.

— Tu as peut-être raison. Davy est un garçon raisonnable. Moi, je ne la toucherais pour rien au monde. Mais il est vrai que je ne suis pas un homme. Eddie ?

— J'ai envie de la taillader, répondit Eddie.

— Ouais. Moi aussi ! s'exclama Woofer.

— La taillader ?

Ruth sembla perplexe.

— Vous nous aviez dit qu'on pourrait la couper, madame Chandler, lui rappela Denise.

— C'est vrai ?

— Absolument, confirma Woofer.

— J'ai dit ça ? Quand ? La couper comment ?

— Hé ! Allez, laisse-moi la baiser, supplia Willie.

— Boucle-la ! Je parle à Ralphie. La couper comment ?

— *Graver* quelque chose sur elle, précisa Ralphie. Pour prévenir les gens. Pour qu'on sache que c'est une pute.

— C'est ça. Un peu comme une lettre écarlate[1], ajouta Denise. Comme dans la bédé.

— Oh, je comprends, vous voulez la marquer, précisa Ruth. La marquer, pas la couper.

— C'est toi qui avais parlé de la *couper*, dit Woofer.

— Tu ne vas pas m'apprendre ce que j'ai dit ou pas. Je suis ta mère.

— Il a raison, madame Chandler, intervint Eddie. Juré. C'est bien ce que vous avez dit.

— Vraiment ?

— Je vous ai entendue. Les autres aussi.

Ruth hocha la tête. Elle réfléchit. Puis elle poussa un soupir.

— D'accord. Il va nous falloir une aiguille. Ralphie, monte chercher mon nécessaire de couture… Je crois qu'il se trouve dans le placard du couloir.

— OK.

Il passa à côté de moi en courant. Je n'en croyais pas mes oreilles.

1. La marque des femmes adultères dans l'Amérique puritaine, rendue célèbre par le roman éponyme de Nathaniel Hawthorne (1850) (*NdT*).

— Ruth, dis-je. Ruth ?

Elle me regarda. Ses yeux semblèrent frémir, trembler dans leurs orbites.

— Quoi ?

— Vous n'allez pas *vraiment* faire une chose pareille, n'est-ce pas ?

— J'ai donné la permission. Alors c'est bon.

Elle se pencha vers moi. Je sentais la fumée de cigarette filtrer de chaque pore.

— Tu sais ce que cette traînée a tenté de faire la nuit dernière ? me demanda-t-elle. Elle a essayé de s'enfuir. Quelqu'un a oublié de fermer la porte. Sans doute Donny, parce qu'il est sorti le dernier hier — en plus, Donny a le béguin pour elle. Depuis toujours. C'est pour ça que j'ai fini par accepter qu'il la baise. Une fois que tu as eu une femme, tu n'as plus autant envie d'elle. Je suppose que Donny est guéri maintenant.

» Mais c'est bien que les gens voient et sachent ce qu'elle est vraiment. Tu ne crois pas ?

— *M'man*, gémit Willie.

Il pleurnichait à présent.

— Quoi ?

— Pourquoi pas moi ?

— Quoi, pourquoi pas toi ?

— Pourquoi je peux pas la *baiser* ?

— Parce que je l'ai décidé, bon sang ! C'est de l'inceste ! Je ne veux plus en entendre parler. Tu veux la tremper là où ton frère est déjà passé ? C'est ça que tu veux ? Ne me parle pas. Tu me dégoûtes ! Comme ton fichu paternel.

— Ruth, repris-je. Vous… Vous ne pouvez pas faire ça.

— Je ne peux pas ?

— Non.

— Non ? Pourquoi pas ?

— C'est… Ce n'est pas bien.

Elle se leva. Elle s'approcha de moi et je dus croiser son regard. Je dus la regarder droit dans les yeux.

— Mon garçon, tu n'as pas à me dire ce qui est bien ou pas.

Sa voix chevrotante ressemblait à un grondement à peine audible. Je réalisai qu'elle tremblait d'une fureur qu'elle avait peine à maîtriser. Ses yeux scintillaient comme des bougies vacillantes. Je fis un pas en arrière. Je songeai : *Mon Dieu, j'ai aimé cette femme autrefois*. Une femme que j'avais trouvée amusante, jolie même quelquefois, que je considérais comme une des nôtres.

Cette femme me flanquait une frousse de tous les diables.

Elle va te tuer, pensai-je. *Elle nous tuera tous, y compris ses propres enfants, sans hésitation ni regret. Si l'envie lui prend.*

— Tu n'as pas à me le dire, répéta-t-elle.

Et je crois qu'elle devina ce que j'avais en tête alors. Je suis persuadé qu'elle lut en moi comme dans un livre ouvert.

Mais elle ne s'en inquiéta pas. Elle s'adressa à Willie :

— Si ce garçon essaie de s'enfuir, coupe-lui les couilles et apporte-les-moi. C'est compris ?

Willie lui rendit son sourire.

— Cinq sur cinq, m'man.

Woofer arriva en courant, serrant une boîte à chaussures cabossée. Il la tendit à Ruth.

— Elle n'était pas là-bas.

— Hein ?

— Je ne l'ai pas trouvée dans le placard, mais sur la commode dans la chambre à coucher.

— Oh…

Elle l'ouvrit. J'entraperçus de la ficelle emmêlée et des bobines de fil, une pelote à épingles, des boutons et des aiguilles. Elle la posa sur la table et fouilla à l'intérieur.

Eddie descendit de la table afin de lui faire de la place et regarda par-dessus son épaule.

— J'ai trouvé, dit-elle. (Elle se tourna vers Woofer.) Mais nous allons devoir la faire chauffer, à cause du risque d'infection.

Elle brandit une aiguille à coudre longue et épaisse.

Soudain, la pièce sembla crépiter de tension.

Mon regard se porta d'abord sur l'aiguille, puis sur Meg allongée par terre ; elle aussi la fixait — ainsi que Susan.

— Qui s'y colle ? demanda Eddie.

— Eh bien, par souci d'équité, je propose que chacun de vous fasse une lettre. Ça vous va ?

— Super ! Qu'est-ce qu'on écrit ?

Ruth réfléchit.

— Restons simples. Que diriez-vous de : « Je baise. Baisez-moi. » Ça devrait suffire. C'est toute l'information dont quelqu'un pourrait avoir besoin.

— C'est sûr, approuva Denise. Génial !

À cet instant précis, je fus frappé par sa ressemblance avec Ruth. La même lueur vacillante dans les yeux, la même tension dans l'attente.

— Ouah ! s'exclama Woofer. Ça fait beaucoup de lettres, plus de deux par personne.

Ruth compta et fit un signe de tête affirmatif.

— En fait, expliqua Ruth, si David refuse de participer — et je le soupçonne fort de ne pas vouloir — nous pourrons chacun en faire deux et je me garde la dernière. David ?

Je secouai la tête.

— Ça ne m'étonne pas. (Mais elle ne semblait pas m'en vouloir, ni se moquer de moi.) Très bien. Commençons.

— Ruth ? implorai-je. *Ruth ?*

Willie se rapprocha de moi, décrivant nonchalamment et lentement des cercles sous mon menton avec le couteau à découper. Il me rendait vraiment nerveux, parce que Willie était imprévisible. J'observai Eddie et le vis jouer avec la lame de son propre couteau suisse, rencontrant un regard aussi froid et mort que je m'y attendais avant même de lever les yeux vers lui. Restait Donny. Donny avait changé. Aucune aide à attendre de sa part non plus.

Mais Ruth se tourna vers moi, toujours pas fâchée, semblant calme et plutôt lasse. Comme si elle essayait de me dire quelque chose que j'aurais dû comprendre depuis le début, pour mon propre bien. Comme si elle me faisait vraiment une faveur et que, de toutes les personnes présentes dans la pièce, je restais son préféré.

— David, lâcha-t-elle. Un conseil : laisse tomber.

— Alors, laissez-moi partir. Je veux sortir d'ici.

— Non.

— Je ne veux pas voir ça.

— Alors ferme les yeux.

Ils iraient vraiment jusqu'au bout. Woofer avait les allumettes. Il chauffait l'aiguille. Je tâchais de retenir mes larmes.

— Je ne veux pas l'entendre non plus.

— Dommage. Parce qu'à moins d'avoir de la cire dans les oreilles, tu vas déguster.

Elle avait raison.

8

Quand ce fut terminé et qu'ils eurent fini de la nettoyer à l'alcool à 90°, je m'approchai pour voir ce qu'ils avaient fait. Pas seulement maintenant, mais aussi la nuit dernière et ce matin.

C'était la première fois de la journée que je me trouvais proche d'elle.

Ils lui avaient retiré le bâillon à la fin, sachant qu'elle serait de toute façon trop faible pour dire grand-chose. Elle avait les lèvres gonflées et enflées. Rouge et violacé, un de ses yeux s'était pratiquement fermé. J'aperçus trois ou quatre nouvelles brûlures de cigarettes sur sa poitrine et sa clavicule, et une autre sur l'intérieur de la cuisse. La marque triangulaire laissée par le fer à repasser de Ruth était devenue une cloque ouverte. Des bleus lui couvraient les côtes et les bras, et les entailles faites par Willie la veille striaient ses mollets et ses cuisses.

Et il y avait les mots.

« JE BAISE BAISEZ-MOI »

Des lettres de cinq centimètres de haut. Toutes en majuscules. À moitié brûlées, à moitié taillées dans la chair de son ventre.

Écrites par ce qui semblait être la main hésitante et tremblante d'un écolier de six ans.

— Maintenant, tu ne pourras jamais te marier, commenta Ruth.

Elle avait regagné sa chaise, fumant, serrant ses genoux entre ses bras et se balançant d'avant en arrière. Willie et Eddie étaient montés chercher des Coca. La pièce puait la fumée, la sueur et l'alcool.

— Tu comprends, reprit-elle, c'est là pour *toujours*, Meggy. Tu ne pourras plus te déshabiller. Pour personne. Jamais. Parce qu'il verra les mots écrits là.

Je regardai et réalisai que c'était vrai.

Ruth l'avait transformée.

Changée pour la vie.

Les brûlures et les contusions finiraient par disparaître, mais pas ça — les mots seraient encore lisibles, même difficilement, d'ici à trente ans. Elle devrait se le rappeler et s'en expliquer chaque fois qu'elle se tiendrait nue devant quelqu'un. Chaque fois qu'elle regarderait dans un miroir, elle les verrait et se souviendrait.

Cette année-là, le règlement de l'école avait rendu obligatoire les douches après les cours de gym. Comment s'en sortirait-elle dans une pièce remplie d'adolescentes ?

Ruth ne s'inquiétait pas. Elle traitait Meg comme sa petite protégée à présent.

— C'est mieux ainsi. Tu verras. Aucun homme ne voudra de toi. Tu n'auras pas d'enfant. Ce sera bien mieux ainsi. Tu as de la chance. Tu croyais qu'être mignonne ou sexy te servirait à quelque chose ? Eh bien, laisse-moi te dire, Meggy, dans ce monde, il vaut mieux qu'une femme soit *répugnante*.

Eddie et Willie firent leur entrée en riant, apportant un pack de six bouteilles de Coca et le faisant passer à la ronde. Je me servis et essayai de tenir la bouteille sans trembler. La discrète et douce odeur de caramel me rendit malade. Je savais qu'une gorgée suffirait à me faire vomir. Ce que je m'efforçais d'éviter depuis le début.

Donny n'en prit pas. Debout à côté de Meg, il baissa les yeux vers elle.

— Tu as raison, m'man, dit-il après un moment. Ça fait une différence. Ce que nous avons écrit, je veux dire. C'est bizarre.

Il tâchait de comprendre en quoi elle avait changé. Enfin, il mit le doigt dessus.

— Finalement, elle n'est plus si importante.

Il parut légèrement surpris, même un peu content. Ruth sourit. Un piètre sourire. Hésitant.

— Je te l'avais bien dit, fit-elle. Tu vois ?

Eddie rit, s'approcha de Meg et lui balança un coup de pied dans les côtes. Elle laissa à peine échapper un grognement.

— Non, dit-il. Elle n'est pas grand-chose.

— Elle n'est *rien* ! renchérit Denise en sifflant son Coca.

Eddie lui redonna un coup de pied, plus fort cette fois, par totale solidarité avec sa sœur.

Sortez-moi de là, suppliai-je en silence.

— Je suppose que nous pourrions de nouveau la suspendre aux cordes, dit Ruth.

— Qu'elle reste comme ça, répondit Willie.

— Il fait froid là en bas. Je n'ai pas envie de soigner des nez qui coulent et des éternuements. Hissez-la et examinons-la.

Eddie lui détacha les pieds et Donny libéra ses mains du poteau, mais les maintint attachées ensemble ; il passa la corde autour d'un des clous au plafond.

Meg me regarda. Elle était visiblement très faible. Pas même une larme. Pas même la force de pleurer. Juste une expression de défaite et de tristesse disant : *Tu vois ce qu'ils ont fait de moi ?*

Donny tira sur la corde et lui leva les bras au-dessus de la tête. Il la noua à la table, mais en laissant un peu de mou cette fois. Une telle négligence ne lui ressemblait pas — comme si cela n'avait plus d'importance pour lui. Qu'elle ne méritait pas tant d'efforts.

Quelque chose avait vraiment changé.

Comme si, en gravant ces lettres sur elle, ils l'avaient dépouillée de tout pouvoir d'excitation — de toute capacité à provoquer la peur, le désir ou la haine. Il ne subsistait qu'une enveloppe de chair. Faible. Et, d'une certaine façon, méprisable.

Depuis sa chaise, Ruth l'observait comme un peintre étudiant sa toile.

— Il nous reste une chose à faire, dit-elle.

— Quoi ? demanda Donny.

Ruth parut songeuse.

— Eh bien, après ce que nous lui avons fait, aucun homme ne voudra d'elle. Mais le problème, vous comprenez, c'est que ça n'empêchera pas Meg de désirer un homme. (Elle secoua la tête.) Toute une vie à souffrir le martyre…

— Et alors ?

Elle réfléchit. Tous les yeux s'étaient tournés vers elle.

— Voilà ce que tu vas faire, finit-elle par expliquer. Va me chercher quelques vieux journaux dans la cuisine et descends-les. Prends-en un bon paquet. Tu les poseras dans l'évier qui se trouve derrière nous.

— Des journaux ? Qu'est-ce que nous allons en faire ?

— Lui faire la *lecture*, peut-être ? proposa Denise.

Tout le monde rit.

— Contente-toi d'obéir !

Il monta, prit les journaux et redescendit. Il les jeta dans l'évier à côté de la machine à laver.

Ruth se leva.

— Bien. Qui a une allumette ? Je suis à court.

— J'en ai quelques-unes, proposa Eddie.

Il les lui remit. Elle se baissa et ramassa le démonte-pneu que j'avais donné à Meg la nuit précédente.

Je me demandai si elle avait eu la moindre chance de l'utiliser.

— Tiens. Prends ça. (Ruth tendit le démonte-pneu à Eddie.) Allez.

Ils posèrent tous leurs Coca et passèrent devant moi. Tout le monde voulait voir ce que Ruth avait en tête. Tout le monde, excepté Susan et moi. Mais Susan restait assise sur le sol, à l'endroit où Ruth le lui avait ordonné, et le couteau de Willie se baladait à environ soixante centimètres de ma cage thoracique.

Alors je les accompagnai.

— Roulez-les.

Ils la regardèrent sans comprendre.

— Les journaux, expliqua-t-elle. Faites-en des rouleaux, bien serrés. Ensuite, remettez-les dans l'évier.

Woofer, Eddie, Denise et Donny firent ce qu'on leur demandait. Ruth alluma une cigarette avec l'une des allumettes d'Eddie. Willie resta derrière moi.

Je lançai un coup d'œil en direction de la cage d'escalier, distante de quelques pas. Tentante.

Ils roulèrent les journaux.

— Entassez-les au fond, en les serrant bien, dit Ruth.

Ils les fourrèrent dans l'évier.

— Laissez-moi vous expliquer, poursuivit-elle. Le désir d'une femme pour un homme ne se manifeste pas sur tout le corps. Non. Elle ne le veut qu'à un endroit en particulier. Tu vois ce que je veux dire, Denise ? Non ? Pas encore ? Ça viendra. Une femme veut sentir un homme à un endroit bien précis : ici, entre ses jambes. (Illustrant son propos, elle pressa sa main sur sa robe pour leur montrer. Ils arrêtèrent de rouler les journaux.) Un seul petit point. Éliminez-le et devinez ce qui arrive ? Tout le désir qu'elle a en elle disparaît avec lui.

» Vraiment. Effacé. Pour toujours. Ça marche. Il existe des endroits dans le monde où ils font ça tout le temps, quand une fille atteint un certain âge — c'est la coutume. Ainsi, elle reste dans le droit chemin. Des endroits comme, oh, je ne sais pas, l'Afrique et l'Arabie ou la Nouvelle-Guinée. Là-bas, ils considèrent qu'il s'agit d'une pratique civilisée.

» Alors, je me dis, pourquoi pas chez nous ? *Débarrassons-la de ce seul petit point.*

» *Par le feu. En* le *brûlant*. Avec le démonte-pneu.

» Et alors, elle sera enfin… parfaite.

Le silence se fit alors que tous la fixaient, n'osant pas vraiment croire ce qu'ils venaient d'entendre.

Je la crus.

Et ce sentiment dont j'avais essayé de saisir le sens depuis des jours devint enfin clair pour moi.

Je commençai à trembler, comme si je me trouvais entièrement nu dans le vent rude de décembre. Parce que j'imaginais parfaitement la scène, je la sentais, j'entendais déjà ses cris. Le futur de Meg m'apparaissait clairement — et le mien aussi — : devoir vivre avec les conséquences d'un tel acte.

Et je compris que j'étais le seul à ressentir cela.

Les autres… Les autres n'avaient aucune imagination — même Ruth, dont le caractère impulsif l'avait transformée en geôlière, avec toutes ses belles paroles sur l'avenir qui aurait pu être le sien si elle avait conservé son travail et n'avait jamais rencontré Willie Sr, si elle ne l'avait pas épousé et n'avait jamais eu de gosses.

Aucune. Absolument aucune. Ils n'en avaient aucune idée.

Ils ne voyaient qu'eux-mêmes et le moment présent. À part ça, ils étaient vides, aveugles.

Et, oui, je tremblai. J'avais une bonne raison pour cela. J'avais enfin compris.

J'avais été capturé par des sauvages. J'avais vécu avec eux. J'avais été l'un d'eux.

Non, pas des sauvages. Pas vraiment.

Plutôt une meute de chiens ou de chats, ou encore

la colonie de féroces fourmis rouges avec laquelle aimait jouer Woofer.

Comme s'il s'agissait d'une tout autre espèce. Une intelligence qui n'avait d'humain que l'apparence, mais se révélait incapable d'éprouver des sentiments humains.

Je me tenais au milieu d'eux, submergé par l'altérité.

Par le mal.

Je me précipitai vers l'escalier.

J'entendis Willie jurer et sentis son couteau frôler le bas de ma chemise. J'agrippai la rampe d'escalier en bois et négociai les premières marches.

Je trébuchai. Au-dessous de moi, je vis Ruth me pointer du doigt en hurlant, sa bouche tel un trou noir béant. La main de Willie saisit mon pied et tira. À côté de moi se trouvaient des pots de peinture et un seau. De la main, je les fis tomber derrière moi et je l'entendis pester de plus belle, rejoint par Eddie, alors que je me dégageais. Je me relevai et me ruai aveuglément vers le haut.

La première porte n'était pas fermée. J'ouvris la porte-écran à la volée.

La chaleur de l'été me balaya avec la force d'une grosse vague. Incapable de crier, je suffoquai. Je les entendis réduire l'écart derrière moi. D'un bond, je descendis les marches de la véranda.

— Plus vite ! hurla Donny.

L'instant d'après, entraîné par son élan depuis la véranda, il entra en collision avec moi et me fit chuter — le souffle coupé — avant de rouler loin de moi. Je me montrai plus rapide que lui et me relevai. Sur le côté, j'aperçus Willie qui bloquait l'accès à ma maison. Je vis le couteau étinceler au soleil. Je n'essayai même pas.

Je traversai le jardin, courant en direction des bois, évitant les bras écartés de Donny.

À mi-chemin de l'orée de la forêt, Eddie se jeta brutalement sur moi, me cravata l'arrière des jambes et me plaqua au sol. Je m'écroulai et, immédiatement, il se mit à me rouer de coups de pied et de poing, essayant de m'arracher les yeux. Je roulai sur moi-même et me tortillai. J'avais l'avantage du poids sur lui. Je réussis à le clouer au sol. Il empoigna ma chemise. Je la laissai se déchirer et m'écartai. Je trébuchai en reculant et Donny en profita pour m'attaquer de nouveau, bientôt rejoint par Willie venu lui prêter main-forte. Ce n'est qu'en sentant la lame de Willie contre ma gorge — et la première entaille — que je m'arrêtai net de lutter.

— À l'intérieur, enculé, cracha-t-il. Et tu la fermes, bordel !

Ils me ramenèrent chez eux.

La vue de ma propre maison me fut insupportable. Je guettai tout signe de vie — en vain.

Je retrouvai la fraîcheur et l'odeur de peinture dans l'obscurité.

Je portai la main à ma gorge et retirai mes doigts tachés d'un peu de sang.

Ruth m'attendait, les bras croisés sur sa poitrine.

— Imbécile ! Où te sauvais-tu ainsi ?

Je ne répondis pas.

— Bon, je suppose que tu es dans son camp à présent. Je ne sais vraiment pas quoi faire de vous tous. (Elle secoua la tête. Puis elle rit.) Estime-toi heureux de ne pas avoir un de ces *petits points*, comme elle. Il est vrai que tu as une autre source d'inquiétude, pas vrai ?

Denise rit. Ruth reprit :

— Willie, trouve-moi une corde. Nous ferions mieux de le ligoter, pour lui faire passer l'envie de vagabonder.

Willie entra dans l'abri. Il en ressortit avec un petit bout de corde et tendit le couteau à Donny. Ce dernier le tint pendant que Willie me liait les mains derrière le dos.

Tout le monde regarda patiemment.

Et, cette fois, Donny ne sembla éprouver plus aucune difficulté à croiser mon regard.

Quand ils eurent terminé, Ruth se tourna vers Woofer et lui proposa les allumettes.

— Ralphie ? Tu veux bien t'en charger ?

Woofer sourit, gratta une allumette et se pencha au-dessus de l'évier. Il tendit la main vers le fond et alluma le coin d'un des journaux roulés. Puis il réitéra l'opération avec un coin plus proche de lui.

Il fit un pas en arrière. Le papier se mit à flamber.

— Tu as toujours aimé faire du feu, commenta Ruth. (Elle se tourna vers le reste d'entre eux. Elle soupira.) Qui veut prendre la suite ?

— *Moi*, se proposa Eddie.

Elle le regarda avec un petit sourire. Il me sembla reconnaître le regard qu'elle me réservait, il n'y a pas si longtemps.

Sans doute que je n'étais plus son gamin préféré du quartier.

— Prends le démonte-pneu…

Ce que fit Eddie.

Ils le plongèrent dans les flammes. Dans un silence total.

Quand elle jugea qu'il était assez chaud, elle lui ordonna de le retirer du feu et nous retournâmes tous dans l'abri.

9

Ne comptez pas sur moi pour vous raconter.
Je m'y refuse.

Plutôt mourir que de décrire certaines choses. En avoir été le témoin peut vous amener à regretter de ne pas être mort avant.

J'ai regardé et j'ai vu.

10

Nous étions blottis les uns contre les autres, dans le noir.

Ils avaient enlevé la baladeuse et fermé la porte. Nous étions seuls, Meg, Susan et moi, couchés sur les matelas pneumatiques que Willie Sr avait achetés pour sa famille.

J'entendais le bruit des pas entre le séjour et la salle à manger, et vice versa. Des pas lourds. Donny ou Willie. Puis le silence s'abattit sur la maison.

Excepté les gémissements de Meg.

Elle avait perdu connaissance quand ils avaient appliqué le démonte-pneu. Elle s'était raidie avant de s'affaisser brusquement, comme frappée par un éclair. Mais, à présent, une partie d'elle-même luttait afin de revenir à la conscience. J'avais peur de penser à ce qu'elle ressentirait une fois réveillée. Je ne parvenais même pas à imaginer une telle douleur. Une souffrance d'une telle intensité. Je ne le voulais pas.

Ils avaient défait nos liens. Au moins nos mains étaient-elles libres.

Ainsi, je pouvais la soigner un peu.

Je me demandai ce qu'ils fabriquaient en ce moment, là-haut. À quoi ils pensaient. Je me les représentais. Eddie et Denise rentrés dîner. Ruth, allongée dans son fauteuil, les pieds sur un coussin, une cigarette se consumant dans le cendrier à côté d'elle, fixant l'écran éteint de la télévision. Willie, affalé sur le canapé, en train de manger. Woofer, à plat ventre sur le sol. Et Donny, assis droit sur sa chaise, à la table de la cuisine, épluchant peut-être une pomme.

Des plateaux-repas congelés dans le four.

J'avais faim. Je n'avais rien avalé depuis le petit déjeuner.

L'heure du dîner. Cela me fit réfléchir.

Ne me voyant pas rentrer pour manger, mes parents se mettraient d'abord en colère. Ensuite, ils commenceraient à s'inquiéter.

Mes parents s'inquiéteraient.

Je doute avoir jamais pris la mesure auparavant de ce que cela signifiait réellement.

Et, l'espace d'un instant, je les aimai si fort que je faillis en pleurer.

Puis Meg gémit de nouveau et je la sentis trembler à côté de moi.

Je songeai à Ruth et aux autres, assis en silence au-dessus de nos têtes. Se demandant que faire de nous.

Parce que ma présence ici changeait tout.

Après l'épisode d'aujourd'hui, ils ne pouvaient plus me faire confiance. Et, contrairement à Meg et Susan, on remarquerait mon absence.

Mes parents partiraient-ils à ma recherche ? Bien

sûr, j'en avais la conviction. Mais *quand* ? Je ne leur avais pas dit où j'allais.

Pas très malin, David.

Une autre erreur. Tu savais que tu prenais des risques en venant ici.

Je sentis la pression grandissante de l'obscurité sur moi, me donnant l'impression de devenir plus petit, réduisant mon espace et limitant mes options, mes possibilités. Je me fis enfin une toute petite idée de ce que Meg avait dû ressentir ces dernières semaines, enfermée toute seule dans cet endroit.

On en venait à souhaiter qu'ils reviennent, ne serait-ce que pour dissiper la tension de l'attente, le sentiment d'isolement.

Dans le noir, réalisai-je, vous aviez tendance à disparaître.

— David ?

Je sursautai. Susan. Je crois que c'était la première fois que je l'entendais me parler — ou parler à qui que ce soit, d'ailleurs — de sa propre initiative.

Sa voix se réduisait à un chuchotement effrayé et hésitant. Comme si, derrière la porte, Ruth nous espionnait toujours.

— David ?

— Oui ? Ça va, Susan ?

— Je vais bien. David ? Est-ce que tu me détestes ?

— Est-ce que je te… Non, bien sûr. Pourquoi cette question ?

— Tu devrais. Meg aussi. Parce que c'est ma faute.

— Rien n'est ta faute, Susan.

— Si. Tout est ma faute. Sans moi, Meg aurait pu s'échapper et ne plus jamais revenir.

— Elle a *essayé*, Susan. Ils l'ont attrapée.

— Tu ne *comprends* pas. (Même sans la voir, je réalisai qu'elle retenait difficilement ses larmes.) Ils l'ont surprise dans le *couloir*, David.

— Hein ?

— Elle est venue me chercher. Elle avait trouvé le moyen de sortir.

— C'est moi qui l'ai libérée. J'ai laissé la porte ouverte.

— Et elle est montée dans ma chambre. Elle a posé sa main sur ma bouche pour que je me tienne tranquille et m'a soulevée du lit. Elle me portait dans le couloir quand Ruth, quand Ruth…

Incapable de se retenir plus longtemps, elle éclata en sanglots. Je tendis le bras vers son épaule.

— Hé, tout va bien. Ça va aller.

— … quand Ruth est sortie de la chambre des garçons — elle avait dû nous entendre. Elle a attrapé Meg par les cheveux et l'a jetée par terre. Je suis tombée sur elle. Elle ne pouvait plus bouger. Ensuite, Willie est sorti de la chambre, avec Donny et Woofer, et ils ont commencé à la frapper, à lui donner des coups de poing et de pied. Willie est parti chercher un couteau dans la cuisine et le lui a mis sous la gorge. Il a dit qu'il lui couperait la tête si elle bougeait encore. C'est ce qu'il a dit : il lui couperait la tête.

» Ensuite, ils nous ont amenées au sous-sol. Plus tard, ils ont jeté mes attaches par terre. Celle-là est fichue. (Elle l'agita bruyamment.) Après, ils ont encore battu Meg et Ruth a appuyé sa cigarette sur… sur…

Elle se glissa près de moi et je l'enlaçai tandis qu'elle pleurait sur mon épaule.

— Je ne comprends pas. Elle devait revenir te chercher. Nous allions trouver un moyen. Pourquoi ce soir-là ? Pourquoi a-t-elle voulu s'enfuir avec toi ? Pourquoi a-t-elle essayé de t'emmener avec elle ?

Elle se frotta les yeux. Je l'entendis renifler.

— Je crois que c'est parce que… Ruth… Ruth… m'a touchée. Là… tu sais… en bas. Et, une fois, j'ai même saigné. Et Meg… Je l'ai dit à Meg… et elle s'est mise en colère… Elle était vraiment furieuse et elle a dit à Ruth qu'elle savait et Ruth l'a encore frappée, elle lui a fait vraiment mal avec la pelle de la cheminée et… (Sa voix se brisa.) Je regrette tellement ! Je ne voulais pas. Elle aurait pu s'échapper ! C'est ce qu'elle aurait dû faire ! Je ne voulais pas qu'on lui fasse du mal. Je ne pouvais pas faire autrement ! Je déteste quand Ruth me touche ! Je *déteste* Ruth ! Je la *déteste* ! Mais c'est moi qui aie tout raconté à Meg… Ce que Ruth m'a fait. Et c'est pour ça qu'elle est venue me chercher et qu'ils l'ont attrapée. À cause de moi. David. À cause de *moi* !

Je la serrai dans mes bras. Elle semblait si fragile. J'avais l'impression de bercer un bébé.

— Chut… Allons. Tout… Tout ira bien.

Je songeai à Ruth en train de la toucher. J'imaginais la scène. La petite fille, impuissante, incapable de se défendre, et la femme aux yeux vides, aussi brillants que la surface d'un torrent. Puis je la chassai de mon esprit.

Elle mit longtemps à s'effacer.

— J'ai quelque chose, murmura-t-elle en reniflant. Je l'ai donné à Meg. Tends le bras derrière le pied le plus éloigné de la table. Au-delà de l'endroit où se trouve Meg. Tâtonne par là.

Je fouillai dans le noir et en retirai une boîte d'allumettes, ainsi qu'un reste de bougie long de cinq centimètres.

— Où as-tu…

— Je l'ai piqué à Ruth.

J'allumai la bougie. Sa lumière miel envahit l'abri. Je me sentis un peu mieux.

Et puis je vis Meg.

Nous la vîmes tous les deux.

Couchée sur le dos, couverte jusqu'à la taille par un vieux drap sale et fin qu'ils avaient jeté sur elle, les seins et les épaules nues. Elle était couverte de plaies. Un liquide suintait de ses brûlures.

Même dans son sommeil, les muscles de son visage tiraient sur sa peau sous l'effet de la douleur. Elle tremblait de tous ses membres.

Les mots luisaient sur son ventre.

« JE BAISE BAISEZ-MOI ».

Un coup d'œil à Susan me suffit pour comprendre qu'elle allait se remettre à pleurer.

— Tourne-toi, lui dis-je.

Parce que ce n'était pas un spectacle pour elle. Vraiment pas.

Mais le pire n'était pas ce qu'ils lui avaient fait, mais ce qu'elle s'infligeait à elle-même.

Les bras au-dessus du drap, elle dormait.

Et elle parcourait sans arrêt de la main la distance

séparant son coude de son poignet, y enfonçant ses ongles sales et entaillés.

Elle s'attaquait à sa cicatrice.

Elle essayait de la rouvrir.

Le corps, épuisé par les mauvais traitements, se retournait finalement contre lui-même.

— Ne regarde pas, insistai-je.

Je retirai ma chemise et réussis à défaire la couture à coups de dents. Je déchirai deux bandes de tissu au bas du vêtement. J'écartai les doigts de Meg. J'enroulai la chemise autour de son bras — deux tours — et la nouai en bas et en haut. Elle ne pourrait plus faire beaucoup de dégâts ainsi.

— C'est bon, dis-je.

Susan pleurait. Elle en avait assez vu pour savoir.

— *Pourquoi ?* demanda-t-elle. Pourquoi fait-elle une chose pareille ?

— Je ne sais pas.

Mais, d'une certaine façon, je comprenais. Je parvenais presque à sentir la colère de Meg envers elle-même. À cause de son échec. Pour n'avoir pas réussi à s'enfuir, pour avoir laissé tomber sa sœur. Elle s'en voulait peut-être même d'être le genre de personne à qui une telle chose pouvait arriver. De l'avoir permis et d'avoir cru qu'elle parviendrait à s'en sortir.

Elle avait tort, bien sûr, et elle se montrait injuste envers elle-même, mais je crus comprendre ce qu'elle ressentait.

Elle était tombée dans un piège — et, à présent, ce bel esprit vif s'en voulait. *Comment ai-je pu être aussi stupide ?* Comme si — finalement — elle méritait son châtiment. Ruth et les autres l'avaient roulée en se faisant passer pour des êtres humains — comme elle — et Meg en avait déduit qu'ils ne dépasseraient pas certaines limites. Mais ce n'était pas vrai. Ils n'avaient rien de commun avec elle. Elle l'avait enfin compris. Trop tard.

Je regardai ses doigts explorer la cicatrice.

Du sang suintait à travers le tissu. Pas trop pour l'instant. Mais je ressentis un triste et étrange sentiment d'ironie, sachant que je devrais peut-être utiliser le tee-shirt pour la ligoter à nouveau, afin de l'empêcher de se faire mal.

À l'étage, le téléphone sonna.

— Va décrocher, entendis-je Ruth dire.

Des pas traversèrent la pièce. Je discernai la voix de Willie, une pause, puis celle de Ruth parlant au téléphone.

Je me demandai l'heure qu'il était et, regardant la minuscule bougie, combien de temps elle durerait encore.

La main de Meg tomba de la cicatrice.

Elle haleta et gémit. Elle battit des paupières.

— Meg ?

Elle ouvrit des yeux rendus vitreux par la douleur.

Ses doigts retournèrent vers la cicatrice.

— Non, suppliai-je. Ne fais pas ça.

Elle me regarda sans comprendre. Puis elle retira sa main.

— David ?

— Oui, c'est moi. Susan est là aussi.

Susan se pencha vers elle afin qu'elle puisse la voir et les coins de la bouche de Meg se levèrent, esquissant le pâle fantôme d'un sourire. Puis, même cela sembla la faire souffrir.

Elle gémit.

— Oh mon Dieu. Ça fait mal.

— Je sais. Ne bouge surtout pas. (Je remontai le drap sur son menton.) Est-ce que je peux… Est-ce que tu veux que je… ?

— Non. Laisse-moi juste… Oh mon Dieu.

— Meg ? appela Susan. (Elle tremblait. Elle tendit la main vers sa sœur, devant moi, mais sans pouvoir l'atteindre.) Je regrette, Meg. Si tu savais comme je regrette.

— Ne t'en fais pas, Suz. Nous avons essayé. C'est bon. C'est…

Je parvins presque à sentir la douleur électrique qui la parcourut.

Je ne savais pas quoi faire. Je continuais à observer la bougie, comme si j'attendais une réponse de sa flamme. Mais rien ne vint. Rien.

— Où… Où sont-ils ? demanda-t-elle.

— En haut.

— Ils resteront là ? C'est… C'est la nuit ?

— Pas tout à fait. L'heure du dîner. Je ne sais pas. J'ignore s'ils ne vont pas redescendre.

— Je ne peux plus… David ? Je n'en supporterai pas plus. Tu comprends ?

— Je sais.

— Je n'en peux plus.

— Repose-toi. Repose-toi, c'est tout.

Je secouai la tête.

— Quoi ? dit-elle.

— J'aimerais tant pouvoir…

— Quoi ?

— … leur faire *mal*. Nous sortir d'ici.

— C'est impossible. Il n'y a rien à faire. Si tu savais combien de nuits j'ai…

— Nous avons ça, intervint Susan.

Elle brandit l'orthèse de son bras.

Je l'examinai. Elle avait raison. Fabriquée en aluminium léger, elle pouvait malgré tout faire quelques dégâts en la tenant par le bout et en frappant avec la partie articulée.

Mais cela ne suffirait pas. Pas contre Willie et Donny en même temps. Et Ruth. Il ne fallait pas la sous-estimer. J'aurais peut-être une chance s'ils avaient la gentillesse d'entrer, l'un après l'autre, me laissant quelques minutes de répit entre chacun d'eux, mais cela me semblait être une hypothèse plutôt improbable. En plus, je n'avais rien d'un bagarreur.

Eddie pouvait en témoigner.

Il nous faudrait trouver autre chose.

Je regardai autour de moi. Ils avaient pratiquement vidé la pièce. L'extincteur, la radio, les cartons de conserves, même le réveil et le gonfleur pour le matelas pneumatique avaient disparu. Ils avaient aussi emporté avec eux la corde à linge qui avait servi à nous ligoter. Il ne nous restait que la table de travail — trop lourde pour la bouger à moi tout seul, sans parler de la jeter sur quelqu'un —, le drap de Meg, le gobelet en plastique dont elle se servait pour boire et les vêtements que nous avions sur le dos. Sans oublier les allumettes et la bougie.

Et, soudain, je vis comment employer les allumettes et la bougie.

De cette manière, nous les ferions descendre à

notre convenance et pas quand ils le décideraient. Nous pouvions les dérouter et les surprendre. C'était déjà quelque chose. Au moins ça.

Je respirai à fond. Une idée commençait à se former dans mon esprit.

— OK. Vous êtes prêtes à tenter quelque chose ?

Susan fit « oui » de la tête. Faiblement. Meg l'imita.

— Ça pourrait ne pas marcher. Mais c'est jouable.

— Vas-y, souffla Meg. Fais-le.

Elle gémit.

— Ne bouge pas. Je n'ai pas besoin de toi.

— D'accord. Alors vas-y. Fais ce qu'il faut.

Je retirai mes Keds montantes et enlevai les lacets que je nouai ensemble. Puis je pris les chaussures de Susan et attachai ses propres lacets aux miens. Je me retrouvai avec plus de trois mètres de « corde ». Je glissai une extrémité autour du gond inférieur de la porte en serrant bien, puis je tendis la corde et la nouai autour du premier poteau de soutènement, à une dizaine de centimètres du sol. J'obtins ainsi un câble qui les ferait trébucher, courant de la porte au poteau, avec un angle assez faible, isolant environ un tiers du côté gauche de la pièce en entrant.

— Écoutez-moi. Ce sera difficile. Et dangereux. Pas seulement à cause d'eux. Je veux allumer un feu ici. Là-bas, juste devant la table, pas loin du centre de la pièce. L'odeur de la fumée les fera descendre. Et, avec un peu de chance, quelqu'un trébuchera sur cette corde. Pendant ce temps, je me tiendrai de l'autre côté, près de la porte, avec l'une des attelles de Susan.

» Mais il y aura beaucoup de fumée et nous ne

disposons que de très peu d'air. S'ils ne viennent pas vite, nous pourrions avoir des ennuis. Vous comprenez ?

— Nous crierons, proposa Susan.

— Oui. Ça devrait suffire. Mais nous devrons patienter un peu, le temps qu'ils sentent la fumée. Les gens ont tendance à paniquer quand il y a le feu, et ça peut nous aider. Qu'en pensez-vous ?

— Qu'est-ce que *je* peux faire ? demanda Susan.

Je ne pus retenir un sourire.

— Pas grand-chose, Suz.

Elle réfléchit, une expression grave plaquée sur ses traits de petite fille fragile.

— Je sais ! Je pourrais me tenir près des matelas et faire un croche-pied à celui qui essaie de s'approcher !

— D'accord, mais fais bien attention à toi. Tu as bien assez d'os cassés comme ça. Et assure-toi de ne pas te trouver sur ma trajectoire quand je frapperai avec ce truc.

— C'est promis.

— Meg ? Tu es d'accord ?

Elle avait le teint blême et semblait infiniment lasse. Mais elle hocha la tête.

— Tout ce que tu voudras.

J'enlevai mon tee-shirt.

— Je... Je vais avoir besoin du drap.

— Prends-le.

Je la découvris avec précaution.

Elle déplaça ses mains afin de couvrir l'endroit où ils l'avaient brûlée. Mais pas avant que j'aie aperçu la plaie luisante, rouge et noire. Meg remarqua ma grimace et détourna le visage. À travers la chemise, elle recommença à gratter la cicatrice. Je n'avais pas le cœur de la stopper — d'attirer son attention sur ce geste.

Brusquement, je fus saisi par l'envie de faire usage de cette orthèse sur quelqu'un, le plus rapidement possible. J'érigeai un monticule avec le drap et plaçai mon tee-shirt et mes chaussettes au sommet.

— Les miennes aussi, insista Susan.

Elles ne feraient pas une grande différence, mais elle avait besoin de participer. Je les acceptai donc et les jetai sur la pile.

— Tu veux aussi la chemise ? demanda Meg.

— Non, garde-la.

— Très bien.

Ses ongles continuaient de creuser.

Son corps paraissait très âgé, ses muscles relâchés et anémiés.

Je pris l'attelle que me tendait Susan et la posai contre le mur près de la porte. Puis je ramassai ce qui restait de la bougie et m'approchai de la pile.

La peur me noua l'estomac.

— Allons-y, décidai-je en abaissant la flamme.

11

Le feu brûlait faiblement, mais il produisait de la fumée.

Elle s'éleva en volutes vers le plafond et tourbillonna vers les côtés. Notre propre champignon atomique, à l'intérieur de l'abri.

En quelques secondes, il remplit la pièce. J'apercevais à peine Meg, allongée sur le sol. Nous n'eûmes pas à nous forcer pour tousser.

À mesure que la fumée s'épaississait, nos cris gagnèrent en volume.

Nous entendîmes des voix au-dessus de nos têtes. La confusion. La peur. Suivies de bruits de pas précipités dans l'escalier. Ils couraient. Ils s'inquiétaient. Une bonne chose. Je serrai l'attelle et attendis juste à côté de la porte.

Quelqu'un manipula maladroitement le verrou. Puis la porte s'ouvrit à toute volée et Willie apparut dans la lumière de la cave en jurant, tandis qu'une vague de fumée le balayait, tel un brouillard subit. Il entra en titubant. Il se prit les pieds dans la corde de lacets et trébucha, tomba et glissa la tête la première dans la pile enflammée. Il hurla, agitant violemment les mains contre le chiffon qui lui brûlait la joue et s'efforçant d'éteindre la brosse de cheveux gras qui fondait en grésillant sur son front.

Ruth et Donny s'engouffrèrent dans l'abri, épaule contre épaule, Donny le plus proche de moi, essayant de comprendre ce qui se passait au cœur de la fumée. Je balançai l'orthèse. Donny s'écroula en tentant de m'agripper ; je vis du sang gicler de son crâne et éclabousser Ruth ainsi que l'embrasure de la porte. J'abattis mon arme comme une hache, mais il s'écarta à temps et elle heurta le sol. Puis, brusquement, je vis Ruth passer devant moi et partir comme une flèche vers Susan.

Susan. Son pion. Son bouclier.

Je fis volte-face et balançai l'attelle. Je l'atteignis au niveau des côtes et du dos, mais je ne réussis pas à l'arrêter.

Elle était rapide. Je me lançai à sa poursuite, propulsant l'attelle depuis le sol, comme un revers au tennis, mais elle tendit les bras vers la maigre poitrine de Susan et la plaqua contre le mur, puis lui attrapa les cheveux et tira en arrière. J'entendis un bruit sourd, comme celui d'une citrouille qu'on aurait laissé tomber, et Susan glissa le long du mur. Je fouettai Ruth dans le bas du dos, mettant toute la force qui me restait dans ce coup. Elle hurla et s'effondra à genoux.

Du coin de l'œil, un mouvement attira mon attention. Je me retournai.

Donny, de nouveau sur pied, avançait vers moi à travers la fumée qui se raréfiait. Et Willie aussi.

J'agitai mon arme devant moi. Ils approchèrent lentement d'abord, avec prudence. Ils se trouvaient suffisamment près pour me permettre de constater que le visage de Willie était brûlé et qu'il avait un œil fermé, ruisselant de larmes. Il y avait du sang sur la chemise de Donny.

Puis Willie se baissa et me chargea. Je balançai l'attelle, et elle claqua contre son épaule, remonta contre son cou où elle butta avec un bruit discordant. Il poussa un cri strident et s'écroula.

Je vis Donny se précipiter sur moi et je changeai de position. J'entendis aussi le bruit d'une course effrénée derrière moi.

Ruth se jeta sur mon dos, toutes griffes dehors, sifflant comme un chat. Je succombai sous le poids. Mes genoux se dérobèrent. Je tombai. Donny s'approcha et je ressentis soudain une douleur fulgurante sur ma joue et mon cou fut rejeté en arrière, produisant un bruit sec. L'odeur du cuir. Il m'avait shooté comme un ballon de foot. Une lumière intense m'aveugla. Mes doigts essayèrent de se cramponner à l'attelle, mais elle n'était plus là. Elle avait disparu. La lumière éclatante céda bien vite la place à l'obscurité. Je me remis péniblement à genoux. Il me donna un autre coup de pied dans le ventre. Je m'écroulai, le souffle coupé. J'essayai encore de me relever, mais mon équilibre me trahit. Je me sentis submergé par une vague de nausée et de confusion. Ensuite, quelqu'un d'autre entreprit de me distribuer des coups de pied dans les côtes et dans la poitrine. Je me roulai en boule et bandai mes muscles en attendant que les ténèbres s'éclaircissent. Et ils continuèrent à frapper en m'insultant. Mais ma méthode commença à porter ses fruits, et je finis par voir de nouveau, assez pour repérer la table et rouler jusqu'à elle, me faufiler en dessous, les yeux à l'affût des jambes de Ruth et de Donny. Et puis tout s'embrouilla une fois de plus : une paire de jambes avait fait son apparition là où Meg aurait dû se trouver allongée sur le matelas.

Des jambes nues. Brûlées et balafrées.

Celles de Meg.

— Non ! hurlai-je.

Je bondis de sous la table. Ruth et Donny s'étaient retournés et avançaient vers elle.

— Toi ! cria Ruth. Toi ! Toi ! *Toi !*

Et aujourd'hui je n'arrive toujours pas à comprendre ce que Meg avait en tête, si elle pensait vraiment pouvoir nous aider ou si elle en avait tout simplement assez de tout ça — assez de Ruth, assez de toute cette souffrance, assez de tout. Mais elle devait se douter que la rage de Ruth la prendrait pour cible. Pas moi, pas Susan, mais elle, avec la parfaite précision d'une flèche empoisonnée et mortelle.

Il ne restait plus aucune once de peur en elle. Ses yeux affichaient une expression dure et limpide. Et malgré son état de faiblesse, elle parvint à esquisser un pas en avant.

Ruth se précipita sur elle comme une folle. Elle saisit sa tête entre ses mains, comme une prédicatrice, une guérisseuse.

Et elle la fracassa contre le mur.

Le corps de Meg commença à se convulser.

Elle regarda Ruth, droit dans les yeux, et, l'espace d'un instant, son regard exprima l'étonnement — comme si, même maintenant, elle demandait à Ruth de lui expliquer *pourquoi. Pourquoi ?*

Puis elle s'effondra. Directement sur le matelas pneumatique, telle une enveloppe vide.

Elle trembla encore un peu et puis s'immobilisa.

Je m'appuyai à la table afin de ne pas tomber.

Les yeux de Ruth fixaient toujours le mur. Comme si elle ne parvenait pas à croire que Meg ne se tenait plus face à elle. Son visage était livide.

Donny et Willie ne bougeaient pas non plus.

Un silence oppressant s'installa brusquement dans la pièce.

Donny se baissa. Il posa sa main sur les lèvres de Meg, puis sur sa poitrine.

— Elle… Elle respire ?

Je n'avais jamais entendu Ruth parler avec une si petite voix.

— Oui. Un peu.

Ruth hocha la tête.

— Couvrez-la. Mettez quelque chose sur elle. Couvrez-la.

Elle fit de nouveau un vague signe de la tête, adressé à personne en particulier, puis elle se retourna et traversa lentement l'abri, avec autant de précaution que si elle marchait sur du verre brisé. Elle marqua une pause dans l'embrasure de la porte, afin de recouvrer son calme. Puis elle s'éloigna.

Nous laissant entre nous — des enfants.

Willie réagit le premier.

— Je vais chercher des couvertures.

Il se bandait l'œil d'une main et la moitié de ses cheveux avait brûlé.

Mais toute colère semblait avoir déserté les personnes présentes.

Devant la table, des rubans de fumée s'échappaient encore du feu.

— Ta mère a téléphoné, marmonna Donny.

Il fixait Meg.

— Hein ?

— Ta mère, répéta-t-il. Elle a appelé. Elle voulait savoir où tu étais. J'ai décroché. Ruth lui a parlé.

Je n'avais pas besoin de lui demander ce qu'elle lui avait raconté. Ils ne m'avaient pas vu.

— Où est Woofer ?

— Il mange chez Eddie.

Je ramassai l'orthèse et la redonnai à Susan. Je ne crois pas qu'elle s'en rendît compte ou qu'elle y attachât la moindre importance. Elle ne quittait pas Meg des yeux.

Willie revint avec les couvertures. Il observa chacun d'entre nous pendant un moment et laissa tomber les couvertures sur le sol avant de tourner les talons.

Nous l'entendîmes remonter l'escalier en traînant les pieds.

— Qu'est-ce que tu comptes faire, Donny ? lui demandai-je.

— Je sais pas, répondit-il platement.

Il semblait sonné — comme si c'était lui qui avait reçu des coups de pied dans la tête et pas moi.

— Elle pourrait mourir, insistai-je. Elle *va* mourir. Sauf si tu réagis. Personne d'autre ne le fera. Tu le sais. Ni Ruth. Ni Willie.

— Je sais.

— Alors fais quelque chose.

— Quoi ?

— N'importe quoi. Va en parler à quelqu'un. Aux flics.

— Je sais pas.

Il ramassa l'une des couvertures et en couvrit Meg, comme Ruth le lui avait demandé. Il y mit beaucoup de douceur.

— Je sais pas, répéta-t-il. (Il secoua la tête, puis fit mine de partir.) Je dois y aller.

— Laisse-nous la baladeuse, d'accord ? Tu peux bien faire ça, au moins ? Pour qu'on puisse prendre soin d'elle ?

Il sembla réfléchir un instant.

— Ouais. Bien sûr.

— Et un peu d'eau. Un chiffon et un peu d'eau ?

— D'accord.

Il se rendit dans la cave et j'entendis couler l'eau. Il revint avec un seau, quelques chiffons à poussière, et les déposa sur le sol. Puis il suspendit la baladeuse au crochet du plafond. Il ne regarda pas dans notre direction. Pas une seule fois.

Il tendit la main vers la porte.

— À plus tard, dit-il.

— Ouais, répondis-je. À plus.

Et ensuite il referma la porte.

12

La longue nuit froide se déroula sans autre visite en provenance de l'étage.

Le silence régnait dans la maison. Nous entendions à peine la radio dans la chambre des garçons — les Everly Brothers chantaient *All I Have to Do Is Dream* et Elvis *Hard-Headed Woman*. Toutes ces chansons se moquaient de nous[1].

Ma mère devait être dans tous ses états. Je l'imaginais appelant chaque maison du quartier pour vérifier si je m'y trouvais, dormant sous une tente dans le jardin ou ayant décidé de passer la nuit ailleurs sans l'en informer. Ensuite mon père préviendrait la police. Je continuais d'espérer entendre frapper à la porte avec autorité. Qu'est-ce qui pouvait bien les retarder à ce point ?

L'espoir se transforma en frustration, la frustration en colère, la colère en résignation maussade. Puis le cycle recommença. Je n'avais rien d'autre à faire qu'attendre et passer un chiffon humide sur le visage et le front de Meg.

1. « Il me suffit de rêver » pour les Everly et « Une femme entêtée » pour Elvis (*NdT*).

Elle était fébrile. Le sang formait une croûte poisseuse sur sa nuque.

Nous alternions les moments de veille et de sommeil.

Mon esprit s'accrochait à des jingles, à des refrains repris en chœur. « Utilisez Ajax ! Le détergent qui mousse-da-da-da-da-da-dum-dum. Avec lui, évacuée la saleté ! da-da-da-da-da-dum. Sur la rivière et à travers bois… sur la rivière et à travers bois… sur la rivière… » Je n'arrivais jamais au bout, mais je ne parvenais pas non plus à me les sortir de la tête.

Parfois, Susan se mettait à pleurer.

Parfois, Meg gémissait en remuant.

J'étais content de l'entendre gémir. Cela voulait dire qu'elle vivait toujours.

Elle se réveilla deux fois.

La première, je passais le linge sur son visage et j'avais décidé de me reposer un peu quand elle ouvrit les yeux. Surpris, je faillis le laisser tomber. Puis je le cachai derrière mon dos, parce que le sang l'avait coloré en rose et que je ne voulais pas qu'elle le voie. Pour une raison ou une autre, cette idée me tracassait réellement.

— David ?

— Ouais.

Elle semblait m'entendre. Je baissai les yeux vers les siens et remarquai que l'une de ses pupilles faisait de nouveau la moitié de la taille de l'autre — et je me demandai ce qu'elle voyait.

— Tu l'entends ? murmura-t-elle. Est-ce… Est-ce qu'elle est là ?

— Je n'entends que la radio. Mais elle est bien là.

— La radio. Oui. (Elle hocha lentement la tête.) Quelquefois, je l'entends. Toute la journée. Willie et Woofer aussi… et Donny. Je croyais qu'en écoutant… j'entendrais et j'apprendrais quelque chose, je comprendrais pourquoi elle me traitait de cette façon… en l'écoutant marcher dans une pièce ou s'asseoir sur une chaise. Mais ça n'a pas marché.

— Meg ? Écoute-moi. Je ne crois pas que tu devrais essayer de parler. Tu es vraiment mal en point.

L'effort que cela exigeait d'elle se voyait. Elle articulait péniblement, comme si sa langue était soudain devenue bien trop grosse pour elle.

— Hon-hon… Non. Je veux parler. Je ne parle jamais. Je n'ai jamais personne à qui parler. Mais… (Elle me dévisagea bizarrement.) Qu'est-ce que *tu* fais là ?

— Nous sommes là tous les deux. Moi et Susan. Ils nous ont enfermés. Tu te souviens ?

Elle tenta de sourire.

— Je croyais t'avoir peut-être imaginé. Je t'ai parfois fait jouer ce rôle. J'ai beaucoup… Je fais de nombreux rêves. Mais ils… ils ne restent jamais bien longtemps. Et, quelquefois, quand tu t'efforces d'en faire un, quand tu le veux vraiment, il ne se passe rien. Parce que rien ne te vient à l'esprit. Et plus tard… tu finis par y arriver.

» Je la suppliais, tu sais ? Je lui demandais d'arrêter. De simplement me laisser partir. Je me disais que, forcément, après un certain temps, elle finirait par me libérer, qu'elle comprendrait qu'elle peut m'aimer… Ensuite, j'ai su qu'elle n'arrêterait pas, que je devais m'enfuir, mais je ne pouvais pas. Je ne la comprends pas, comment a-t-elle pu le laisser me *brûler* ?

— Meg, je t'en prie…

Elle se lécha les lèvres. Elle sourit.

— Mais toi, tu prends bien soin de moi, n'est-ce pas ?

— Oui.

— Et de Susan aussi.

— Oui.

— Où est-elle ?

— Elle dort.

— C'est dur pour elle aussi.

— Je sais. Elle m'a tout dit.

Je m'inquiétai. Sa voix devenait plus faible. Je devais me pencher très près d'elle pour l'entendre.

— Je peux te demander une faveur ?

— Bien sûr.

Elle serra ma main dans une étreinte sans force.

— Récupère la bague de ma mère… Tu te souviens de l'alliance de ma mère ? Elle refuse de m'écouter. Elle s'en fiche. Mais peut-être… Tu pourras lui demander ? Qu'elle me rende ma bague ?

— Je m'en occuperai.

— Tu me le promets ?

— Oui.

Elle relâcha ma main.

— Merci. (Puis, un moment plus tard :) Tu sais ? Je n'ai jamais vraiment suffisamment aimé ma mère. C'est étrange, non ? Et toi ?

— Non, je suppose que non.

Elle ferma les yeux.

— Je crois que je vais dormir un peu.

— Bien sûr. Repose-toi.

— C'est drôle, ajouta-t-elle, je n'ai pas mal. Après tout ce qu'ils m'ont fait, après les brûlures à répétition, je n'ai pas mal.

— Repose-toi.

Elle dodelina de la tête. Puis elle s'endormit. Je restai assis, dans l'attente des coups à la porte de l'agent de police Jennings, les paroles de *Green Door* défilant sous mon crâne, tel un manège aux couleurs criardes, encore et encore : « … minuit, encore une nuit sans sommeil/attendant que le matin arrive sans bruit/porte verte, quel est ton secret ?/porte verte ? »[1].

Jusqu'à ce que je finisse par m'endormir, moi aussi.

Quand je me réveillai, l'aube était probablement arrivée.

Susan me secouait.

— Empêche-la ! chuchota-t-elle d'une voix effrayée. Empêche-la ! Je t'en prie ! Empêche-la de faire *ça*.

L'espace d'un instant, je crus que je me trouvais chez moi, dans mon lit.

Je regardai autour de moi. Et je me rappelai.

Et Meg n'était plus allongée à côté de moi.

Mon cœur se mit à battre la chamade et ma gorge se serra.

Puis je la vis.

Débarrassée de sa couverture, nue et voûtée, elle s'était réfugiée dans le coin, près de la table. Ses

1. Chanson de Marvin Moore (paroles) et Bob Davie (musique), interprétée par Jim Lowe et n° 1 pendant trois semaines aux États-Unis en 1956, reprise plus tard par — entre autres — les Cramps et Shakin'Stevens (*NdT*).

longs cheveux emmêlés pendaient sur ses épaules. Son dos était couvert de taches brunes mates, strié par un réseau de canaux de sang séché. L'arrière de son crâne moite brillait sous la lumière de la baladeuse.

J'aperçus ses muscles se raidir sous l'effort, à partir de ses épaules et depuis la ligne élégante de sa colonne vertébrale. J'entendis le grattement des ongles.

Je me levai et la rejoignis.

Elle creusait.

Elle essayait d'enfoncer ses doigts à l'endroit où le sol en béton rencontrait le mur de parpaings. De creuser un tunnel. Sous l'effort, elle laissait échapper de tout petits sons. Elle avait déjà perdu l'un de ses ongles et cassé les autres qui saignaient — le bout de ses doigts aussi. Son sang se mélangeait au gravillon extrait du béton qui s'écaillait, formant une substance pâteuse et hétérogène. Son ultime refus de se soumettre. Son dernier geste de défi. La volonté l'emportant sur la chair vaincue, s'imposant face à un mur de pierre.

Le mur représentait Ruth. Impénétrable — ne cédant que d'infimes fragments.

Ruth était ce mur.

— Meg. Arrête. S'il te plaît…

Je passai mes mains sous ses bras et la soulevai. Elle offrit moins de résistance qu'un petit enfant.

Son corps me parut chaud et plein de vie.

Je la recouchai sur le matelas et remontai la couverture sur elle. Susan me tendit le seau et je nettoyai le bout de ses doigts. L'eau devint encore plus rouge.

Je commençai à pleurer.

Je ne voulais pas, parce que Susan était là, mais je ne pouvais pas m'en empêcher, j'étais incapable de retenir mes larmes. Elles coulèrent, d'elles-mêmes, comme le sang de Meg sur le parpaing.

Sa chaleur provenait de la fièvre. Sa chaleur était un mensonge.

Je parvenais presque à sentir la mort planer sur elle.

Je l'avais vue dans sa pupille dilatée, un puits grandissant où un esprit pouvait se perdre.

Je baignai ses doigts.

Quand j'eus terminé, je fis changer de place à Susan, afin de la faire s'allonger entre nous. Nous restâmes couchés ainsi, ensemble, paisiblement, écoutant sa respiration superficielle. Chaque souffle d'air qui circulait dans ses poumons constituait un moment de plus, prolongeant tous les autres, un répit de quelques secondes. Le tremblement de ses paupières mi-closes témoignait de la vie qui s'agitait doucement sous la surface meurtrie. Et, quand elle rouvrit les yeux, nous ne fûmes pas surpris. Nous étions contents de voir Meg nous regarder, la Meg d'avant, celle qui avait vécu avec nous avant tout ça, celle qui n'avait pas connu cet espace irréel et enfiévré.

Elle remua les lèvres. Puis elle sourit.

— Je crois que je vais m'en sortir, dit-elle. (Et elle essaya de saisir la main de Susan.) Je pense que ça va aller.

Et, dans la lumière artificielle et aveuglante de la baladeuse, dans cette aube qui n'en était pas une pour nous, elle mourut.

13

On frappa à la porte d'entrée moins d'une heure et demie plus tard.

Je les entendis sortir de leurs lits, et, aussitôt après, des voix masculines, des pas lourds et inconnus traversant la salle de séjour et la salle à manger avant de descendre l'escalier.

Le verrou fut tiré et la porte s'ouvrit sur Jennings, accompagné de mon père et d'un autre flic nommé Thompson que nous connaissions par le VFW. Donny, Willie, Woofer et Ruth se tenaient derrière eux, n'essayant même pas de s'échapper ni d'offrir une explication. Ils suivirent simplement Jennings du regard pendant que ce dernier s'approchait de Meg, lui soulevait une paupière et cherchait un pouls qui n'était plus là.

Mon père se précipita vers moi et me prit dans ses bras.

— Doux Jésus, haleta-t-il en secouant la tête. Dieu merci, nous t'avons retrouvé. Dieu merci, nous t'avons retrouvé.

Je pense que c'était la première fois que je l'entendais employer ces mots et je crois aussi qu'il était totalement sincère.

Jennings déplia la couverture sur le visage de Meg et l'agent de police Thompson alla réconforter Susan, qui pleurait sans pouvoir s'arrêter. Elle avait gardé le silence depuis la mort de Meg, mais à présent, elle laissait se manifester librement son soulagement et sa tristesse.

Ruth et les autres regardaient toute la scène d'un air impassible.

Jennings, que Meg avait alerté à propos de Ruth le 4 juillet, paraissait prêt à commettre un meurtre.

Le visage écarlate, maîtrisant à peine sa voix, il la bombardait de questions — et on voyait bien, à la manière qu'il avait de le caresser, qu'il aurait préféré faire usage du pistolet sur sa hanche plutôt que de lui parler. « Comment une chose pareille a-t-elle pu arriver ? » « Comment avez-vous pu faire ça ? » « Depuis combien de temps était-elle enfermée ici ? » « Qui a écrit ces mots sur elle ? »

Pendant un moment, Ruth ne répondit pas. Elle se contenta de gratter les plaies à vif sur son visage. Puis elle lâcha :

— Je veux un avocat.

Jennings fit comme s'il ne l'avait pas entendue. Il continua à lui poser des questions, mais elle n'offrit pour toute réponse que « Je veux appeler un avocat », comme si elle se préparait à invoquer le cinquième amendement[1].

1. De la Constitution des États-Unis d'Amérique : permet à tout citoyen américain de refuser de témoigner contre lui-même dans une affaire pénale (*NdT*).

Jennings devint de plus en plus furieux. Mais cela ne changea rien. J'aurais pu le lui dire.

Ruth était le mur.

Et, suivant son exemple, ses enfants adoptèrent le même comportement.

Mais pas moi. Je respirai à fond et tâchai de ne pas penser à mon père qui se tenait à mes côtés.

— Je vous dirai tout ce que vous voulez savoir, dis-je. Et Susan aussi.

— Tu as assisté à tout ça ?

— À la plus grande partie.

— Certaines de ses blessures remontent à plusieurs semaines. Tu en as été le témoin ?

— Pas de tout. Mais j'en ai vu suffisamment.

— *Tu étais présent ?*

— Oui.

Il plissa les yeux.

— Dis-moi, mon garçon, es-tu une victime ou un bourreau ?

Je me tournai vers mon père.

— Papa, je te jure que je ne lui ai fait aucun mal. Jamais. Je te le jure.

— Mais tu n'as rien fait pour l'aider non plus, insista Jennings.

Il ne faisait qu'énoncer ce que je m'étais répété toute la nuit.

Sauf qu'à la façon dont Jennings les prononçait, ces mots me faisaient l'effet d'un poing qu'il m'aurait balancé en plein visage. Pendant un court instant, j'en eus le souffle coupé.

Je n'avais rien fait de mal, mais je n'avais rien fait de bien non plus.

— Non, admis-je. Non, je n'ai jamais rien fait pour l'aider.

— Tu as essayé, intervint Susan en pleurant.

— C'est vrai ? demanda Thompson.

Susan acquiesça.

Jennings me dévisagea longuement et finit par hocher la tête lui aussi.

— D'accord. Nous en reparlerons plus tard. Nous ferions bien d'appeler des renforts, Phil. Tout le monde en haut !

Ruth murmura quelque chose.

— Quoi ? fit Jennings.

Elle parlait toute seule, marmonnant, les yeux tournés vers le sol.

— Je ne vous entends pas, ma petite dame.

Ruth releva brusquement la tête. La fureur embrasait son regard.

— J'ai dit que c'était une *traînée* ! C'est elle qui a écrit ces mots ! *Elle !* « JE BAISE BAISEZ-MOI » Vous croyez que j'ai écrit ça ? Non, elle a fait ça toute seule, parce qu'elle en était *fière* !

» J'essayais de l'éduquer, de la discipliner, de lui apprendre la pudeur. Elle a écrit ça pour me contrarier : « JE BAISE BAISEZ-MOI » Et c'est ce qu'elle a fait, elle a baisé avec *tout le monde*. Et avec lui en premier.

Elle me pointa du doigt. Puis Willie et Donny.

— Et lui, et lui aussi. Elle les a tous baisés ! Elle aurait même baisé mon petit Ralphie si je ne l'avais pas arrêtée. J'ai dû l'attacher là en bas pour que plus personne ne voit ses jambes, son cul et sa chatte, sa *chatte* — parce que, laissez-moi vous dire, cher monsieur, c'est tout ce qu'elle était : une chatte.

Une femme qui écarte ses cuisses dès qu'un homme le lui demande. Et je lui ai rendu un putain de service. Alors, allez vous faire foutre et pensez ce que vous voulez. Vous n'êtes qu'une bite avec un uniforme. Un bon petit soldat. Une pauvre merde, oui… Allez vous faire foutre ! Je lui ai rendu service…

— Madame, l'interrompit Jennings. Je pense que vous devriez la fermer maintenant.

Il se pencha vers elle et donna l'impression qu'il contemplait une chose dans laquelle il avait accidentellement marché sur le trottoir.

— Vous comprenez ce que je vous dis, madame Chandler ? Je l'espère pour vous. Cette bouche d'égout que vous appelez une bouche — gardez-la *fermée*. (Il se tourna vers Susan.) Tu peux marcher, ma chérie ?

Elle renifla.

— Si quelqu'un m'aide à monter l'escalier.

— Autant la porter, proposa Thompson. Elle ne pèse pas bien lourd.

— D'accord, tu passes devant.

Thompson la souleva et se dirigea vers l'escalier. Willie et Donny lui emboîtèrent le pas, les yeux fixés sur leurs pieds, comme s'ils ne connaissaient pas bien le chemin. Mon père les suivit, les surveillant comme s'il faisait partie de la police à présent. Je montai derrière lui, avec Ruth juste sur les talons, paraissant soudain pressée d'en finir. Je jetai un coup d'œil par-dessus mon épaule et vit Woofer qui se tenait pratiquement à côté d'elle. L'agent de police Jennings fermait la marche.

Puis j'entrevis la bague.

Elle étincelait dans la lumière du soleil se déversant par la vitre de la porte de derrière.

Je continuai à gravir les marches, mais, l'espace d'un instant, je fus à peine conscient de l'endroit où je me trouvais. Je sentis la chaleur monter en moi. Je voyais Meg et j'entendais sa voix, me faisant promettre de récupérer la bague de sa mère pour elle, de la *demander* à Ruth, alors qu'elle appartenait à Meg. Ruth n'avait aucun droit sur elle, elle n'était qu'une putain de voleuse. Et je songeai à tout ce que Meg avait dû subir avant même que je fasse sa connaissance. Elle avait perdu les gens qu'elle aimait, elle était restée seule avec Susan — tout ça pour hériter de cette piètre remplaçante. Cette parodie de mère. Cette caricature malveillante qui ne s'était pas contentée de lui voler sa bague, mais qui lui avait tout pris, sa vie, son avenir, son corps — et tout ça en usant du prétexte de l'élever, alors qu'elle faisait tout le contraire, la rabaissant, la poussant toujours plus bas. Et elle avait aimé ça, elle en avait savouré chaque instant, ça l'avait même fait *jouir*, bon Dieu ! Elle l'avait enfoncée plus bas que terre, cette terre où Meg allait enfin trouver le repos, effacée, évanouie.

Mais la bague demeurait. Et, dans ma soudaine fureur, je réalisai que je pouvais pousser, moi aussi.

Je stoppai et me retournai. Je levai la main vers le visage de Ruth, les doigts bien écartés, et je vis les yeux noirs me dévisager avec étonnement, l'espace d'un instant. La stupéfaction céda la place à la peur quand ils disparurent sous ma main.

Je la vis *comprendre*.

Je vis sa volonté de vivre alors qu'elle cherchait la rampe de l'escalier à l'aveuglette.

Je sentis sa bouche s'ouvrir.

Pendant un instant, je touchai la chair froide et flasque de ses joues entre mes doigts.

Derrière moi, mon père continuait de monter les marches. Il avait presque atteint le palier.

Je poussai.

Jamais plus depuis je n'ai éprouvé une telle sensation de bien-être et de puissance.

Ruth poussa un cri et Woofer tendit le bras vers elle, imité par l'agent de police Jennings. Mais, ayant perdu l'équilibre, elle recula sur la marche où se trouvait Jennings en tournoyant, et ce dernier l'effleura à peine. Les pots de peinture tombèrent sur le béton en contrebas. Et Ruth en fit autant, un peu plus lentement.

Sa bouche s'ouvrit quand elle cogna contre les marches. Son élan l'envoya voler comme un acrobate et quand elle atterrit la tête la première, sa bouche, son nez et sa joue explosèrent sous le poids de son corps qui dégringola à sa suite tel un sac de pierres.

J'entendis son cou casser net.

Puis elle s'immobilisa.

Une soudaine puanteur envahit la pièce. Je laissai presque échapper un sourire. Elle s'était chié dessus comme un bébé et je pensai que c'était de circonstance, que c'était bien.

Puis tout le monde se précipita en bas. Donny et Willie, mon père et l'agent de police Thompson — soulagé du fardeau de Susan —, tous passant devant moi en hurlant, puis réunis autour de Ruth comme s'il s'agissait d'une découverte sur un site de fouilles archéologiques.

— Qu'est-ce qui s'est passé ? Qu'est-ce qui est arrivé à ma mère !

Willie criait et Woofer pleurait. Willie avait vraiment perdu la boule, accroupi au-dessus d'elle, les mains sur son ventre et sa poitrine, il essayait de la ramener à la vie en la massant.

— *Putain, qu'est-ce qui s'est passé ?* hurla Donny.

Ils avaient tous les yeux levés vers moi, comme s'ils avaient l'intention de me mettre en pièces, mon père montant la garde au pied des marches juste au cas où ils tenteraient leur chance.

— Alors, qu'est-ce qui s'est *réellement* passé ? demanda l'agent Thompson.

Jennings me lança un regard. Il savait. Il le savait très bien.

Mais, à ce stade, je m'en fichais. J'avais le sentiment d'avoir écrasé une guêpe qui m'avait piqué. Rien de plus. Rien de pire que ça.

Je descendis l'escalier et le regardai en face.

Il me dévisagea encore un peu plus longtemps. Puis il haussa les épaules.

— Le gosse a trébuché. Le manque de nourriture et de sommeil, la mort de son amie. Un accident. Dommage. Ce sont des choses qui arrivent.

Woofer, Willie et Donny n'en croyaient pas un mot, mais, ce jour-là, personne ne semblait se soucier d'eux ou de ce qu'ils pensaient.

La merde de Ruth puait vraiment terriblement.

— Je vais chercher une couverture, proposa Thompson.

Il passa devant moi.

— Cette bague, fis-je en la désignant du doigt. La bague qu'elle porte au doigt appartenait à Meg. C'était celle de sa mère. Susan devrait l'avoir. Je peux la lui donner ?

Jennings me lança un regard peiné signifiant que j'en avais déjà bien assez fait comme ça et que je ferais mieux de ne pas en rajouter.

Mais, ça aussi, je m'en fichais.

— Cette bague appartient à Susan, affirmai-je.

Jennings soupira.

— C'est vrai, les garçons ? demanda-t-il. À partir de maintenant, il vaudrait mieux que vous évitiez de mentir.

— C'est vrai, dit Donny.

Willie regarda son frère.

— Pauvre minable, grommela-t-il.

Jennings souleva la main de Ruth et observa la bague.

— D'accord. (Et brusquement, sa voix se fit douce.)

Donne-la-lui. (Il la retira du doigt.) Dis-lui bien de ne pas la perdre.

— C'est juré.

Je montai à l'étage.

Soudain, je me sentis très fatigué.

Susan était allongée sur le canapé.

Je m'approchai d'elle et, sans lui laisser le temps de me demander ce qui se passait, je brandis le bijou devant ses yeux. Je vis son expression lorsqu'elle reconnut la bague, et ce regard me fit m'agenouiller brusquement à côté d'elle. Elle me tendit ses bras maigres et pâles, et je l'étreignis. Puis nous pleurâmes. Nous pleurâmes longtemps.

Épilogue

Nous étions mineurs — pas des criminels, mais des délinquants.

Aux yeux de la loi, nous étions innocents *par définition*. Nous ne pouvions pas être tenus responsables de nos actes, comme si tout individu de moins de dix-huit ans souffrait légalement de démence et d'incapacité à distinguer le bien du mal. Nos noms ne furent jamais révélés à la presse. Pas de casier judiciaire. Pas de publicité.

Cela me parut plutôt étrange, mais comme on nous privait des droits des adultes, j'imagine qu'il semblait tout à fait naturel de nous exclure de leurs responsabilités.

Naturel, excepté pour Meg et Susan.

Donny, Willie, Woofer, Eddie, Denise et moi passâmes devant le tribunal pour enfants ; Susan et moi témoignâmes. Il n'y avait ni procureur, ni avocat de la défense, uniquement l'honorable juge Andrew Silver et une poignée de psychologues et de travailleurs sociaux discutant avec ardeur du sort à réserver à chacun d'entre nous. Dès le début, ce qui devait être fait parut évident. Donny, Willie, Woofer, Eddie et Denise furent placés dans des centres pour mineurs délinquants — des centres d'éducation surveillée comme nous les appelions. Eddie et Denise n'en prirent que pour deux ans, puisqu'ils n'avaient pas participé à l'assassinat proprement dit. Donny, Willie et Woofer furent condamnés à y rester jusqu'à leurs dix-huit ans, la peine la plus sévère à l'époque. Le jour de leurs dix-huit ans, ils seraient remis en liberté et leurs dossiers détruits.

Les actes d'un enfant ne pouvaient pas être retenus contre l'homme qu'il deviendrait.

Ils trouvèrent une famille d'accueil pour Susan dans une autre ville, dans la région des Lacs, loin d'ici.

Grâce à son témoignage lors de l'audience et au fait que, selon la loi qui s'applique aux mineurs, la notion de complice n'existe pas, je fus confié à la garde de mes parents et on m'assigna une assistante sociale en psychiatrie, une femme insipide aux allures d'institutrice nommée Sally Beth Cantor. Elle me vit une fois par semaine, puis ensuite une fois par mois pendant exactement un an. Elle semblait constamment inquiète de mes « progrès » dans la façon dont je m'« accommodais » de ce que j'avais vu et fait — et surtout pas fait — mais elle paraissait aussi toujours à moitié endormie, comme si elle ne comptait plus les fois où elle avait entendu ce genre de choses et souhaitait, contre toute raison, que mes parents se montrent plus impitoyables avec moi ou encore que je les agresse à coups de hache afin de lui donner quelque chose à se mettre sous la dent. Puis l'année s'écoula, et elle cessa simplement de venir. Il me fallut bien trois mois avant que je ne remarque son absence.

Je ne revis jamais aucun d'entre eux. Pas en personne en tout cas.

Je correspondis avec Susan pendant quelque temps. Ses os finirent par guérir. Elle aimait sa famille d'accueil. Elle avait réussi à se faire quelques amis. Puis elle cessa d'écrire. Je ne lui demandai pas pourquoi. Je ne pouvais pas lui en vouloir.

Mes parents divorcèrent. Mon père partit habiter dans une autre ville. Je le voyais peu souvent. Finalement, je crois que je le mettais mal à l'aise. À lui non plus, je ne pouvais pas en vouloir.

Je fus reçu au bac en me classant dans le dernier tiers de ma classe, ce qui ne surprit personne.

Je fréquentai l'université pendant six années, avec une interruption de deux ans afin d'échapper à la conscription, et obtins une maîtrise en gestion. Cette fois, j'arrivai troisième de ma promotion. Ce qui surprit tout le monde.

Je trouvai un job à Wall Street, épousai une femme que j'avais rencontrée à Victoria, divorçai, me remariai et divorçai de nouveau, un an plus tard.

Mon père succomba à un cancer en 1982. Ma mère eut une crise cardiaque en 1985 et mourut sur le sol de la cuisine, près de l'évier, serrant une tête de brocoli dans sa main. Même à la fin, seule et sans personne à qui faire la cuisine, elle avait gardé l'habitude de bien manger. Vous ne pouviez jamais savoir quand la Dépression frapperait à nouveau.

Je retournai chez nous avec Elizabeth, ma fiancée, pour vendre la maison de ma mère et régler la succession. Ensemble, nous compulsâmes les vestiges de quarante ans d'occupation des lieux. Je découvris des chèques non encaissés dans les pages d'un roman d'Agatha Christie. Je retrouvai des lettres que j'avais écrites à l'université et des dessins aux crayons de couleur datant de l'école primaire. Je trouvai aussi des articles découpés dans les journaux, jaunis par l'âge, à propos de l'ouverture de l'Eagle's Nest par mon père, ou tel ou tel prix attribué par les Kiwanis, le VFW ou le Rotary.

Et je tombai aussi sur les coupures de presse au sujet de la mort de Megan Loughlin et de Ruth Chandler.

Les notices nécrologiques du journal local.

LOUGHLIN — Megan, 14 ans, fille de feu Daniel Loughlin et de feu Joanne Haley Loughlin, sœur de Susan Loughlin. La cérémonie aura lieu à l'entreprise de pompes funèbres Fisher, 110, Oakdale Avenue, Farmdale, NJ, Samedi, 13 h 30.

Celle de Ruth était plus longue :

CHANDLER — Ruth, 37 ans, épouse de William James Chandler, fille de feu Andrew Perkins et feu Barbara Bryan Perkins. Elle laisse son mari et ses fils William Jr, Donald et Ralph. La cérémonie aura lieu à l'entreprise de pompes funèbres Hopkins, 15, Valley Road, Farmdale, NJ, Samedi, 14 h 00.

Plus longue, mais tout aussi vide.

En lisant les articles, je réalisai que les cérémonies s'étaient tenues à une demi-heure d'intervalle, dans des lieux séparés de six ou sept pâtés de maisons. Je n'avais assisté à aucune des deux. Je ne voyais pas qui aurait pu y aller.

Par la fenêtre de la salle de séjour, je fixai la maison de l'autre côté de l'allée. Ma mère m'avait annoncé qu'un jeune couple vivait là à présent. Des braves gens, selon elle. Sans enfant, mais ils avaient bon espoir. Ils avaient l'intention d'installer un patio dès qu'ils en auraient les moyens.

La coupure suivante présentait une photographie. Un jeune homme d'allure séduisante, les cheveux bruns coupés court et un sourire candide un peu bête.

Il me rappelait quelqu'un.

Je dépliai l'article.

Il provenait du *Star-Ledger*, un journal de Newark, daté du 5 janvier 1978. La manchette disait « Un homme de Manasquan inculpé de meurtre » et le texte expliquait que l'homme de la photo avait été arrêté le 25 décembre, en compagnie d'un mineur non identifié, dans le cadre d'une enquête sur la mort à l'arme blanche et par le feu de deux adolescentes, Patricia Highsmith, 17 ans, de Manasquan, et Debra Cohen, 17 ans également, d'Asbury Park.

Les deux victimes montraient des traces d'agression sexuelle et, bien qu'elles aient toutes les deux été poignardées à de nombreuses reprises, la cause de la mort était le feu. Elles avaient été aspergées d'essence et brûlées vives dans un champ désert.

L'homme de la photo était Woofer.

Ma mère ne m'en avait jamais rien dit. Je regardai la photographie et pensai saisir au moins une bonne raison qui avait pu la convaincre de ne pas le faire — j'aurais pu lire le journal et voir le portrait.

Dans sa vingtaine, Woofer avait fini par ressembler à Ruth à un point effrayant.

Cet extrait avait été rangé avec les autres, dans un carton à chemise posé sur les marches menant au grenier. Sur les bords, le papier séché et bruni s'émiettait. Mais je remarquai quelque chose d'inscrit dans la marge. Je tournai la feuille et reconnus l'écriture de ma mère. Ce qu'elle avait écrit au crayon commençait à s'effacer, mais restait lisible.

Juste sous la manchette et courant le long de la photo, elle avait noté, non sans ironie : « Je me demande ce que deviennent Donny et Willie ? »

Et, à présent, hésitant et incertain à la veille de mon troisième mariage avec une femme de l'âge exact qu'aurait eu Meg si elle avait vécu, tourmenté par des cauchemars dont le thème unique semble être la peur d'échouer, de décevoir quelqu'un, de livrer cette personne en pâture à un monde brutal, je suis tenté d'ajouter à la liste de cette coupure de presse les noms de Denise et Eddie Crocker, ainsi que le mien. Et de me poser la même question.

FIN

À propos de l'écriture d'*Une fille comme les autres* par Jack Ketchum

« *Who loves ya, baby ?*[1] » dit Kojak. « Qui c'est qui t'aime, bébé ? »

Eh bien, allez savoir… Mais ce que je sais, c'est ce qui *m'effraie*.

De manière générale : l'imprévisible. Entendons-nous bien : je ne me précipite pas sur l'ail et les crucifix en cas de rencontre fortuite avec une rouquine. Non, je vous parle d'Alzheimer, du sida, ou d'oies dans les réacteurs d'un avion. Un jour, alors que je marchais sur Broadway, une commode en chêne est tombée sur le trottoir deux pas devant moi. *Ça*, ça m'a effrayé. Ça m'a effrayé et ça m'a mis en rogne.

Les gens qui m'effraient suscitent en moi la même chose. Ils me foutent en rogne. Je ne supporte pas de partager ma planète avec des tarés comme Bundy, qui me ressemblent, parlent comme moi et sont charmants, sauf qu'ils ont ce petit truc bizarre, ils aiment — ça alors ! — mordre les mamelons des gens.

1. Phrase d'introduction favorite de Telly Savalas dans *Kojak* (*NdT*).

Ce n'est pas juste de l'empathie pour les victimes. Hé ! j'ai des mamelons, moi aussi !

Les sociopathes m'effraient et me mettent en rogne. Pas seulement les sociopathes médiatiques — les Manson et les Gary Tison — mais aussi les types qui plument les vieilles dames avec des escroqueries à l'immobilier en Floride. Tous ces types sans conscience. Je connais une femme dont le mari a perdu gros à la Bourse et qui, pour couvrir ses dettes, a contrefait sa signature et obtenu des prêts d'un montant total de plus d'un quart de million de dollars, et je ne vous parle même pas de ses déclarations d'impôts. Maintenant l'enfer se déchaîne, avec hypothèque sur la maison et redressement fiscal, et elle — avec un gosse à élever qui, tragiquement, aime toujours ce type comme un enfant de huit ans est pratiquement *obligé* d'aimer son père — ne l'a pas vu ni n'a reçu de ses nouvelles depuis mars 1989. Ni personne d'autre, d'ailleurs. Il s'est enfui. Personne ne sait où le trouver. Pendant ce temps, le monde entier harcèle sa femme et son fils comme un essaim de mouches.

J'ai longtemps voulu écrire à propos d'un de ces salopards. À propos de leur altérité. Et de ce qui nous arrive, à nous les gens réels, quand nous croyons qu'ils sont humains.

J'ai trouvé mon modèle dans *Bloodletters and Badmen*, de Jay Robert Nash.

Son crime était hors du commun et complètement répugnant.

Pendant des mois, et avec l'aide de son fils et de ses filles adolescents — et ensuite avec les enfants du voisinage —, elle avait torturé à mort une fille de seize ans sous les yeux de sa petite sœur, apparemment pour « lui donner une leçon », lui montrer ce que c'était d'être une femme dans ce monde.

Ses gosses m'ont évoqué *Sa Majesté des Mouches*. Mais oubliez les gosses ! Cette *femme*, cette adulte, leur donnait la permission, orchestrait les choses et les guidait pas à pas dans ce petit jeu *éducatif* pervers, lié à une haine fondamentale de son sexe et à son incapacité à reconnaître une quelconque souffrance à part la sienne. Et elle transmettait cela à une bande d'adolescents. Les *amis* de cette fille.

Il y avait une photo d'elle dans le livre. Son crime a eu lieu en 1965, elle avait alors trente-six ans. Mais son visage en paraissait soixante. La peau tachetée affaissée et profondément ridée, une bouche mince et amère, des cheveux filasse et coiffés dans le style d'une bonne décennie plus tôt et un front qui commençait à se dégarnir. De grands yeux sombres et enfoncés qui semblaient à la fois vides et hantés.

Effrayant. Tout de suite, elle m'a foutu en rogne.

Elle ne m'a plus quitté.

Quelques années plus tard, ma mère est morte, très aimée, dans la maison du New Jersey où j'avais grandi. J'avais toujours considéré cet endroit comme mon foyer. J'ai géré ces deux pertes graduellement, quittant régulièrement mon appartement pour passer beaucoup de temps là-bas, à ranger ses effets, à refaire la connaissance des voisins, à me souvenir.

À cette époque, je me remis à travailler sur *She Wakes*, mon seul roman surnaturel à ce jour, que j'avais remisé pour un temps. Y revenir m'a fait du bien, car je n'étais absolument pas en condition d'entamer quoi que ce soit — et sûrement pas un roman réaliste. Une déesse réincarnée dans une île grecque ensoleillée était exactement ce qu'il me fallait.

Mais, progressivement, la femme s'est insinuée à nouveau.

Peut-être à cause de sa coiffure des années cinquante. Je ne sais pas.

Pendant mon enfance, j'habitais dans une impasse, et chaque maison était remplie de bébés de la guerre. Je pouvais l'imaginer *faire ça* là. Si vous avez vécu pendant les années cinquante, vous en connaissez le côté obscur. Tous ces petits bubons de secret et de répression, confortables et doux, noirs et prêts à éclater. Il y avait là une sorte d'isolement parfait et une distribution de personnages que je pouvais transformer en m'inspirant des réels acteurs du crime.

Alors, je me suis dit, *tu n'as qu'à revenir en 1958, quand tu avais douze ans. Au lieu du Midwest, où c'est vraiment arrivé, utilise le New Jersey*.

Et d'être sur place, particulièrement en été, a fait affluer les souvenirs. L'odeur des bois, les murs humides du sous-sol. Les choses que j'avais été trop occupé pour me les rappeler pendant des années me tenaient désormais éveillé des nuits entières. Il y avait trop de détails remontant à la surface pour résister, et je n'ai même pas essayé. C'était aussi l'occasion de saluer, de temps à autre, ce qui m'avait plu à cette époque. Nous avions des ruisseaux et des vergers et nous n'avions pas besoin de verrouiller nos portes. Nous avions Elvis.

Mais je n'écrivais pas *Happy Days* non plus.

Depuis *Morte Saison*, mon premier livre, je n'avais pas travaillé sur un sujet aussi sinistre. Et *Morte Saison* parlait de cannibales sur la côte du Maine, grand Dieu ! Personne ne risquait de le prendre trop sérieusement, si révulsant soit-il. Tandis que là, je parlais de mauvais traitements sur un enfant. De mauvais traitements si extrêmes qu'en l'écrivant j'ai finalement pris la décision d'adoucir un peu ce qui était arrivé et d'omettre complètement certains faits.

Ça reste assez extrême.

Il était impossible de faire autrement, en tout cas je ne voyais pas comment. Le problème était en fait *de le maintenir* extrême sans exploiter par la même occasion tous ces gosses vivants et bien réels qui sont abusés chaque jour.

Aborder les choses sur un plan technique m'a beaucoup aidé. J'ai utilisé une voix à la première personne, avec le fils des voisins comme narrateur. C'est un gosse tourmenté, mais pas insensible, qui hésite entre sa fascination devant la *liberté* qui lui est donnée et ce que lui souffle son empathie. Il en voit beaucoup. Mais il ne voit pas tout. Ce qui m'a permis de ne faire qu'ébaucher certaines choses plutôt que les montrer en gros plan.

De plus, il s'agit d'un témoignage d'environ trente ans après les faits. Il est adulte et peut faire des coupes. Ainsi, quand les choses deviennent vraiment très pénibles, je lui fais dire : « Désolé, ça, je ne vous le montrerai pas. Imaginez-le si ça vous chante et si vous l'osez. Mais c'est sans moi. »

La voix à la première personne dans un livre de suspense permet de diriger automatiquement la sympathie du lecteur sur l'objet de la violence. Je l'avais utilisée dans *Hide and Seek* à cet effet. Vous savez que celui qui vous parle va survivre ; ainsi vous craignez peu pour sa sécurité physique. (Bien que vous puissiez vous inquiéter de sa sécurité morale, et j'ai bon espoir d'y parvenir ici.) Mais si c'est fait correctement, vous vous inquiéterez pour les gens dont il *se soucie*. Dans ce cas, la *fille comme les autres* et sa sœur.

C'est risqué. Parce que si les gens dont il se soucie sont insuffisamment décrits ou sympathiques, ou que vous, en tant que lecteur, n'aimez pas les avocats ou les chiens de la même façon que lui, vous finirez par ne plus voir que les méchants, la violence, ou les deux. Ou vous refermerez le livre pour toujours.

Mais je ne m'en fais pas trop à ce sujet (dit-il, vidant d'un trait sa tasse d'orgueil). Si le livre présente une ambiguïté morale, une tension morale, c'est voulu. C'est le problème que ce gosse doit résoudre, un problème qui concerne sa vision des choses. Et je ne m'en fais pas trop parce que j'aime ces filles et je pense que c'est évident. Elles ne sont pas de simples victimes. D'une certaine façon — en particulier dans leur manière de se serrer les coudes —, je pense qu'elles sont assez héroïques.

Et parce que, par contraste, les autres personnages m'effraient.

Ils m'effraient aussi parce que, chaque fois que j'ouvre mon journal ou que je regarde les infos, chaque fois que je parle à une femme que son ivrogne de mari a cognée, je vois leur sale gueule, et ils me foutent salement en rogne.

DU MÊME AUTEUR

Aux Éditions Bragelonne

UNE FILLE COMME LES AUTRES, 2007 (Folio Policier n° 705)

MORTE SAISON, 2008

FILS UNIQUE, 2009

Tous les papiers utilisés pour les ouvrages des collections Folio sont certifiés et proviennent de forêts gérées durablement.

Composition Nord Compo
Impression Novoprint
à Barcelone, le 26 mai 2022
Dépôt légal : mai 2022
1er dépôt légal dans la collection : août 2013

ISBN 978-2-07-045311-5 / Imprimé en Espagne

543512